希望庄

〔日〕宫部美雪 著　宋刚 译

南海出版公司

新经典文化股份有限公司
www.readinglife.com
出　品

希望庄

目　录
CONTENTS

圣域　　　　　　　　　　　　/ 1

希望庄　　　　　　　　　　 / 65

沙男　　　　　　　　　　 / 145

分身　　　　　　　　　　 / 253

圣
域

1

打扫完住处附近指定的垃圾回收站，我走路回家。我租住的地方是幢老房子，兼作事务所。两位女士正站在我家门前说话，一位是老房子斜对面柳家药房的老板娘，另一位也时常在附近碰到，与老板娘年纪相仿。

"早上好呀！杉村先生。"

"一早打扫，您辛苦了！"

年满三十八岁的我，已经是标准的"大叔"了。而在我看来都足以称作"阿姨"的两人打招呼的声音依旧充满了活力。

"早上好。"

"这位是盛田女士。"柳夫人将身边的女人介绍给我，"她和杉村先生您一样，都是竹中家的房客。她住在'Pastel 竹中'。"

柳夫人围着围裙，盛田女士则穿着薄外套和修身西裤，肩上挎着包，看样子正要去上班。Pastel 竹中是房屋中介最初向我推荐的单身公寓，盛田女士应该是单身。

"大清早就来拜访您，真是不好意思。"

现在是十一月十六日星期二清晨，刚过六点半。

"白天来怕会打扰到您工作，不知道现在方不方便呢？"

"您别客气。"

"有件事想麻烦您。"

老房子虽说是租的，不过房东善心大发，允许我把一层改造成事务所。老房子的好处是进门不用脱鞋。不过，这幢两层木屋已有四十年历史，外观怎么看都像是已经歇业的铺子。盛田女士从拉门向里望时，露出了惊讶的表情。

一旁的柳夫人对这里早已轻车熟路。当初事务所改造完工，我刚搬进来不久，二楼和室便闹起了螨虫，正是柳家药房和柳夫人帮了大忙。

柳夫人利落地走入事务所的会客区，打开墙边的天然气暖风机。"杉村先生，您可千万别费心招待。我已经在'侘助'点了咖啡和早餐。"

柳夫人办事总是十分麻利。多亏了她，我又省下一顿早饭钱。话说回来，不知她们要托我办什么事。

尾上町位于东京北区的东北部，紧靠隅田川上游。自从搬到这里，我总备着两种名片。一种印着"调查员 杉村三郎"，另一种印着"杉村侦探事务所 杉村三郎"。手机号码和邮箱是一样的，但后者上面还印有事务所地址和座机号码，我称之为事务所名片。

从调查公司"蛎壳事务所"承接转包业务时，我会使用调查员名片。当初多亏蛎壳给我机会，我才能独立创业。事务所名片是我自己接工作时使用的。我的事务所于今年一月十五日开张，到今天也算撑满了十个月。不过直到现在，调查员名片的使用频率明显更高。如果没有蛎壳事务所这个衣食父母，我恐怕连这老房子的租金都付不起。

我出生在山梨县山间的一个小镇上，大学时来到东京。毕业后，我进入一家童书出版社成为编辑，和工作中结识的女人结了婚，婚后跳槽到岳父手下的大型集团企业"今多集团"。我和妻子育有一女，但在婚后的第十一年离了婚。恢复单身的我辞职离开了今多集团。

我早已不记得小时候的梦想。结婚、离婚这些姑且不谈，在三十八岁时成为一名私家侦探，这的确远远超乎儿时的想象。对于从山间果农走出来的孩子而言，私家侦探就像宇航员一样，是离现实有十万八千里远的职业。

私家侦探这份活计还能支撑多久？我根本不清楚。眼前唯一明确的事实，是帮我清除螨虫的大恩人——柳夫人即将成为事务所的第一位委托人。向来不得重用的事务所名片终于要闪亮登场了。

"幽灵……吗？"

"可不是嘛。差不多是那一类的东西吧？"柳夫人冲盛田女士点点头。

"嗯。一大早就找您说这些莫名其妙的事情，真不好意思。"

"怎么莫名其妙啦？咱们不也想不到别的可能了嘛。您说是不是，杉村先生？"柳夫人把话头递给我，"已经死了的人，还像活着一样到处游荡，那可不就是幽灵吗？"

"哎呀，这可不好说。"

如果是本以为过世了的人实际上还活着，就不算幽灵。若是已经过世的人死而复生，要么是超自然现象，要么就是在骗人。

"我也只遇见过那么一次，"盛田女士有些犹疑，"所以倒也不能说是在到处游荡……"

"可你清楚看到了对方的长相吧？"

"话是这么说……"

就在这时，我们的咖啡和早餐送到了。

"早上好啊，让各位久等了。"

"老板，您太慢了吧。"

"抱歉抱歉。打工那孩子临时打电话说要请假，搞得我手忙脚乱的……"

佗助是一间咖啡馆，开在尾上町一幢崭新公寓楼的一层，门窗上架着红色遮阳篷，十分醒目。老板名叫水田大造，之前我在今多集团工作时，他在公司所在的大厦开了一家小店，名叫"睡莲"，那时我也是常客。

辞掉工作之前，我去找他道别，没想到睡莲的店铺租赁合同正好快到期了。

——一直在这儿开店，也差不多干腻了，要不也换个地方吧。索性搬到杉村先生家附近好了，你肯定会想念我的热三明治，对吧？

我原以为他在开玩笑，没想到，在听说我搬到尾上町，还开了间事务所之后，他真的打算在这附近开店。选址、签约、装修，佗助最终在五月初开业了。

老板调制的咖啡和红茶香气浓郁，小吃美味诱人，热三明治更是一绝。不过，当初睡莲仅向上班族供应午餐就足以维持经营，而佗助附近只有民宅，离电车站和七环主路都不算近。且不提自己事业如何，我起初还担心这家店能不能支撑下去。但出乎意料的是，老板顺利招揽了不少主顾，还雇了店员来帮忙，这在睡莲时期从未有过。

"哎，怎么只有两份早餐啊？"

"不是两份吗？"

"我点了三份呢。老板啊，今早都忙成这样了？"

"都怪打工的突然请假了。"

柳夫人是老主顾了，和老板已经十分熟络。

"那可真是没法子，要不我也去搭把手吧。"

"您不用看着自家店吗？"

"我们家九点才开门呢。"柳夫人迅速结束了话题，把水田老板支出门，自己也跟着要离开事务所。"杉村先生，详情您就问盛田女士吧。我过会儿再回来。麻烦您啦。"

水田老板瞥了我一眼，眼神流露出一丝兴致。自睡莲那时候起，也不知该说是好是坏，他耳朵很灵，消息来源广，又爱凑热闹，肯定很好奇我们在谈论什么。

我轻轻带上玄关的拉门，对盛田女士说："咱们先吃早餐吧。"

今早的套餐是芝士吐司配土豆沙拉。

"那我就不客气了。"盛田女士缩了缩脖子，提起保温壶为我倒了杯咖啡，"我要讲的事也没什么详情，刚才说的就是全部了。"

Pastel 竹中是一幢干净整洁的两层小公寓，每层有三个房间。盛田女士住在二〇二号房，正下方是一〇二号房。"那里原来住着一位名叫三云胜枝的老婆婆。今年春天，大概三月中旬，老婆婆过世了。"

一〇二号房在那之后空置了一阵子，现在已经有新房客入住。可就在上周四，盛田女士在街上遇到了一名酷似三云胜枝的女士。

她坐在轮椅上，与推轮椅的年轻女子有说有笑。

"我要是过去搭上两句话就好了。"盛田女士说自己当时吓蒙了，"看起来实在太像了，我肯定认错人了。毕竟她早就不在世了。"可盛田女士久久忘不掉此事，心里一直惦记着那名女士的笑脸。"昨天下班回家的路上，我去了趟柳家药房，和柳夫人聊了两句。她说这件事肯定有蹊跷，让我来找您咨询咨询。"

——杉村先生可是个私家侦探。

我刚搬来尾上町，还算是新人。这里面积广，人口稠密，大多数居民我还不认识。我家门口只挂了"杉村"的名牌，并没有打出"杉村侦探事务所"的招牌。

"说我是私家侦探，您就立刻信得过我了吗？"

盛田女士笑了笑。"听柳夫人说，杉村先生为人可靠，之前还在大公司工作过……而且，您还是町内会 ① 的治安负责人吧？我在公告栏上看到了。"

原来是因为这个才信任我的啊。

"这个负责人嘛，是房东带我去和町内会长打招呼时，不得已才应承下来的。"

尾上町的町内会长是一名退休教师，如今在家里开办补习班。他是一位风度翩翩、姿态文雅的绅士，然而……

——你们这代人好像都不太愿意当治安负责人。我看你又是单身又是自己开事务所，时间上应该灵活得很吧。

就这样，他替我拍了板，让我来当这个治安负责人。

"不过，这种事还不足以劳烦侦探出手吧。"

---

① 日本管理社区事务的居民自治组织。

"看您说的。"我收拾起早餐的碗碟，取出便笺和圆珠笔，"我做一下笔记。请问您的全名是……"

"啊，我叫盛田赖子。"

"不好意思，请问您今年多大年纪……那个，这件事目前还只是从您的个人感觉出发，所以，那个……"

"我是昭和二十八年五月生人。"

一九五三年生，现在是二〇一〇年十一月，也就是五十七岁。

"那么，三云胜枝女士在您看来是一位'老婆婆'，对吧？"

盛田女士眼睛一亮。"从我的个人感觉出发，原来是这个意思啊。"

"是的。"

"从她的外表看确实如此。嗯……"盛田女士开始思考，"我没问过三云女士的年龄，不过感觉和我母亲差不多。我母亲是昭和五年生人，如果她还活着，到今年也有八十岁了，大概是这个年纪。"

那的确算是老婆婆了。

"她虽然瘦，走路却很稳当，也不用拐杖，所以我才会觉得那个人和她只是长得像。"

"上周四遇到的女士是坐在轮椅上的，对吧？"

"对……但是……我也不太确定，毕竟到了那个岁数是很容易因为一点小磕碰就骨折的。"盛田女士还是带着几分犹疑。

"我明白了。接下来我可能说得比较直白。咱们先来想一想，三云胜枝女士在今年三月去世的事情，有没有可能是您弄错了呢？"

"不可能。"盛田女士当即回答道，"她去世的消息是公寓管理员亲口告诉我的。他还说房东会处理她的遗物，问我有没有借给她什么东西。"

一〇二号房在几天后的确被清空了。

"Pastel 竹中的管理员是巡回制的，对吧？"

"是的。您知道呀？"

"在租下这里之前，中介向我推荐过那儿。"

"哎呀，那您可以去问问管理员。管理员应该很清楚这件事。"

我把这一点记在笔记上。"您和三云女士亲近吗？"

"这个嘛……"盛田女士歪头想了想，"嗯……能算得上是亲近吗？住在 Pastel 的都是单身房客，邻里间几乎没有来往。哎，我们应该算是亲近的。如果在公寓门口或超市碰到了，会站着聊两句。"盛田女士去上班时，偶尔会碰到正打算出门的三云婆婆。"比如她要去看牙医之类的，我们会一起走到车站。"但盛田女士没去过三云女士家，也没邀请过对方来家里做客。

"您两位是怎么认识的？"

"三云婆婆刚搬来的时候，来向我问过好。"

——我就住在您家楼下。我年纪大了，应该不会吵吵闹闹地给您添麻烦，还请多多关照。

"真讲究礼数。"

"嗯，给人印象非常好。"盛田女士微微一笑，"我父母都去世了，楼下有这么一位看起来就很柔弱的老婆婆独居，总感觉很受触动。虽然轮不到我操心，不过多少还是会挂念她有没有遇到什么情况。"盛田女士长着一张圆脸，这番话很符合她温柔的气质，"虽是这么说，但我平时要上班，总不在家，周末也经常出门，谈不上什么照顾不照顾的。"

"您是做什么工作的？"

"我在印刷公司工作。公司人手不太够，总要加班。"

"真是辛苦。"

"总比丢了工作要强。"谈及工作，盛田女士的语气突然变得沉重，"我离退休也不远了。一想到退休之后要怎么办，总感觉两眼一抹黑，所以也就不往那里想了。"

我不禁哑然。

"真抱歉啊，我的事情都无所谓啦。"她不好意思地笑了笑，"我刚刚说三云女士是个柔弱的老婆婆，但她看起来没什么严重的慢性病，所以我当时还问了管理员，三云婆婆看起来挺精神的，怎么就走了呢？管理员说他也不清楚具体情况。"

如果是这样，的确有些奇怪。

"我去仔细打听打听。三云女士有什么亲戚吗？"

"她从来没向我提到过家人，也没见过有亲戚来访。"

"您在 Pastel 住了很久吗？"

"十一年了。我也没别的地方可去。"她微微笑了笑，"三云婆婆住的时间没那么长，差不多一年半吧。明明可以一直住下去的。据说对于像她这样靠退休金生活的老年房客，房东会免收礼金和续约费呢。"

这我还是头一回听说。Pastel 和我租住的这间老房子都归竹中家所有，据说尾上町有四成地皮都是竹中家的。即便对年老的房客宽容一些，对他们来说大概也是不痛不痒的损失。

"三云婆婆还曾感慨说，真的非常感激房东。"盛田女士双手合十，也许当时说这话的三云胜枝也做了相同的动作。"我也是独居女人，父母去世后卖掉了房产，可等到要租房子时，才发现负担租金真的不轻松。房东人这么好，真的帮了大忙。"

"您老家在什么地方？"

"赤羽市。父亲是在我四十岁时走的，五年后母亲也去世了。我本来想在家里继续住下去，可弟弟、弟媳不给我好脸色看。"

看来是在处理遗产的问题上起了争执。

"虽说令人遗憾，不过这种情况并不少见。"

"可不是嘛。"盛田女士说，"我弟弟还算好心，把剩下的存款平分给我一半。弟媳就一直抱怨，说弟弟是长子，应该多分些。"她的语气第一次尖锐起来。

"我们接着谈谈上周四的事情吧。您在哪里遇到了那位很像三云胜枝女士的人呢？"

盛田女士睁大眼睛眨了眨。"对哦，这点确实很重要。在上野站，是叫'公园口'吧？就是动物园和美术馆附近的那个出口。"

"啊，我知道。"

"就在那个出口的检票机外面，马路边上。我在那附近办事，正往车站走，就看到路口处有人坐在轮椅上等红绿灯。灯变绿之后她就到马路对面去了。那天天气不错，时间大概是下午三点，所以能清楚看到那人的脸。"

"对方穿的衣服您还记得吗？"

"这个嘛……"盛田女士眨了好几次眼睛，"啊，她膝盖上盖了毯子，还化了妆。"盛田女士当时很惊讶，因此观察得十分仔细。"三云婆婆还住在 Pastel 的时候，我从没见过她化妆。但那天那个人至少描了眉，还涂了口红。"

"发型呢？有变化吗？"

盛田女士目不转睛地盯着我："她把白头发染黑了。住在 Pastel 的时候，三云婆婆的头发差不多有一半都白了，但轮椅上那个人染了头发。不是纯黑色，是偏灰的。"

"我知道了。"

"真没想到，被人一问竟然能回想起这么多细节。"

有时候的确能回想起来。不过，也有时人们会创造出不存在的记忆。还有的时候，会将其他经历混入这段记忆里。

"所以说，那个人整体要比我所了解的三云婆婆更加时尚，花了不少金钱和心思保养自己。"

"嗯，我明白您的意思。"

盛田女士流露出不太自信的目光。"到底还是我认错人了吧。"

"现在还不能断定。和她同行的女子是什么样的人呢？"

"她呀，就是个小姑娘。"

"二十多岁，还是三十多岁？"

"看起来没有三十岁。留着蓬蓬的中长发，是很明亮的棕色。"

"她穿着什么衣服？"

盛田女士凝视着面前的空气。"牛仔裤搭运动外套，不对，那个叫什么来着？一般不是小姑娘会穿的衣服，应该有个名字吧。应该是运动外套，看起来不算便宜，感觉在电视上看明星穿过那样的衣服。胸前还有很花哨的贴布徽章。"

"棒球夹克。"

"不是，不叫这个。"

"紧腰短夹克。飞行夹克。"

"啊，就是它！飞行夹克。"

我点点头记下来。

这样看来，这个女孩不大可能是养老护理机构的员工。护理人员在陪同外出时，应该会穿容易识别的工作服。

"飞行夹克一般都不便宜吧，毕竟古着也会卖得很贵。"

"复古夹克的话，的确如此。"

"所以，那个姑娘应该也……嗯，怎么说呢？"盛田女士开始搜寻最恰当的词语，我停下笔等她。"很富裕，应该可以这么说。"

穿着打扮并不浮夸，但能看出是有钱人。

"不过，坐在轮椅上的人看起来的确就是三云婆婆。"她仿佛在试图说服自己，"虽然没听清她们的对话，不过她和那个小姑娘说话时的表情、动作，看起来都和三云婆婆一模一样。"

这是比容貌相似更重要的细节。

"需要问的大概就是这些。接下来，我会先去找管理员聊一下。"

"不好意思啊。如果我当时去问一问，或许就没这么多事了。"

"哎呀！还是交给专业人士比较好。"

我吓了一跳。柳夫人居然已经回来了。

"您什么时候回来的？"

"分遗产那段就回来了。"

装修时，玄关的拉门和门框全都换了新，开合十分顺滑，不会发出任何声响。看来以后要多加留心。

"侘助那边忙完了吗？"

"人还是很多，我就把侄子叫过去帮忙了。听说是因为店铺最近受到了杂志推荐。老板也真是的，这种事不早点告诉我，真头疼。"柳夫人拿起保温壶，"空了呀。对了，杉村先生，您还真是没什么做生意的头脑，这还没提费用的事呢。"

我本来打算接下来就说的。"就目前的状况来看，还不是什么需要收手续费的大工程。"

"您再这么说，事务所可就快撑不下去了。总之，那个不是叫定金吧，委托费？"柳夫人从围裙口袋里取出钱包，抽出一张五千日元的钞票放在桌上，"这样刚刚好，就给您这一张吧。然后，报酬和……"

"啊，报酬到时候再说吧。"

"一年怎么样？"

"啊？"

盛田女士缩起身子，说了一声"不好意思"。

柳夫人气势逼人。"替您做一年打扫垃圾站的值日工作，怎么样？"

"您这么说也……"

"如果不好调查，就加到两年。再棘手一点就三年。可以吧？好，就这么定了！"

在我老家也是如此，各地的阿姨都是无敌的。

"早餐就由我请客。"

"不行不行，这个钱我来付。"

"干吗呀，提议的是我，就该我来付。"

"这样也太不合适了。"

"先别说这个了，盛田你再不去上班就该迟到了。"

我默默听着两人你来我往，写下一张"今收到五千日元整"的收据。

2

光是在北区，竹中家就拥有五栋公寓和两处出租屋。而受托管理这些房屋的人名叫田上新作，即我们的巡回管理员。

管理员需要定期清理建筑外围、回收垃圾，而出租屋内部由房客自己负责整理，所以我很少和管理员见面。不过，为了联系方便，管理员留了手机号码给我。

电话拨通后，管理员很快就接了。他劈头盖脸说道："哎呀，果然还是坏了啊。"

"什么坏了？"

"热水器啊。"

这间老房子的集中供热热水器似乎快要报废了。

"不，万幸它还运转正常。我联系您，其实是为了工作。"

"工作？杉村先生的？那可真是可喜可贺。"管理员似乎很高兴。"那我过去找您吧。顺道看一下排水沟的情况。"

一提到公寓或出租屋的管理员，大家脑海中都会浮现出十分典型的大叔形象。田上新作却不同。他比我还年轻，今年三十一岁，身材瘦长健美，目测体脂率只有个位数，像个运动健将。工作时，他会在光头上围一条印花头巾，穿一身胸前绣有"管理员"字样的工作服。

田上蹬着他的通勤专车——一辆车尾装有工具箱的五段变速自行车赶了过来。

"您好！我先去看一下排水沟。"

一般而言，在开展调查时不能泄露委托人的身份。但这一次，盛田女士本人也说过，如果她当时去问一问就好了，所以我决定开门见山。

听完我的话，田上睁大了眼睛。"哇，三云婆婆果然还活着！"

"怎么说？"

"当时清理一〇二号房的时候，我还不完全确定她是不是真的去世了。您稍等，我确认下日期。"他从腰包里取出手机，操作了几下，"我是用手机来记工作日志的。"

"真是认真啊。"

"用起来还挺方便的。"田上停下来，"有了。整理三云婆婆房间遗物那天是三月二十号。我提前通知了其他房客，所以盛田姐应该没记错。"

——您有没有借东西给三云婆婆呢？

"究竟是怎么回事？"

田上又操作了两下手机，确认日期后抬头说："大约一个月前，二月四日，三云婆婆给我打了个电话。"

——对不起，我没办法继续交房租了。

"然后她说……活着太累了，我不活了。声音非常微弱。"

听了这话，田上当时吓坏了。

"我说，您可千万不要说这种话。我问她现在在哪儿，是不是在家，但她只是一个劲儿地跟我说对不起。"

——我的东西全都帮我扔掉吧。一直以来，房东和您都对我非常照顾，真的很抱歉。

"那通电话显示号码了吗？"

"是公用电话。"

当时，田上立刻赶到了 Pastel 竹中。

"我拼命蹬自行车，第一时间赶到公寓。她家房门没锁，可能想让我省点事吧。房间里收拾得干干净净，但不见三云婆婆的踪影。"

房间里家具和物件并不多。

"我收拾房间的时候也很惊讶，里面没什么家具，也没有电视。没有被褥，没有床垫，甚至连电话都没有。"

"手机呢？"

"没有。三云婆婆是哪年入住的来着……"田上再次确认手机上的工作日志，"是前年，二〇〇八年十二月四日。当时房东还特意交代我，说她上了年纪，也没有电话，让我不时去照看一下。"

我们的房东的确热心肠。

"所以我也挺上心的。不过总去打搅老人家也不好，只是打扫卫生时顺道看看，夏天去问问天气太热有没有开空调之类的。"

"那她开空调吗？"

田上摇了摇头。"她说，老了就不会觉得有那么热了，真觉得热的时候，会去超市凉快凉快。我看她厨房里的碗装泡面已经堆成山了，其他食材什么也没有。一年到头都是这样。毕竟一碗泡面才卖九十八日元。她生活很简朴，感觉简朴得过了头。"

"她有亲人吗？"

"我没听说过。详细情况房东更清楚一些。另外，清理房间时不好直接丢掉的东西，应该都还在房东那儿收着。"

"那可真是谢天谢地。"

"如果三云婆婆还活着，东西就能还给她了吧。"田上抑制不住地笑起来，"太好了。说明那时候没有寻死，肯定是打消了念头吧。"

"现在还不能确定。"

"收拾屋子的时候也不好跟其他房客说太多，毕竟不是什么好事。竹中夫人让我只告诉大家，三云婆婆去世了。但我总觉得那么说心里过意不去。"

他的心情我能体会。

"田上先生，您见过三云婆婆化妆的样子吗？"

"化妆？"田上有点摸不着头脑。

"比如涂口红。"

"没有，没见过。怎么说呢，我去她家清理管道的时候，在洗漱间只看见了牙膏和肥皂盒。"

住在 Pastel 竹中，只吃泡面，连洗发水这种日用品也不买，生活贫苦到了如此程度。或者换一种说法，是过分节俭。这样一个老婆婆，在二月时称活着太难，之后便不见了踪影。然而到了十一月，她却过上了富裕幸福的生活。

这真的是同一个人吗？会不会只是碰巧长得像而已？

"杉村先生。"

我从笔记上抬起视线，发现田上有些局促不安。

"虽然我觉得说这些有点多管闲事……"

"只在这里说的话，没关系。"

"我总感觉，三云婆婆是不是逃走了啊。"

逃走了。

"有人在追查她吗？"

"我瞎猜的，不过我第一个想到的就是讨债的，就是，那个……我猜她会不会是从别的什么地方逃来 Pastel 的，所以随身的行李才会那么少。而且，她也一直没添置别的东西。"

"因为可能需要随时再逃到别的地方去？"

田上点点头。"我还知道好几个类似的先例。"

"我明白了，谢谢您。我再去房东那里问问。"

"如果要问公寓的情况，需要找彩子太太。"

竹中家位于邻町，一栋房子里住了三代人。房主是竹中夫妇，此外还住着长女夫妇一家、长子夫妇一家、次子夫妇一家，还有尚未成家的三儿子和二女儿。

不知道是不是对我感兴趣，在签租房合同的时候，我被拉去和竹中全家都见了一面。可我还是没能记清他们的长相、姓名和排序。为了避免混淆，像房屋中介与田上这样与竹中家时有来往的外人，背地里会用代号来称呼他们。

　　"彩子太太是哪位来着？"

　　"儿媳二号。"

　　也就是次子的太太。虽然有些失礼，不过这种叫法的确便利。顺带一提，想出这些代号的是柳夫人。她不是因为记不住才这么做，单纯只是觉得好玩。

　　竹中彩子（儿媳二号）是个身材苗条的美人。

　　"私家侦探呀，和马修·史卡德[①]一样呢。"初次见面时，她这么说着，一脸兴味盎然的表情，"我很喜欢看推理小说。"

　　而我则扫兴地问她："不好意思，请问史卡德是哪位？"她笑了笑，借给我几本口袋书，都是描写私家侦探的美国小说。

　　那之后，竹中儿媳二号就对我十分亲切（没有超越房东儿媳和房客之间的距离）。这次也是，我刚向她打听情况，她立刻取出一个小纸箱。"房地产合同都是交给诸井先生处理的……"房地产中介公司的老板名叫诸井和男，为我介绍房子的就是他。公司的名字就像是在搞笑，叫"诸诸住宅"。"连房客留下的东西都让他收着实在不太好意思，所以就放在我们家保管。三云婆婆还活着啊。"她小声说道。

　　"还不确定。我可以打开吗？"

---

① 劳伦斯·布洛克笔下的侦探形象，登场作品有《八百万种死法》《繁花将尽》等。

"请。"

竹中家的房子很大，却不能称之为宅邸。这一片地皮面积不小，最开始，他们只在边角处建了二层小楼。之后，孩子们越长越大，房子也不断扩建，最后建成了一幢颇为别致的拼凑宅子。而我这种并非宾客的人到访时，就会被带到拼凑宅子角落里的一个房间。房间内放有简单的待客桌椅和柜子，墙上装饰着令人摸不着头脑的抽象画，每隔一段时间就会换新。据说，这些都是读美术大学的三儿子画的。

"收拾屋子时没看到衣服。不知道是三云婆婆带走了，还是不想让别人看到就事先扔掉了。所以箱子里的东西，说得不好听点，都是不值钱的东西。"

的确如此。纸箱里有用了一半的信纸和信封，墨水干了的旧钢笔，空空如也的零钱包，保佑出行安全的护身符，便携式针线包，系着铃铛的挂坠，眼镜腿弯了的老花镜，单行本尺寸的布面书衣。书衣装在薄薄的塑封袋里，看来还是新的。

"洗涤剂、牙刷，还有晾衣夹之类的东西都扔掉了。几双鞋子也进了垃圾箱。还有几样东西更难处置——一床被子、几张毯子和两个坐垫。因为还很新，晒干之后换上新罩子，都捐给会堂了。"

"三云女士是什么样的人，您还有印象吗？"

"嗯，签租房合同时我和我婆婆在场。她是个矮小的老婆婆，要是还活着就太好了。"说着，儿媳二号露出略带沉重的神色，"过得不错的话，怎么也不来跟我们打声招呼呢？我们又不会怎样。"

"府上好像对她颇为照顾。"

儿媳二号点点头。"不要押金，不要礼金，不要担保人，第一笔房租可以等养老金到账之后再付。而且，我婆婆还给了她两万块应急。三云婆婆当时差点流落街头呢。"她细声说道,"她到诸诸住宅时,真的只带了一个包而已。"

那时的三云胜枝明显在经济上有困难,而且可能另有隐情,但诸诸住宅并没有把她赶走。

——大家人都很好的。

诸井先生将此事告知竹中家。竹中夫人便和儿媳二号一起来到了诸诸住宅。

"一见到三云婆婆,我就知道我婆婆肯定不会不管她。果然是这样。"

她们因此了解到相当多的内情。

"我不太记得她的长相,但关于她的事情我倒是都还记得。我从来没想过,世界上会有女儿对自己的亲生母亲那么狠心,简直难以置信。"竹中儿媳二号的表情严峻起来,"三云婆婆的丈夫走得早,她一直和女儿一起生活,一个人辛辛苦苦把孩子拉扯到高中毕业。三云婆婆的女儿毕业后找了份工作,结了婚,但快到四十岁时离婚了。女儿也没有孩子,就一个人回了娘家,没有再婚。"

可能是太孤独了吧——三云胜枝这么说过。

"据说是沉迷于一些奇怪的东西,然后一步步愈发不能自拔。"

"奇怪的东西?"

竹中儿媳二号皱起眉头。"当初乍一听我也没太明白,现在也不知道该怎么形容,应该是占卜一类的。"

简言之,三云婆婆的女儿迷信上一位能够颁布"圣谕"的"大师",开始不停给对方上贡。

"唉,这也不是什么稀奇事。"我今天第二次产生这种想法。

"我婆婆说了,肯定是个邪教。三云婆婆的女儿不仅把自己的薪水全都交给了那位大师，还强迫母亲也给大师上贡。三云婆婆不愿意，和女儿大吵了一架。然后她女儿就跑到那个大师家里住了，也不知道是去当情人还是做弟子。"

那是二〇〇八年十二月再往前数一年所发生的事。

"但是事情并没有就此结束吧？"

"可不是嘛。"

女儿在大师身上砸了不少钱，每次来找母亲，张口闭口只知道要钱。三云胜枝一旦给钱不够痛快，她就会从母亲的钱包、抽屉里直接拿走现金，或者把值钱的东西全都带走卖掉。

"还不只这些呢，她那个恶女儿啊……"竹中儿媳二号连称呼都换了，愤愤地说，"可会花言巧语呢，还特意等到三云婆婆养老金到账的日子来要钱。又是哭又是求，还说什么把钱都捐给大师也是为了母亲好。三云婆婆在我们面前说这些的时候，眼泪流得止不住。"

——我不是孩子奴，只是实在太蠢了。看到女儿那样求我，怎么狠得下心拒绝呢？

"她闺女还说，要是不'借'给她钱，她就去借高利贷。"

——那怎么得了！我听了这话，吓得脑袋一片空白。

"老婆婆把自己当成命根子的三百万定期存款都取了出来，结果全被那个恶女儿拿走了。再怎么说，这也太傻了吧。"儿媳二号就像在为自己的事感叹一样，"就随她去不行吗？现在高利贷也没那么猖狂了。她说要借，就让她自己想明白后去借嘛。"

我安抚道："对老人家来说，光是'高利贷'这三个字就足以吓破胆了。"

积蓄被一抢而光，养老金也不断被榨取，生活陷入困境是迟早的事。即便拿女儿没有半点法子，三云胜枝也会有受不了的一天。她终于爆发了，大骂着要断绝母女关系，和女儿大吵一架。

那应该是十月初的事了。

"那个恶女儿居然说'那我就提前把遗产拿走了'，然后把三云婆婆用来收养老金的银行卡抢走了。"

三云胜枝急忙去更改账户，但卡里已空空如也。当时她拖欠着水电费和燃气费，房租也已经拖了很久没交，物业还对她说了不少难听的话。

——要是被人给赶出去，简直比让我死还丢人现眼。

于是，三云胜枝从公寓逃了出来，在熟人家暂住了一阵，但也不好总是寄人篱下。

——哪怕只有三叠①大也好，我想着去租间房住下。

十二月四日，三云胜枝来到诸诸住宅。

"她说自己刚结婚的时候，丈夫公司的宿舍就在这附近，多少还算熟悉。"

——好怀念从前啊。

所以她才会来到这里。

田上猜得没错，三云胜枝的确是趁夜里逃出来的。但找她讨钱的并不是债主或放高利贷的人，而是自己的女儿，性质更加恶劣。

"竹中太太，您还记得三云女士女儿的名字吗？"

竹中儿媳二号那细长秀气的眼睛眨了又眨。"不记得。我好像从来没问过。真是大意了。"她懊恼道。

"事情往往就是这样。毕竟提起时说'她女儿'就足够了。"

---

① 日本计量房屋面积的单位，1 叠约为 1.62 平方米。

"这本来可以是一条线索的，真不好意思。"

"您不要太介意。三云女士的女儿现在也不一定还在使用真名。"

竹中儿媳二号发出一声惊叹。"我现在终于开始觉得，杉村先生您像是个真正的侦探了。"

"这个箱子我可以带走吗？"

"您请便。我会跟公公婆婆说一声的。"竹中夫妇正在国外旅游。"塞纳河古堡八日游。"儿媳二号说。

"古堡的话，应该是卢瓦尔河吧。"

"是吗？"

"最后一个问题，三云女士入住 Pastel 时，有没有提交什么能够找到她前一个住处的资料呢？"

"我们让她填了入住申请表，应该在诸井先生那里保管着。"

我抱着纸箱，从竹中家告辞。

卢瓦尔河古堡之旅。我曾和前妻聊到过，希望有一天能一起去。

——等咱们老了以后再去吧。头发都白了的时候。

又想起了这些不堪回首的往事。

3

诸诸住宅股份有限公司位于京滨东北线王子站前一栋杂居楼的一层。我抵达时，诸井社长正巧在办公室，很快就找到了资料。

三云胜枝在申请表上填写的前住址是江东区森下町"Angel 森下"二〇三号房。森下町是位于隅田川下游附近的居民区。

"当时您联系过那边吗？"

"没有，完全没接触过。万一因为我轻举妄动，让三云婆婆的女儿找上门来就不好了。"

诸井和男社长生着一副典型的日本中年上班族模样，可一旦戴上墨镜，看起来就颇像是"道上"的人。对于做房地产这一行的人来说，这种反差似乎也能带来便利。

"杉村先生，要去那边的话，还是先吃个午饭吧。"

于是，我们来到附近的咖喱店。

"三云婆婆还活着啊。"

"这个还不能确定。"

和这件事有点干系的人，都不认为那个人只是长得像三云女士而已。

真是一群善良的人啊。

我正想着，诸井先生笑着说："我可不是因为好心才这么说。我当时就觉得很奇怪，因为三云婆婆也给我打电话了。"

原来她不只给田上打了电话。

"她说已经没钱付房租了，活着也没意思，所以要去死，声音小得跟蚊子似的，然后马上把电话挂掉了。"那通电话是打到店里来的，来电显示是"公用电话"。

"您觉得哪里不对劲呢？"

诸井先生立刻答道："因为她根本就没拖欠房租啊。"

三云胜枝没有拖欠 Pastel 竹中的房租。

"如果是那种没钱交房租而跑路的人，一般在跑路之前就开始拖欠了。但是三云婆婆每个月都按时交了。彩子太太没告诉您吗？"

一旦有房客拖欠房租，诸井先生就会立刻向竹中家负责管理公寓的竹中彩子报告。

"就是竹中家长子的夫人。"诸井先生解释道。

"彩子太太是次子的夫人。"

"这样啊。儿媳一号是叫麻美，对吗？"

我们大家都一样，很容易弄混。

"所以，我们接到那通电话后等了超过一个月才清空了一〇二号房，这在合同上写得清清楚楚，流程上没有一点疏漏。"

也就是说，如果未支付次月房租，租住合同将自动解除，中介公司有权处理遗留物品。

"那她失踪之后，你们考虑过报警吗？"

诸井社长干脆地答道："儿媳二号问过我要不要报警，但我说还是算了。"

"那……她之前的住处归江东区政府管，你们有没有问过他们是否开具了三云胜枝女士的死亡证明？"

"当然没有，我们哪会多管这种闲事。"

"那社长您记得三云胜枝女士的女儿叫什么吗？"

社长悬着咖喱勺，想了三秒钟。"我记得是叫早苗。应该就是最普通的那两个字，早生的禾苗。"

"那就是三云早苗了。"

"应该是吧，毕竟离婚之后回娘家住了。啊，不过也有可能没改回原来的姓。"

这个恐怕与离婚的具体情况有关。

"杉村先生，您看看入住申请的附件材料。这不是有三云婆婆的健康保险证复印件嘛。"

我翻了翻手上薄薄一沓材料，其中确实有保险证复印件。"昭和十五年五月出生……"

"对，一九四〇年出生，搬进 Pastel 时六十八岁。现在如果还活着，就是七十岁。"诸井社长苦笑道，"这可不怪盛田女士猜错了。我最开始在店里遇见她的时候，也觉得这个婆婆快八十岁了。她看起来太苍老了，恐怕日子过得很苦。"

我就知道我婆婆肯定不会不管她——这是竹中儿媳二号见到三云胜枝时的感想。我越来越能体会到这句话的含义了。

"在她那个年代，丈夫死得早，独自一人含辛茹苦把孩子供到高中毕业，那可真是了不得。当时的社会福利也没现在这么好。"

"三云女士以前做什么工作呢？"

"听说是在缝纫工厂工作。结婚之后就辞掉了，丈夫去世后又重操旧业，一直干到退休。"社长慢慢回想起很多细节，点了点头，看着我说，"竹中家善待这些可怜人是不错。可我们也要做生意，就算有养老金，也得了解她具体能拿多少才行。"

"这是自然，我能理解。"

"她也说过，再就业之后就只是打零工。所以厚生养老金缴得不全，缴国民养老金的年限更长些，所以每月领到的钱很少。"

"不过，"诸井先生歪了歪头，"就算再少，养老金每两个月都一定会发一次。而且在 Pastel 安顿下来以后，也不用再担心女儿回来要钱了，按理说不会只因为钱就被逼到走投无路啊。"

我点了点头。空气中弥漫着咖喱香气。

"我也猜过其他可能性，想她会不会是得了什么重病，比如癌症或心脏病这种表面上看不出来的大病。想治得花不少钱，治疗过程太辛苦，加上对未来的恐惧，才钻牛角尖觉得不如早点死掉算了。"

这么想之后，三云胜枝便给社长和田上打了电话，从 Pastel 消失了。至于她是否去世则不能确定。

"的确有可能。"

"还有一种可能……"社长表情扭曲起来，一副很苦闷的样子，"要么就是被她女儿找到了，或者她主动联系了女儿，两人破镜重圆了。不过她们不是夫妇，这么说有点奇怪就是了。"

我能明白社长的意思。"但是，三云女士真的会主动回到女儿身边吗？"

"毕竟是母女嘛。而且她似乎也没别的亲人可依靠了，孤儿寡母的。"

在 Pastel 安顿下来之后，三云胜枝可能开始感到寂寞，担心起女儿来了。

"我觉得这个是最有可能的。如果真是这样，她自己可能也觉得难以启齿。跟我还好，但是对竹中夫人就不好解释了。"

毕竟对方那么照顾自己。

"但如果什么都不说就走掉，被我们四处寻找也很麻烦，所以她才甩下一句'要去死'，把我们唬住之后再离开。"诸井先生一笑，"不过都是我瞎猜的。如果是后一种情况，那三云婆婆还活着就没什么奇怪的。只是没法解释她为什么看起来比以前更时尚、更富裕了。"

没错，这一点难以解释。而且照顾她的那名年轻女子是谁？

"关于她女儿早苗迷信的那位大师，您听说过什么吗？"

诸井社长摇摇头。"要么是骗人的，要么就是邪教吧。"

和竹中夫人的想法一样。

我在咖喱店门口同社长道别，动身前往江东区森下町。我是第一次来这里，棋盘状的街道布局整齐，我跟着指路牌，很快就找到了 Angel 森下。

这是一栋两层建筑，外墙用灰泥砌成，平屋顶，开放式的走廊和楼梯，洗衣机放在屋外，上下两层各有五个房间。就像是Pastel竹中再老上二十年，又多了几间房的感觉。

外侧的楼梯旁装有金属信箱，上下两排，每排五个。这信箱也有些年头了，不仅锈迹斑斑，有的甚至凹了进去。

二〇三号房的嵌入式名牌上写着"三云"两个字。

我站在原地思考了一阵，然后上楼按下二〇三号房的门铃。一次，两次，三次。门铃响了三次之后，咔嚓一声，门在挂着防盗链的状态下打开了十厘米。

"不好意思。"

一个留着棕色长发的年轻女子从门缝间露出脸。一身运动服皱巴巴的，像是刚起床，眼睛大概被光线晃到了，微微眯着。

"不好意思打扰了。请问三云女士在家吗？"

棕发女子依旧眯着眼睛，眨了眨。"三云？"她的嗓音很沙哑。

"是的。"我说。

"您是哪位？"

"敝姓杉村，来拜访三云胜枝女士。"

棕发女子面露怀疑。"找胜枝女士？"

"是的。"

"不是早苗？"

我努力控制住表情。"早苗女士是胜枝女士的女儿吧。她住在这里吗？"

门猛然关上了。我站在原地。过了一会儿，门再一次打开。这次防盗链被取下了，眼前的女子比方才那个棕发女子眼睛睁得更开，身穿长袖衬衫和牛仔裤。她也留着棕色长发，在脑后扎成马尾，看起来三十岁上下。

"不好意思，请问您是哪位？"她的语气干脆利落。

定睛一看，刚才的棕发女子和一个留着黑色短发、穿着短裤的年轻女孩（可能只有十几岁）靠在一起，站在我面前这位女士身后盯着我。三个人的表情各不相同，但看起来都很不安。

"敝姓杉村，是侦探事务所的人，"我取出事务所名片，"有事需要联系三云胜枝女士。目前只了解到二〇〇八年十月为止她住在这里。"

穿长袖衬衫的女子把垂到额前的一绺头发别起来，反复看了看我的名片和我的脸。

"侦探事务所？"

"对。"

"不是物业的人？"

"不是。"

然后，她问出一句出乎我意料的话："那也不是警察，对吧？"

我表现出适度的吃惊："是遇到什么警察可能会介入的事情了吗？"

同时，我还适度表现出关切的态度。也许这一招走得不错，穿长袖衬衫的女子瞥了一眼身后的两个人，说道："我们不认识你说的胜枝女士，也没见过早苗的母亲。"

"这样啊。你们是早苗女士的室友吗？"

"嗯，没错。"

这时，后面的短发女孩开了口："我们是星友。"

长袖衬衫女子立刻扭头看她，露出一副"别多嘴"的表情，之后马上回过神来，调整着表情想要掩饰。"我们是室友。早苗也住在这里……"

她眼神游移，似乎有些犹豫，说话吞吞吐吐的。我尽可能保持着关切的表情，等她开口。

"不过她现在不在。"

"是出门了吗？"

"这个……我们也不清楚。"

在场三人之中，她扮演的应该是大姐的角色，也正因如此，她看起来最为不安。这份不安仿佛一杯满到杯口的水，随时可能因为我这个外人的疑问满溢而出。

"她差不多三个月没回来过了，也一直没来'圣克丘亚利'，打电话也找不到人。我们也不知道早苗在哪里。"说完，长袖衬衫女子在屋内翻找了一阵，将 Angel 森下物业公司负责人的名片递给我。

我拿着名片，坐一站地铁来到这家物业公司。

负责人年轻、时尚，身着修身西服，头发梳得整整齐齐。我告诉他，因为无法与三云胜枝和她女儿早苗取得联络，目前正在寻找她们。他起初还有些不得要领，听我讲完后，变得一脸狐疑，随后慌乱起来。

"房租可怎么办啊？银行账户还留着吗？"

令我惊讶的是，他以为不只三云早苗，连胜枝女士都还住在 Angel 森下的二〇三号房。

他这么认为是有原因的。在他来这家中介公司工作之前，三云母女便住在 Angel 森下，据说是很不错的房客。但从二〇〇八年春天起，账户上就一直划不下钱来。打电话询问后，三云胜枝急匆匆赶来付了房租。然而到了九月底，她又请求再多宽限几天。

"我们这里又不是历史剧里的大杂院，怎么能让她这么拖欠啊。

我就说，再这么下去，一个月之后就要请您搬走了。于是她可能想了不少办法，最后还是把钱交上了。"

可到了十月份，房租又没划下来，打电话也没人接。负责人到公寓找人，但房间里没人应声，天然气管道被关闭，电表也欠费停转了。这些和我从竹中儿媳二号那里听说的情况都对得上。

到了这一步，负责人才不再联系租房签约人三云胜枝，第一次联系了和母亲同住的女儿早苗。早苗的手机号码曾被登记在紧急联系人一栏。早苗接到电话后赶了过来，看样子非常震惊。

——太抱歉了。我和母亲吵了一架，搬出去住了一阵子。母亲一个人可能没筹到钱。

其实，三云胜枝此时已经借住在熟人家中，差点流落街头，到十二月初才总算搬进了 Pastel 竹中。

三云早苗很快补上了拖欠的房租。

——我想办一下手续，以后房租都从我的账户上划款。

事情就这样告一段落。到了第二年，也就是二〇〇九年三月，二〇三号房需要续签合同。

——母亲年纪也不小了，可以由我来签合同吗？算我是新入住的房客也没关系。

取得房东的允诺后（如果算新房客，房东可以多收一笔礼金，自然毫无怨言），早苗重新签了合同。之后便到了现在。

把母亲重要的积蓄全部抢走（也可能正因如此）的三云早苗，掏钱时居然这么爽快。

这一点暂且不提。

我并不是竹中夫人那样懂得体贴别人的人。从目前的情况来看，三云早苗瞒着房东，未经允许招来三个室友，可能已经违反了租房合同，不过我并不想指责这一点。反倒是眼前这个时髦的小年轻让我深感不快，而这也并非因为我和他之间不太愉快的对话。

"您清楚三云早苗女士的工作地点吗？"

"这可是个人隐私，我怎么可能告诉你。"

确实如他所言，如今的物业公司和古代的大杂院管事不同，一切以合同为准，一旦违约就算出局，这也无可奈何。

但三云胜枝是他入职前已经入住的房客，过去从未引起什么纠纷矛盾，并且年事已高，这样的人突然开始拖欠房租，他居然连一句"您遇到什么困难了吗"这样暖心的话都未曾说过，实在不像话。明明知道对方靠养老金过活，在人家拖欠房租时，却只知道说狠话、死命催，连一点了解情况的意愿都没有。不仅如此，在和早苗把事情谈妥后，明明没能和三云胜枝取得联系，甚至没见她的人影，"是否和母亲一起住""她近来是否还好"这样的问题都不曾确认过。

这不是什么工作能力问题，而是作为一个人，连最基本的人情味都没有。

现在的年轻人真让人寒心。我脑海中浮现出好几张脸庞，如果我对这几个人说这种话，他们肯定会放声大笑。我这么想着，回到了 Angel 森下。这一次，她们三个让我进了屋，还请我在门厅的椅子上坐下。

房间内很杂乱。休闲装和花哨的衣服混在一起，有的堆成一堆，有的随意搭着，还有的用衣架挂着。其中没看到飞行夹克。

我把租房合同的事告诉她们后，三个人明显松了一口气。

"我们不会马上就被赶出去吧？"

我故意歪了歪头。"你们有没有多少负担一些房租呢？"

穿长袖衬衫的女子回答道："有。这里一个月房租是五万五，算上水电燃气费，她们俩每人交一万，我交两万。"

这间房大概五十平方米，两室一厅，还有一间厨房。哪怕都是女性，四个人住也太挤了。

"租客未经房东允许就把房屋转租别人，可是违反合同的。"

"我们知道……"

"你们从什么时候开始一起住的？"

"去年四月份。早苗跟我们说，她正好刚重新签完合同。"

这和物业负责人的说法一致。三云早苗很可能在重新签约时就已经想好要找人合租，为自己分摊房费了。

"那现在房租和其他费用是怎么支付的呢？"

三人面面相觑。仍是穿长袖衬衫的女子回答："全都由早苗负责，从她的账户上扣钱，我们也不清楚……"

难怪她们起初还问我是不是物业的人。

"那如果她账户上的钱扣光了，你们打算怎么办呢？"

年轻些的两个姑娘垂头丧气，充当大姐角色的女子生硬地答了一句："到时候自然会有法子。"

"早苗从今年年初起就总是住在外面，很少回来。有时说是去旅游，连续一周都不回来。这次也……"她们觉得早苗过阵子就会回来，结果就这样拖了三个月。

"你们和早苗是在那里……"我指着客厅后墙上贴着的海报，"认识的吗？"

那张海报大约一张榻榻米席子大小。一名女子打扮得像是电影中的魔法师，一手持银色锡杖，另一手举起做起誓状。她头顶上方闪耀着电脑合成的银河，脚边开满鲜花。

指引你前行的银河精灵

来倾听亚特兰蒂斯的圣女艾拉的圣谕吧

团体名称似乎叫"星之子",海报正中魔法师模样的人应该就是教主,或者说是核心人物。她角色扮演般的服饰和妆容让人看不出年龄,粗略估计在四十岁到六十岁之间。

"是的。我们都是成员。"长袖衬衫女子冷冷一笑,"您刚才在心里嘲笑我们了吧?"

这个反应出乎我的预料。

"没关系的。我们已经习惯被别人当傻子看待了。他们都无法理解我们的心情,也不会来帮助我们。"

其他两人点了点头。

"这个成员就叫作'星友'吧?"

"是的。在通灵时能够产生共鸣,增强彼此法力,又合得来的成员叫'姐妹'。我和早苗就是姐妹。"

"成员大多是女性吗?"

"所有成员都是女性。"

"海报上这个人是……"

"是我们的领袖。我们称她为'老师'。"

原来三云早苗沉迷的教主并不是男性。

穿长袖衬衫的女子把我的震惊理解成了别的意思。她冷笑着说:"星之子可不是宗教团体,没有所谓的教义。我们会为了与高次元通灵而净化身心,参与进来的人都曾在社会上吃了许多苦。有很多成员也和我们一样,离家出走之后住在一起生活,大家都有自己的工作,有孩子的人也会好好照顾孩子。"

我抬头看着海报，仔细观察一番，然后回头直视三个人的眼睛。"可以告诉我你们的名字吗？"

一直沉默着的最年轻的女孩用挑衅似的强硬语气回答道："可以告诉你我们的星友名字。"

"嗯，没问题。"

穿长袖衬衫的女子破罐破摔似的叹了口气，抢先答道："我是贝尔，她叫布克，这个孩子是玲。"

"对外界来说，这名字没有任何意义。"玲说。

"没关系，这些就足够了。三云早苗作为星友的名字是……"

"坎德尔。"

我取出笔记本。"我可以记一下吗？"

"请便。"

"刚才，您……贝尔女士，是不是提到了圣克丘亚利？"

"那是星之子的总部。"

圣克丘亚利是"圣域"的意思，应该算是她们的教堂。三云早苗已经三个月没有在那里露面了。

"那是老师自己家。地址、电话还有邮箱都在上面了。"这些信息印在海报下方。

"有成员住在圣克丘亚利吗？"

"无处可去的人可以在圣克丘亚利得到庇护。尤其是带着婴儿或者小孩的人，会被优先保护。"

三云胜枝讲述自己的经历时，看来掺杂着许多误会。三云早苗并非在沉迷奇怪宗教后给教主当了情人，很可能只是加入这个团体后，开始和其他成员共同生活而已。在被抢了钱的母亲看来，这两者恐怕没什么分别，她没有精力去询问详情，只是从心底认定，女儿变成这样一定是被男人骗了。

"圣克丘亚利的运转需要钱。钱越多，作用就越大。"贝尔用一种过于事务性的语气说道，"所以成员们都会去工作，然后向圣克丘亚利布施。这是为了所有成员好，并不是把钱上贡给老师。"

我点点头。

贝尔流露出试探的目光："您真的相信吗？"

"您请继续。"

她再次无奈地叹了口气。"如果没有圣克丘亚利，我可能活不到现在，她们俩也差不多是这样。"

"我是从继父身边逃出来的。"布克还是一副刚睡醒的样子，畏光一般眯着眼睛，"我最开始还住在家里，往返于家和圣克丘亚利之间。结果继父逼我不准再去，我就逃出来了。"

"这样啊……"

"玲是在学校遭到了欺凌。"

"别说了。不要随随便便提那些。"玲用尖锐的声音制止道，随后愤怒地看着我，"你走吧。坎德尔不在这里，你也没什么事了吧。到处打听别人的事情，你不觉得自己很讨……"

"你们两个，"贝尔打断了她的话，"去买点东西回来。"

"我不要。"

"玲，你不觉得自己不应该用这种态度对待我吗？"

令人惊讶的事发生了。布克板着一张脸，玲还是满脸怒气，但两个人都站起身，从玄关出了门。

"您是负责教育她们两个的吧。"

贝尔点点头。"我只不过比她们早来一点而已。我们之中资历最老的其实是坎德尔。"

归根究底，圣克丘亚利成立至今，也不过刚满六年。

"虽然我反复在说，我们并不是什么大组织，用'成立'这个词都显得夸张。"

"嗯，我大概明白了。大家是把老师当作心灵支柱聚集在一起的女性团体，并不是什么邪教。是这样吧？"

贝尔点点头。"大家都很喜爱老师，也很尊敬她。"

"但是您知道吗？坎德尔为了布施，甚至把母亲的存款、养老金都取走了。"

贝尔的表情扭曲起来。她仿佛觉得垂到额前的发丝很烦人，伸手别了起来。"我知道坎德尔为了布施非常勉强自己。为此，老师也批评过她好几次。"

这也和我依据之前的信息产生的印象有所不同。

"坎德尔好像以为只要多多布施，就能尽快提高自己的等级，在圣克丘亚利当上大人物。但这不仅是她的误解，更是对老师的亵渎。"贝尔的语气中充满恳切与真诚，还有拼命压抑住的强烈愤怒，我没能打断她的话，"她……她虽然也遇到了很多伤心事，但并不是真的无处可去才来圣克丘亚利的。她和我们不一样。"一口气说完这些，贝尔又非常严肃地补充了一句，"她是很世俗的，执着于在现世获得幸福。"

"坎德尔离过婚。这件事您知道吗？"

"嗯。听她讲过很多次。"贝尔还是满脸愤怒，"我们会一起围着老师做告解。大家轮流讲述自己的过去。最开始情绪都非常激动，但在不断复述的过程中会慢慢平静下来。这也是告解的意义所在。而坎德尔每次提到离婚的事情，总会流露出强烈的受害者情绪，还会大闹一番。"

——我被他抛弃了啊！

"她自己和同事搞外遇，被老公发现之后离的婚，根本就是自作自受。但她自己可不这么想。"

——我不过是一时鬼迷心窍而已。

"她老公很快再婚，还有了孩子。这件事让她懊恼得直跺脚。"

太阳渐渐西沉，房间里暗下来。贝尔起身开了灯。

"您知道早苗女士在哪里工作吗？"

房间里亮起来之后，混在运动服、T恤衫里的花哨衣服醒目起来。我不由得被吸引了视线，贝尔都看在眼里。

"我和布克是做陪酒女的，玲估计以后也会吧。但坎德尔不是。她说做了这行之后就没法当什么正经人了。"贝尔说她也不知道坎德尔在哪里工作，"我们没问过，她也不提。"

说到底，在圣克丘亚利，没人在意成员的社会属性。

"这些事情和一个人的本质没有任何关系。我看坎德尔都是穿着正装去上班的，应该是个普通上班族吧。"

看来只能再去追问那个时髦的物业负责人了。

"这里有她的照片吗？"

贝尔给我看了照片，还找出笔记本电脑上的视频。那是圣克丘亚利例行的联欢会和圣诞活动上拍摄的视频。

"就是她。"

那是个中年女人，穿着很年轻，眉目清秀，头发及肩。在不同的照片和视频里梳着不同的发型。有时挽着发髻，有时扎两条辫子，有时剪成波波头，有时烫了卷发。还有的照片里，她穿着女巫一样的服装。

"这是通灵时的照片。其实原则上是不可以拍照的。"

最终，我只借走了一张照片，照片里她穿着简单的西装，基本全身都入镜了。

关上电脑后，贝尔对我说："如果坎德尔只是脱离了星之子，我不会觉得奇怪。"贝尔说自己从去年秋天起就多多少少有这种感觉了，"她会顶撞老师，还会在通灵时擅自打断精神集中……"

"在你们看来，这种行为是不被允许的吧？"

贝尔没有回答，继续说道："无论是多么重要、多么真实的圣谕，如果听者不是打心底相信，热情都会逐渐冷却。坎德尔抱怨自己努力布施也没有遇到好运，没有得到什么好姻缘。我当时还骂过她，说她说话太放肆了。"

好姻缘——这说法还真是不入流。

"不过我确实想不通她为什么不回这里，这里毕竟是她的家。"贝尔脸上的怒气消散了，露出不安的神色，那感觉仿佛从湿冷沙地中渗透出冰凉。

"关于坎德尔的母亲，我们真的什么也不知道。"

我觉得她没有撒谎。"打电话联系不上是怎么回事？"

"她的手机好像根本没开机。"贝尔说，"发邮件过去也完全没有回复。"

"麻烦您告诉我她的手机号码吧。还有，您最后一次和早苗女士见面是什么时候？希望能尽可能精确一些。"

正巧这时，布克和玲提着超市购物袋回来了。三个人讨论了一阵，得出结论："应该是八月七号或八号，差不多就这两天。"

和贝尔一样，布克和玲也不清楚三云早苗在哪里工作。不过关于早苗讨厌夜场的原因，布克给出一条有趣的线索。"坎德尔说，如果在做陪酒女时遇到了不错的再婚对象，她就抬不起头了。"

这也要看对方是什么身份、两人是怎么认识的。不过，的确不失为一种思路。

"突然来访，打扰各位了。如果之后又想起什么，或者和早苗女士取得了联络，还请各位告知一声。"我站起身，突然想到了什么，画蛇添足地补充了一句，"目前还不清楚在早苗女士身上发生了什么。只有三位女性住在这里，还请多加小心。"

布克和玲比我想象得还要恐慌。贝尔则立刻用之前那种破罐破摔的口气开了口："没事，还有我在呢。"我还没来得及问这句话究竟是什么意思，只听贝尔继续道，"我可是杀人犯，什么也不怕。没事。"

她这句挑衅式的回答让现场气氛瞬间凝固。贝尔转头背过身进了厨房，布克和玲开始收拾刚才买回来的东西。

我在玄关穿好鞋，走到屋外的走廊。在我走上街道时，布克和玲追了上来。

"啊，不好意思。"外面已入夜，室外的空气清新而冰凉。"贝尔说的那些都不是真的。"

我可是杀人犯——这句话和她说"如果没有圣克丘亚利，我可能活不到现在"大概有所关联。

"贝尔不是坏人。"

"嗯，我也这么觉得。"

"杀人的事是指……"布克细长的眼睛眯得更细了，"她开车撞了人。那是一起事故，不是故意的。"

"应该是很久以前的事了，不过每次做告解的时候，贝尔都会哭出来。我觉得她内心一直很痛苦。"

我沉默着对她们点点头。

"这个，请您收下。"她们递给我两张卡片。一张是陪酒女郎的名片，另一张是咖啡馆的卡片。"这是我们打工的地方。"

"好，我收下了。"

"刚刚很抱歉。"玲开口说道。她圆圆的眼睛犹如黑水晶一般，在小巷里无声闪烁着。"老师明明一直教导我不可以诋毁别人。我做得还不够好。"

"不，刚刚是我太冒昧了。"

两位星友回去了。在这个初次到访的地方，在初次沐浴的街灯下，我感到一阵疲惫和寒冷。

4

三云早苗的手机没有打通。"您拨打的电话已关机，或暂时无法接通。"话筒中传来熟悉的提示音。这说明她还没有销号。

"哦……通灵指的就是和灵体沟通吧，通灵者就是灵媒。"

一夜过去，侘助的老板又来送早餐外卖了。我没有点餐，是老板想听故事，主动送来的。不过这家伙消息灵通，口风还很紧，和他聊天能帮助我整理思绪。

我吃着早餐，老板则在用我的笔记本电脑浏览星之子的网站，嘴里念念有词，也不知是自言自语还是在向我提问。

"杉村先生，这上面写的术语你全都懂吗？"

"不用全都理解，我知道的已经够用了。"

"这上面写着，'和高维度的宇宙精灵沟通，即可知晓你现世所背负的使命'。可真了不得啊。"老板感慨道，"但是，精灵和灵体是一码事吗？灵体说白了就是鬼吧，飘来飘去的那种。"

"老板，你不管店里没关系吗？"

"打工那孩子和柳夫人的侄子都在啦。哎……"老板夸张地划了一下鼠标，"圣克丘亚利就是圣域的意思吧。这上面说无论身无分文还是身负罪孽，只要来到圣克丘亚利就能得到帮助呢。"

"相当于基督教的教堂。"

"是吗？哎呀，这个好可爱。"屏幕上是一群打扮成精灵模样的小孩子。"上面说这些孩子会在复活节穿成这样去找彩蛋呢。"

"我昨晚也看到了。"

"不过，虽然她们使用的词汇和基督教很接近，节日庆典也一样，但看起来不像是宗教团体。你看，她们都不打算招收信徒。"

的确，星之子宣扬，所有女性成员都可以担任精灵的巫女，用通灵的方式与宇宙中的神圣精灵对话，从而实现"大宇宙边境太阳系第三行星上的星之子的最大幸福"，但这并非教义。同时，她们还对外表示，凡是想要觉醒为巫女（即找到自己的指导灵）的女性，无论是谁，这里都随时打开大门欢迎。而海报上亚特兰蒂斯的圣女艾拉，据说就是星之子领袖——老师的指导灵。

老板转了下椅子，面向我。"会被这些吸引的人，肯定是在现实生活中遇到难题了吧？"

"可能是吧。"

"另外，既然说了是巫女，自然会有很多弱势女性加入。"

也就是说，这里是一个避难所。

"但仅凭这种善意的互助，不会出问题吗？"老板一脸担忧，"像这样募集善款，很可能会被坏人盯上的。"

"也许星之子从一开始就是坏人在运营。"

"不会的。"

"我无法断定。"

"毕竟杉村先生你是悲观论者嘛。不过想想你的经历，也可以理解。"

最后这句太多余了。

"今天的早餐先赊着。"

老板"嘿咻"一声站起身，像是突然想起什么似的开口道："关于你昨天问到的那几位星友的名字……"

贝尔、布克、玲和坎德尔。

"贝尔是钟，布克应该不是单纯指书，而是'The Book'，也就是《圣经》，坎德尔是蜡烛。[1] 这三样应该都是象征魔女的物品。"

我震惊道："你知道的还真多。"

"我在书上看到过。据说在很久以前，每当教皇开除罪人的教籍时，会命人把钟敲响，将蜡烛一盏一盏熄灭，同时进行宣告。"

由此，这三个词的组合慢慢引申出魔女的意味。

"那玲又是什么意思呢？"

"象征教皇权威的指环吧？"

"这些小知识确实很有趣，不过对我们而言有什么用呢？"

"没什么用。我走了。"

过了一会儿，我也出了门，打算去找 Angel 森下的其他房客和附近居民打听情况。三云母女在那个年轻的物业负责人入职前就住在那里，很可能与附近居民有些交情。

可我走了一整天，走到双腿仿佛灌了铅，也没有太大收获。

---

[1] 英文"bell"意为钟，发音与"贝尔"相近；"book"意为书，发音与"布克"相近；"candle"意为蜡烛，发音与"坎德尔"相近；下文"ring"意为指环，发音与"玲"相近。

当然，周围的人并非完全不记得她们母女俩。住在隔壁二〇二号房的一对老夫妇还记得二〇三号房的电和燃气曾断过一阵子。他们并没有为三云母女做过什么，只是知道而已。

今天询问的人差不多都是这样。认识归认识，但没有交集，也不曾来往。没有人发现三云胜枝已经不住在这里了。

打听情况的过程中，我发现三云母女并非在 Angel 森下住了十年、十五年那么久，顶多也就四五年。有可能是在早苗离婚搬回娘家后，两人才搬来这里的。

只有附近洗衣店的店主还记得早苗，说她经常光顾。

"说起来，好久没见她来了。"只有一次，因为要洗一整张褥子，店主上门取货，洗好后送回三云家。那是大约三年前的事，当时店主还见到了胜枝女士。

——我家只有我和母亲两个人。

三云早苗当时这么说过。

"那之后您还听早苗女士提过自己的母亲吗？"

"没有了。"

并不是说这一带的居民格外冷漠。这种状况，正是在我们这些厌恶沉闷的地缘关系的人，以及我们上一代人的积极企盼下创造出来的环境，这就是当代日本最常见的社区关系形态。在大城市，邻里社会基本已经固化成了这样。

傍晚，我觉得今天已经可以收工，便向都营新宿线的森下站走去。这时，物业公司那位冷漠的——如果这么形容有些过头，那就是没眼色的——年轻负责人打来电话。

"我白天去了趟 Angel 森下，三云女士的房间里不是有人吗？"

看来和我错开了。"您见到谁了吗？"

"没有。不过信箱上写着她的名字，里面没有报纸积压，电表也在正常运转。"

他觉得这样就没问题了。

"还有，关于三云早苗的工作地点。"

他打算告诉我个人隐私了吗？

"我看了下合同的相关材料……"

他恐怕也觉得不放心，去确认了一番。

"她是劳务派遣工。所以也不确定是不是一直在同一个地方工作。"

"这样啊。谢谢你了。"

"房租也能按时到账，应该没什么问题吧？"

问你老板去。

"再多观察一阵如何？"

他像是松了口气。"我会的。"

我在摇晃的地铁车厢中思考着。

据说三云早苗在前年十一月接到物业联络后，立刻赶了过来。她应该很惊讶，恐怕或多或少觉得自己做得过火了，担心母亲究竟去了哪里，在做什么，至少会感到不安。然而，一个极为现实的问题是，她是否有办法寻找自己的母亲。根据之前了解到的情况，三云母女除了彼此，并没有可依靠的亲人。

早苗支付了拖欠的房租，重新签订合同，继续住了下来（虽然精明地找来了室友）。她可能也在期待，只要留在这里，母亲总有一天会回来。

另一方面，三云胜枝的情况如何呢？今年二月四日，她给诸井社长和田上打电话，说自己想要自杀。当时，她有没有联系女儿早苗呢？虽然胜枝没有手机，但早苗有。她可以给早苗打电话。

——声音小得跟蚊子似的。

若是听到母亲说"我不活了"，早苗会怎么做呢？

我思索着，从地铁换乘 JR，在王子站下了车。快到年底，车站附近热闹起来。我穿过这片喧嚣，忽然被一样东西吸引了注意力，脑中灵光一闪。

靠养老金过活的老人家，有可能突然变富吗？

有。只要遇到一件极为幸运的事情就有可能。

我抬头看着车站旁彩票中心门前翻飞的旗帜——"岁末珍宝大奖彩票。"

从时间上来看，中的可能是去年的岁末珍宝奖。头奖的奖金是两亿日元，算上前后奖总共有三亿。

这种可能性的确是有的。

回到家，我再次查看竹中儿媳二号借给我的纸箱。里面没有彩票。如果真的中奖，那的确不会留下来，但也没看到旧彩票。

三云胜枝买过彩票吗？她身边的人恐怕也无法回答这个问题。这个思路不错，可惜无法证实。

纸箱中还有一个未拆封的单行本尺寸的书衣。我撕下塑封袋封口处的金色小贴纸，取出书衣。

用手一摸就知道不是便宜货，很有质感。

书衣颜色朴素，采用植物染料上色。打开一看，书衣内侧印有漂亮的胡枝子花图案。设计者没有在外侧添加图案，而选择在内侧印上花样。图案虽是印的，不过相当精致，并非书店免费赠送的廉价货色。在方便插入书本封皮的口袋边缘，缝着小小的标签——"手工吉本谨制"。

我立刻在网上搜索这个关键词。这是一家专门生产印染、织物等布艺杂货的店铺，位于镰仓市。网站设计得十分漂亮。然而，我在商品目录中没有找到内衬如此精美的书衣。

第三天上午九点，我拨通手工吉本的电话，对面是一个声音低沉而有磁性的女人。

我自称睡莲咖啡馆的店员，说昨天有位客人把书衣忘在了位于新桥的店里，我感觉这东西不便宜，想试着还给失主。仔细一看，上面有贵司的标签，于是冒昧打了电话，看能不能找到线索。

磁性声音的主人措辞彬彬有礼。"好的。使用植物染料、内衬附有日本画的书衣的确是敝公司的原创产品。图案并非印刷，每一件都是手工绘制的。"

"是在贵司销售，还是为其他商家特别定制的呢？"

"的确在敝公司的店铺里有售。不过，也批发给了其他几家分销商。"

"实在不好意思，可以告诉我具体是哪几家吗？"

"如果是忘在咖啡店里，等那位客人再度光临时再归还如何呢？"

"那位客人是第一次来，还带着旅行箱，不太确定还会不会……"

对方继续以富有磁性的声音说道："您真是热心肠。"之后将三家店铺的名字和地址告诉了我。我道谢后挂断电话。

三家店都位于东京市中心，一家一家找也不算麻烦。不过我决定先去"鹿仓风雅堂"看看。那家店就在上野广小路上。

鹿仓风雅堂的店面看起来有些年头了，但并不显得老旧破败。整家店的布局小巧整洁，别具一格。单面开的自动门上方不是普通店铺招牌，而是挂着一块牌匾。

上午十点刚过，这里应该刚刚开门，一名六十来岁的男子穿着时尚的格子背心，正在用白色抹布仔细擦拭锃亮的柜台台面，那是由一整块木板打造的。

"您早，欢迎光临。"

我点了点头表示回应，开始拎着装有笔记本电脑的公文包在店内边走边看。

这家店也有自己的网站，我在来之前浏览过。店里出售小型家具、日本陶器、和式杂货，整体感觉比较高档。我在店里再次确认了这一点。陈列架上随意摆放的鸳鸯茶碗标价二十三万日元，旁边的瓷盆卖一百五十万日元，二者都是伊万里烧。

植物印染的书衣与抽纸盒、布手巾一起放在布艺品陈列架上。单价两千五百日元。作为书衣而言，算得上是高级货了，但在这家店里属于便宜物件。

那位年长男子戴着细框银边眼镜，在柜台里摆弄电脑。店内轻声播放着古典乐。角落处陈列着镶有镰仓雕外框的细长穿衣镜和梳妆台，一旁张贴着宣传纸——"本店提供室内装潢咨询服务"。

店门自动打开，一个甜美的声音传来。"早上好！"

我以相对礼貌的速度回头看向门口，不禁呼吸一滞。

那是个二十五六岁的姑娘，长相可爱，留着蓬蓬的浅棕色头发。她穿着厚实的飞行夹克，上面印着英文标志，饰有贴布徽章。她注意到了我，低头对我说了声"欢迎光临"，随后便走向柜台。

柜台里的男子回道："早上好。"

"我来晚了，抱歉啦。"

"今天本桥会把之前提过的拼木工艺品送来。佐伯的梯形柜怎么样了？"

"没问题的，爸爸，木部工坊那边会负责修理。对方说之前你也找他们帮过忙。"

"是吗？"

"你忘了啊？"穿飞行夹克的女孩笑着说，"说是一周后会把报价发给我们。"

"哦，那就拜托你了，不好意思啊，友子。"

"嗯。"

看来这是家族经营的字号，令人心头一阵暖意。我在陈列架间随意逛着，慢慢走到柜台边。名为友子的女孩脱下飞行夹克，顺手搭在椅背上，穿上格子背心，这应该是店里的制服。

"早上好。"我对他们俩笑笑，单手搭在柜台上，"店里的东西都很不错。"

鹿仓家父女俩露出笑容，一同郑重地点头致意。

友子小姐开了口："谢谢您。请问您在找什么呢？"

"嗯。我在新桥开咖啡馆……啊，是一间很小的店。"

父亲低头继续操作电脑，友子小姐隔着柜台走到我对面。

"最近打算重新装修一下。"

"那真是恭喜了。"

"机会难得，我想趁这次换一些新的陶器。有位熟客告诉我，想找日本陶器的话，在上野广小路的鹿仓家买很不错，还能帮忙做室内设计。"

"这样啊，真是感谢。"

我没有田上的好口才，胡乱编造这些说辞多少有些内疚。"那位熟客是位姓三云的女士……"

友子小姐眼睛一下子睁圆了，笑容也更加灿烂。"哎呀，是三云女士吗？她经常来照顾我们生意。"

赌对了。

"三云女士，名字应该是叫早苗吧。她经常和母亲两个人光顾店里。"

"我也认识她的母亲。"虽然内疚，但没有良心不安，我继续信口开河，"敝姓杉村。她是八月向我推荐这里的，可惜我一直没时间过来。三云女士提到过我的店吗？"

友子小姐一脸过意不去的表情。"没有，没特别提到过。不过，三云女士时常会来选一选新家的室内装饰。"

新家的室内装饰。

"对对，难怪三云女士最近忙得没去我那儿。她经常光顾这里的话，能否帮忙带句话呢？就说杉村向她问好，记得有时间再来尝尝睡莲的热三明治。"

"好，我会转告的。"

话说到这里还不结束会显得不自然。正当我这么想的时候，鹿仓父亲把银边眼镜滑到鼻尖，转头看向我。"三云女士现在住在池之端的'和泉酒店'。您带着热三明治当作伴手礼，去打个招呼不是更好吗？估计她也吃腻酒店的饭菜了，肯定会很开心的。"

我不禁想感谢上天，这位绅士老爹居然如此磊落大度。"啊，说得也是。毕竟她总是照顾我的生意。"

"就是因为有这样的老主顾，你才年纪轻轻就把生意做得这么红火，还有资金重新装修店面。"

"您说得对。多亏了主顾们的关照。"

"爸爸你可真是的……"友子小姐苦笑道，"人家可是咱们的顾客，这样多没礼貌。"

我挠挠头。"不不，您太客气了。在您店里逛了一圈，吓得我出了一身冷汗。以我的预算恐怕负担不起。"

鹿仓父亲笑眯眯地说："别这么快放弃呀，可以跟我商量的。"

我回了一声"好"，友子小姐递给我一张名片。

"做室内设计的是我母亲，不过我也多少能帮上些忙。"名片上写着"室内设计咨询师 鹿仓友子"。

"好的，谢谢。"我在心里默默道歉，"话说，您刚刚穿的那件夹克真不错。"

鹿仓友子回头看了一眼搭在椅背上的飞行夹克。鹿仓父亲笑着回答："她是为了迎合男朋友的喜好。"

"爸爸！你可真是的。"

之后，我离开了鹿仓风雅堂。

池之端的和泉酒店，不用调查我也有所了解。那是一家战前就开门营业的西洋宅邸式老牌酒店。战后，在美军占领时期被驻扎部队接管，用作军官俱乐部，是一座极具风情的建筑，位置绝佳。

到了春天，上野森林的樱花盛开之际，从和泉酒店三层的茶室向外远眺，那景色可谓无与伦比。我和前妻也一起来过不少次。三云母女如今居然住在这家鲜为人知的高级酒店？

酒店旁有一条单行道，道路另一侧开了一家连锁咖啡店，当初和前妻一起来时还没有。我决定在店里盯梢。酒店有两处出口，只有这边的正门设有供轮椅通行的斜坡。我决定赌一把。要是今天没遇到，明后天继续来蹲守就好了。

我在窗边坐下，打开笔记本电脑开始工作。这不是装样子，我在把至今为止的情况整理成报告。

吃完午饭，我走到店外，在门口晃了一阵，又回到店内。下午两点后，我点了烤点心和咖啡，换到窗边的另一个座位坐下。

目前能做的事都做了，我不由回想起鹿仓风雅堂那对亲密的父女带给我的淡淡暖意。我再次打开那家店的网站。应该是老字号吧，说不定和竹中家一样，也是本地的资产家。

鹿仓这个姓氏很少见，也不知算不算幸运，我随意在网上一搜，就看到一条新闻。

我盯着电脑屏幕，全身瞬间僵硬了。但我还是像个专业的侦探那样，分了几分注意力盯着和泉酒店的正门。我注意到，门童打开了前门，一名女子推着轮椅走出来。我将电脑合上塞进包里，走出咖啡店。

推着轮椅的女子穿着胭脂红大衣，皮靴后跟发出嗒嗒的声响。坐在轮椅上的老妇人把哥白林护膝编织毯拉到胸口，头发染成了深灰色，剪得很短。女子沿着我来时的路向上野广小路方向走去。她有可能打算去鹿仓风雅堂。

我抓住身旁没有其他路人的时机，开口搭话："三云女士。"

女子回过头。正是贝尔的照片和视频里那个人。

"您是三云早苗女士，这位是令堂胜枝女士，对吧？"

我虽然没打领带，不过身着西装，套着大衣，还提着公文包。她们没有回话，两人看起来都有些惊讶，不过没有表现出警惕。

"请问您有什么事？"三云早苗反问道，声音尖锐，有些出乎我的意料。

"胜枝女士，Pastel 竹中的各位住户都很担心您呢。"我回答道。

直到此刻，母女二人的脸上终于浮现出惊愕的神色。

我和三云早苗最后还是来到酒店对面的咖啡店。母亲胜枝则待在和泉酒店的大堂，因为我刚开始解释事情经过，她便面色煞白，像是吓坏了。早苗急忙推着轮椅，三人一起回到酒店大堂，她把母亲留在那里。

"先看会儿报纸吧。我马上回来。"早苗对母亲说话的语气颇为利落，但并不粗鲁，"妈，你什么都不用担心。"

正所谓进攻是最好的防守，她对我的态度盛气凌人，颇具攻击性。她反复问着"难道我做什么坏事了吗"，我反复回答"您和您母亲给身边的人添了些麻烦，让他们担心了"。

一开始，我们两人在街道上边走边说。当我提到贝尔、布克和玲的时候，早苗开始不停地打喷嚏，于是我们便到咖啡店坐下了。

"我离开 Angel 森下居然已经三个月了啊。我以为顶多也就两个月呢。"

"不止三个月了。"

"因为有很多事情要忙嘛。"早苗为自己辩解起来，"我是打算在新生活稳定下来以后再回去看看的。"

看来她还没想到，账户上的钱用尽之后，星友们会为此头疼不已。

"我想要断个干净。"她的语气愈发干脆，"真的就只是这样。所以我跟母亲说，不要告诉任何人，赶紧搬出来。"

我对着今天的第五杯拼配咖啡，悄声说道："如今您和胜枝女士看来都过着相当富裕的日子啊。"早苗身上穿戴的都是高级货。多亏过去的婚姻生活，我对女性服饰的档次多少有些鉴别能力。"遇到了什么好事呢？"

早苗不说话，搅动着咖啡。

"不告诉我的话，我会继续查下去。"

早苗不快地"哼"了一声。"彩票。去年的岁末珍宝大奖彩票。"

果然如此。

"是我母亲中了。买了五张连号的，中了头奖和前后奖。"

三云胜枝应该是在元旦那天的报纸上看到了中奖消息，大吃一惊后慌忙给女儿打了电话。明明之前有过那样的经历，这笔巨款可能再次被卷走，但老母亲还是会依赖女儿。

"我马上就去见了母亲。"

——妈，这件事绝不能告诉任何人！

"靠这笔钱就能改变人生了。所以我跟母亲说，要和过去拖累我们的一切断个干净，两个人一起开始新生活。"

所以她们再也没有接近 Pastel 竹中。

"虽然他们很照顾我母亲，母亲心里也很感激，但如果挂念着这些，是断不干净的。"

"您母亲能接受吗？"

"当然了！"早苗语气很冲，顶了我一句后又闭紧嘴巴。她用咖啡勺敲在咖啡杯上，猛地抬起头瞪着我。"要是被人知道我们中了三亿日元，不知会被什么人缠上。"

我在过去的人生中，也曾经因婚姻过上了与从小生长环境天差地别的富裕生活。因此，我很明白金钱的力量。金钱使人富有，但巨额资产会让人疑虑重重。

"我让她什么也别管，一个人从公寓里出来。母亲也照我说的做了。"

"但胜枝女士给房地产中介的老板和管理员都打了电话。"

早苗瞪大眼睛，嗤笑了一声："哎呀，电话是我打的。"

原来是她装成母亲打的电话。

"我想这样就不会有人调查母亲的行踪了。不过，这种事母亲做不来。"

所以电话里的声音"跟蚊子似的"。仔细回想，那之前从来没有人在电话里听过三云胜枝的声音。伪装起来应当不难。

"电话是二月四日打的。这样说来，胜枝女士在那之前就离开了 Pastel 竹中吧？"

"你问得太详细了。"早苗一脸不耐烦，"一月底时，我和母亲就开始在酒店住了。"

"一直在和泉酒店吗？"

"这都无所谓吧。"

"中奖的彩票，是您去兑换的吧。"

"钱是我在管。"早苗故意往后靠了靠，而后又向前探出身子，悄声说，"你如果想到处宣扬此事，我可以出封口费。想要多少？"

"给我吗？您想错了。"

"毕竟……"

"您辞掉了工作？"

"那当然。"

"就算想要隐瞒自己和母亲暴富的事情，您也可以和星友们好好道个别，然后再从森下町的公寓搬出来，这样不好吗？"

早苗那打了眼影、画着浓重眼线的眼睛一斜。"哈？星友？"她吐出一句，"那种东西。"

贝尔说过，从去年秋天开始，坎德尔心中的热情就开始冷却了。

"星之子并不是您所期待的那种组织，对吗？"

"嗯，我还以为是个更现实、更有建设性的团体呢。"

原以为混入高层后能为自己的人生打开新天地，或者带来好姻缘。可她猜错了。因此，一夜暴富后的她对星之子毫无留恋，想利落地和圣域一刀两断。

"您当时明明砸了那么多钱。"

"多少还是有过期待的。"

"还真是遗憾啊。"我用充满嘲讽的语气说道，"如果是这样，您也和胜枝女士一样，一月就离开 Angel 森下。隐匿行踪不就可以了吗？"可直到不久前，早苗才开始和母亲一起在酒店生活。"为什么直到八月初都还住在二〇三号房装样子呢？"

三云早苗露出怀疑我智商般的眼神。"那当然是因为有东西想要悄悄带出来啊。相册、纪念品什么的，还有父亲的遗物。"这些都是金钱无法换来的东西。"为了不让她们起疑，我都是一点点带出来的，所以花了不少功夫。"

"毕竟不能让她们发现你变成亿万富翁了嘛。"

对衣着打扮和随身物品都得多加留心，女性对这些是十分敏感的。

"手机号码为什么一直没有处理呢？"

"因为办了新号。"

"旧号也可以销掉啊。"

"我很忙。"

钱多的是，这点话费根本不心疼。

"话说回来，"早苗焦急得声音尖厉起来，"这件事，给多少钱你才能保密？"

"您不必担心。"我端起放有两个咖啡杯的托盘，"我不会再追查您了。如果觉得我和我的雇主太烦，您只需换一家酒店住就好。"

三云早苗再次瞪着我。

我问道："您在建新居吗？"

"那能跟你说？"

"是您和胜枝女士的新家吧。希望会是一个温暖的家。"

"哎，就这样？"

"这是您二位的人生。说起来，上周四在上野站附近，鹿仓风雅堂的友子小姐为胜枝女士推过轮椅吧。那又是怎么一回事？"

早苗眼神游移。"为什么连这个你都知道？"

我沉默不语。

早苗反复打量我，叹了口气。"出门散步的时候，我带母亲顺道去了趟风雅堂，商量装修的事情。后来母亲觉得没意思，友子小姐就说自己正好要出门，帮忙把母亲送回酒店了。"

这件事情，也不过仅此而已。

"今天原本打算去哪里呢？"

"附近的针灸诊所。母亲的腰痛病犯了。"

"这样啊。还请多保重身体。"我端着托盘站起身。

"喂！真的就这样了吗？"

三云早苗的语气中混杂着猜疑与安心，瞬间对应上我心中的某个疑惑。"您和贝尔到后来越来越合不来了，对吗？"

她眨眨眼。"什么？"

"从很久之前开始，你们就不太合得来，不是吗？"

"啊，贝尔啊。是啊。"她的眼角堆起皱纹，显得有些可怕，"那家伙烦得要死，根本就没资格教训别人，还那么盛气凌人。"

"所以您才会频繁光顾鹿仓风雅堂，就为了指桑骂槐。"

仿佛被我打了一拳，三云早苗僵住了。这种惊愕转瞬即逝，她立刻若无其事地一口咬定："我只是觉得那里的商品都很不错，才经常去的。"

"的确，您送给母亲的书衣也很漂亮。"

三云早苗愣住了。

"您不记得了吗？从时间上看，我猜是您年初为彩票的事去见母亲时送的。"

"啊，那个啊。"

看来她终于想起来了。

"从那时候开始，我就会不时去鹿仓风雅堂买东西啊。那家店真的不错，鹿仓家的人也都很好。"

她话语中流露出恶意，不是针对面前的我，而是针对贝尔。

"也差不多够了吧？我也不能一直让母亲一个人等着。"三云早苗干脆利落地离开了。

我走出咖啡店。连咖啡的香气，此时也觉得恶心。

第二天一早，我请柳夫人和盛田女士来到事务所，说明了本次的调查内容。柳夫人对彩票头奖大为吃惊，盛田女士则为上周四的所见并非自己的错觉而高兴。

"三云婆婆身体健康，那就再好不过了。"

"我会出一份调查报告。"

两人纷纷表示不需要走这么严肃的形式。

"杉村先生办事可真麻利。"

"真不愧是行家。"柳夫人夸奖道。

"只不过是运气好而已。"

"您要是说得这么容易，我就只帮忙打扫半年垃圾回收站啦。"

我刚表现出几分失落，盛田女士便笑着说："剩下半年我来吧。杉村先生，我啊，没法对这件事置身事外。我是说三云婆婆的事。我总觉得自己有一天也会变成那样孤苦伶仃的老婆婆，所以为婆婆感到高兴。说不定，我之后也能遇到中彩票这等好事呢。"

"是啊。"我说。

这时柳夫人插进嘴来："先别说这个了，你倒是先结婚吧。现在结也不迟啊。"

"讨厌啦，我这都一把年纪了。这话你该跟杉村先生说。"

"啊，手机好像响了。"我赶紧逃离现场。

再次拥有一个家庭，一个有人等我回去的家庭。先不论是否还有这样的机会，至少目前，我并不觉得自己未来有一天会萌生这种想法。这个事务所就是我的家。这里就是我的归宿，我的圣域。

阿姨们带来热闹与欢笑，不也很好吗?

贝尔和布克是做陪酒女的，起床应该很迟。下午一点过后，我按响门铃，贝尔开了门。她说玲去上班了，布克去了美容院。"我一会儿也要去圣克丘亚利。"

她的确在做出门的准备。

"那我们就站在这儿说吧。"我把门紧紧关上。

三云早苗和她母亲住在一起。我只告诉了贝尔这些。"她应该不会再回来了。近期她可能会联系您，也可能不会。无论如何，我建议你们还是尽早另寻住处。"

贝尔老实答应，说自己会这么做。

"贝尔女士。"我以郑重的语气说道，"您如今仍会……比如说在彼岸日或是忌日时拜访鹿仓家吗？"

仅凭这一个问题，贝尔就意识到我发现了什么。她脸上的表情消失了，垂下肩膀。

我无法直视她的面孔。"之所以这么问，是因为三云早苗如今已是鹿仓风雅堂的大客户了。她和鹿仓家女儿友子小姐的关系也很亲密。"

贝尔无声地站在原地，面无表情，脸上的血色也褪去了。

"三云女士似乎认为您对她说话总是太严苛，憋了一肚子气。这恐怕也是在对您使坏心。她是在告解时听说了您的过去吧。"

"肯定是这样……"贝尔喃喃道。她的声音微弱，仿佛在颤抖。

"万一您和如今的三云女士以圣域外的身份碰面就不好了，我这才多此一举，实在抱歉。"

贝尔摇摇头。"我没去过店里。鹿仓一家住在本乡那边。"

"这样啊。"我搜索"鹿仓"这个关键词后跳出的新闻，也提到事故发生在本乡二丁目的路上。

"从交通肇事犯监狱出来后，我曾经去道过一次歉，不过被赶出来了，还让我不要再来了。墓地在哪里也没有告诉我。"

"这样啊。"我重复道。

二〇〇〇年四月十日晚上九点左右，发生了一起交通事故，鹿仓义行、鹿仓优子夫妇在人行横道上被一辆闯红灯的轿车撞倒。报道中没有提及司机姓名，只提到是一名十九岁的女子上班族。

因为这起事故，鹿仓义行当场死亡。鹿仓优子被送到急诊室时处于心肺停止状态，没过多久也去世了。她当时怀有五个月的身孕。

"我那时候刚拿到驾照。"贝尔的声音依旧颤抖着，但没有停下，"我家的狗岁数已经很大了，大家都很宠它，不过它最黏的还是我。

那天夜里它突然就不行了。我当时正带着它往平常去的动物医院赶。我太着急了。"

满脑子想的都是自己的爱犬。

"没注意看前方。"贝尔闭上眼睛，全身僵硬。

"贝尔女士。"我再次呼唤她，"我不是希望您忘记这些。这也不是应该忘记的事情。不过，您已经偿还了罪过，可以调整自己的心情了。"

她没有回答我。泪水从她紧闭的眼角溢了出来。

"您被星之子拯救，把圣克丘亚利当作唯一归宿，这完全可以理解。但是，一直这样下去真的好吗？"

贝尔睁开眼，别起垂到额前的头发。眼泪滑落到脸颊。

"而且，只要是由人建立的组织，总会有变化的一天。"这是侘助老板说过的。"星之子也好，圣克丘亚利也好，以后都可能会变。"

贝尔流着泪，把目光投向玄关侧面的墙壁。

"开始寻找另一种活法如何？比如可以先联系家人……"

贝尔用毫无起伏的语气说道："我被判刑后，母亲上吊自杀了。"她终于抬手抹了把眼泪，"父亲和姐姐也不肯原谅我。"仿佛心中的大坝决堤，她短促哀号了一声，又迅速将哭声咽下。

我没有什么办法可以帮助她，只是面对着她。

"请用您那颗敬仰老师的心灵，多多珍惜一下自己吧。"最终，我这么说道，"对于布克和玲来说，您就像姐姐。通灵的契合度一类，我并不了解，但比起三云女士，她们两位才是您的姐妹。她们很爱您，也很担心您。"

贝尔抽了抽鼻子，自我保护一般用双臂抱紧身体。

"如果遇到什么困难，请随时联系我。我会尽力帮忙。"

贝尔的眼睛红通通的，布满了血丝，她看向我。"谢谢。"

　　我走出房间，二〇三号的房门关上了。如果有更温暖的话语就好了，可我想不出。所谓侦探，也不过如此而已。

希
望
庄

1

等待绿灯时，雨线转为大片大片的雪花。

绿灯亮起，我穿过人行横道，走向正对面的"指定老年人护理保险定点机构 花篮老人之家"。刚跨过入口处的自动门，一直站在大厅巨型玻璃窗前向外张望的中年男子便回过头，向我走来。"请问是杉村先生吗？"他身着白衬衫，打着领带，蓝色工装夹克胸前挂着印有证件照的工卡。

我们先交换了名片。对方的名片是彩印的，印有和工卡上相同的圆脸证件照，上面写着"社会福利顾问 花篮老人之家主管 柿沼芳典"。

"这里好找吗？"

"嗯。我的事务所就在附近。"

"这样啊。不过今天天气不太好。"

一大早就开始下雨，现在窗外又飘起鹅毛大雪，俨然一片雪国风景。我几乎要忘记正身处埼玉市南部的城区。

"大衣和雨伞给我吧。您这边请。"

大厅设有接待处，但现在没人值班，为来客准备的几处沙发上空无一人。没有音乐，这里很安静。

"现在是早餐后的休息时间。"柿沼主管说，"下午会热闹些，外部访客也会在下午来。"

"这样啊。在非来访时间打扰，实在不好意思。"

"相泽先生已经到了。房间在二层，走楼梯可以吗？"

"当然。"

楼梯间在敞开的防火门后，昏暗，冷得刺骨。墙上的涂料因漏雨留下一道道痕迹，楼梯台阶上的防滑垫已有多处剥落。大厅装潢采用暖色调，装饰风格统一，令人舒适，而这里和大厅形成巨大反差，有一种来到舞台后台的感觉。

登上舞台二层，苔绿色壁纸搭配奶油色油毡地毯，木纹拉门沿走廊排成一排，干净、明亮、温暖。

"这一层都是单人间。武藤宽二先生住在二〇三号房。"柿沼主管指了指一个单人间，那扇拉门敞开着，一名身材高大的男子正在里面收拾东西。他穿着毛衣和牛仔裤，打扮十分休闲。"相泽先生，客人来了。"柿沼主管打了声招呼，室内的男子利落地回过身来。

"初次见面，我是杉村侦探事务所的杉村三郎。"我在房间门口微微点头示意。

"呃，啊。"男子含混不清地答道，"您好，我是相泽幸司。"他急急忙忙翻找着牛仔裤口袋，同时朝房间里扬了扬下巴，"屋里有点乱，不好意思。咦？我好像忘带名片了。"

看来是个随性的人。

"我可以为相泽先生的身份做担保。"柿沼主管一副与对方十分熟识的样子，"有什么事再随时叫我吧。"说完，他带上房间的拉门，离开了。

这是间大约六叠大的单人间。房内摆放着护理床，按下按钮就可以操作，各个紧要处都装有扶手。这些都体现出房间在养老方面的功能性，除此以外，和快捷酒店没有太大差别。

屋内的确很凌乱。衣柜门半开着，床头柜的抽屉也敞着，抽屉里的东西都堆在床上。几乎都是衣物，其中也有书籍杂志。最显眼的是护理用纸尿裤。

相泽先生从一旁带有软垫的凳子上拿起一个大号波士顿包。"您请坐。"他收起笑意，直视着我，"我觉得如果要正式开始调查，还是先把老爸的物品都给侦探先生看一下比较好，所以才请您过来。劳烦您跑这么远，不好意思。"

他的父亲武藤宽二于上上周一，即二〇一一年一月三日凌晨五点三十二分死于心肌梗死，享年七十八岁。从去世前两个月左右开始，他多次对养老院的柿沼主管、工作人员，还有一次是对儿子相泽先生坦白了一件事，虽然只说了一些零碎的片段，但其中夹杂有很具体的细节。

他曾经杀过人。

为了调查这一自白的真实性，他们找到了我。

"我老爸是去年三月住进这家养老机构的。"相泽先生说道。他坐在床上，微微驼着背，一双大手的粗手指搓来搓去。"那之前就在这里尝试过短期住宿服务，他本人也很满意，说住着很安心。这是他自己的决定。我本来想在家照顾他，可惜他腿脚不灵便，走不了路。之前还摔倒过，骨折了一次。本以为坐轮椅会放心些，可让他自己上下轮椅也很困难。大小便也费劲。"相泽先生小声说道，"我和我老婆都是全职，实在照顾不过来。"

把年事已高、日常生活需要周到护理的父母送到养老机构，这完全不必感到羞愧，也不会有人因此责备子女。然而，子女却会觉得愧疚，忍不住想要为自己开脱。我的父亲已经病逝，母亲还健在，因此很能体会这种心情。

"我很理解您。这个房间确实不错。"

"啊……我想着至少得让老爸住上单间。"

"令尊喜欢将棋吗？"

仔细观察，可以发现留下的杂志全都是关于将棋的，书也都是棋手的评传或者将棋专业书。

相泽先生恢复了笑容。"他热爱将棋，这是他唯一的爱好。"

"棋术厉害吗？"

"我完全不会下棋，所以不太懂，不过他会在电脑上下棋，软件是面向高阶玩家的。"

"那看来水平相当不错。"

"他还经常研究诘将棋。老爸说那是一种谜题，和一般的将棋又不相同。"相泽先生似乎很怀念地眯起眼睛，"不过，哪怕是这唯一的爱好也……三年前，他摔断了腰骨，出院后就渐渐下不动将棋了。体力跟不上，注意力也越来越难以集中。只能看看电视上的对弈或者翻翻杂志什么的。"

在搬进养老机构前，相泽先生本打算把父亲喜欢用的棋盘和棋子也收进行李。

这些就留在家里吧，有人想要就送给他——父亲对他这么说。

"不过，他并没有老年痴呆，所以……"话说到一半，相泽先生顿住了，我猜到了他没说出口的后半句话，是时候进入正题了。

"首先我要确认一点，关于本次调查，您的家人是否知情？"

相泽先生块头大，五官也大。他瞪着圆溜溜的大眼睛说："不，我老婆儿子还什么都不知道。家里只有我听到过老爸那些话。"

"您家里有儿子呀。"

"对，有两个。我们一家五口人，老爸是单身。啊，这么说有点奇怪。他年轻时就和母亲离婚了，那之后一直是独身。"

"原来如此。您也没跟家里人说过那件事吗？"

"那种事情怎么好开口啊。"相泽先生脸上写满认真，还多少带着恐惧。

"柿沼先生和这里的工作人员有没有可能把这件事转告给您的家人呢？"

"不会。我拜托过大家不要说出去。毕竟不是什么好事……"他悄声说，"如果是老爸以前开车肇事逃逸了，或者喝醉酒打架把人打死了，像这种情况还好说。虽然这么说也不太好。"他语气急促，表情有些扭曲，"但是，这个……说实在话，老爸他……那个……做出的是非常规的变态事，所以……"

我平静地打断："现在还不确定令尊说的是否属实。"

"哎？啊，对。"

"那么，我也会只跟您一人联系和汇报的。"

"拜托了。"相泽先生俯下他魁梧的身躯，鞠了一躬。

"先和您说一下工作流程。做这类调查，我会先收取五千日元的委托费，一周后会向您报告初步调查结果，然后商量是否继续调查、费用如何计算……"

相泽先生惊讶得合不拢嘴，我只好停下。

"五千日元？"他说，"就只要五千块就行？"

"第一周的开销基本只有交通费，只要不去太远的地方，五千日元就足够了。"

其实这与去年十一月事务所接下的第一份工作有关，当时委托费正好是五千日元，那次事件顺利解决，为了求个吉利，之后便照着这个标准延续下来。这一点我决定先不提。

相泽先生干笑两声，接着由衷笑了起来。"哎呀，竹中夫人跟我说，杉村先生是个特别实诚的人，还真是这样。感觉实诚得有点傻了……啊！不对，我不该说您傻的。"

"没关系。"竹中夫人，是我租来用作事务所兼作自己家的老房子的产权所有人——竹中先生的夫人。相泽夫妇在池袋经营一家意大利餐厅，竹中一家老小经常光顾那里。因为这层关系，这份工作才落到我头上。"那么，接下来我做一下笔录。"

我取出淡黄色的便笺纸和圆珠笔。相泽先生坐在床上，直起身。

"为了沟通方便，我会把武藤宽二先生的话称作'自白'。首先我想请问，听过自白的人都有谁？"

"我、柿沼先生，还有负责照顾老爸的护理师见山。另外还有一个人，不过他不是直接听老爸说的，而是我和老爸说话时碰巧在场。"

这个人是养老院的保洁人员，一个名叫羽崎新太郎的年轻人。

"老爸说出那番话的时候，他正好在打扫卫生，碰巧听到了。"相泽先生从上衣口袋里掏出手机，"我家的店每周四、周日休息，我一般是每周四下午来看老爸。嗯，日历上……"他在手机上操作了几下，"对，应该是上个月十六号。羽崎急急忙忙跑来道歉说，后厨做了大扫除，他去那边帮忙了，所以到得比平时晚。这里的探视时间是每天下午，平日里打扫房间、洗晾衣物的活儿应该在上午就干完了。"

羽崎干活的时候，相泽先生就坐在房间角落。

"老爸立起上半身，靠在床头看电视。他在这里时一般都是这样打发时间的。"电视上正在放午后新闻综合节目，"然后，他开始嘟嘟囔囔。"

——这种事情，就像被什么附身一样，控制不了的。

"我问他在说什么，他就指着电视。节目里正好在报道一个年轻女子被杀害的案件。具体情节我记不太清了。"

去查一下应该很快就能查到。

"令尊指着那起案件报道说'就像被什么附身一样'，没错吧？"

"嗯。然后我说，是啊，这就好像被过路魔杀了似的，真可怜。他接着说，不光是被杀的人，杀人犯也是一样的。"

——犯下这种罪过的时候，都是被脏东西附身了，自己也控制不住。

相泽先生收起手机，一只大手盖在额头上。"您稍等一下。我来准确复述一下当时的对话。"

——这想法还真稀奇。

——是吗？不过，总有些事情是自己无法控制的吧。

——这个嘛……如果是恋人闹分手之类的，可能的确如此。

——不是那种事。这个女孩被歹徒袭击了吧。那个男人肯定是被脏东西附身了才这么干的。肯定会有这种情况，我清楚得很。

——这么说可真奇怪，就像你经历过似的。

——本来没有那种念头，不过我脑袋一热，一不小心就动了手。

我停下手中的圆珠笔。"脑袋一热，一不小心就动了手？"

"是的。"

"他的确是这么说的吗？"

相泽先生点点头。"所以我都不知道该怎么回应，只好傻笑两声糊弄过去。"

"令尊没打算继续说下去，是吧？"

"嗯。不过他死死盯着电视，表情可吓人呢。我也没说话，跟着一起看。羽崎打扫完房间说要走，我就跟着一起出了房间。我和羽崎说老爸是在胡言乱语，让他别往心里去。"

"羽崎先生呢？"

"他一脸不懂我在说什么的表情，不过毕竟年纪小藏不住事，看起来有点慌。我其实也尴尬得很。"相泽先生挠挠头，"后来，我又待在这里观察了老爸快一个小时，也没发现什么异样，他也没再说奇怪的话。那个节目结束后，电视上又开始重播悬疑剧。"

——爸，你经常看这种电视剧吗？

——无聊，我才不看。只不过太安静的话我会睡着，所以开着电视让屋里有点声音。

"我觉得老爸是不是悬疑剧看太多，把现实和电视剧弄混了，就像这样试着套了下话，不过没发现什么异常。"

相泽先生回家时，他父亲还在开着电视看将棋杂志。

"那天我直接回去了，可心里还是放不下。于是周日我又来了一趟，想找柿沼先生谈谈。"

柿沼主管是这家养老院的护理及生活管理负责人，同时负责与入住者家属对接。

"我觉得和柿沼先生聊天没什么负担，就跟他说了周四的事。"

——宽二先生也跟幸司先生您说了这些吗？

"柿沼先生说，他和护理师见山小姐都听老爸说过类似的话。从上个月，也就是十一月初开始，听过好几次。他还很犹豫要不要告诉我。"

于是他们赶紧叫来护理师见山，向她说明了情况。见山一脸困惑。

"她还安慰我说，老年人经常会冷不丁开口说这类古怪反常的话，把周围人吓一跳。"

据见山回忆，宽二先生所说"一不小心就动了手"的事发生在"昭和五十年八月""有个年轻女子遇袭后身亡，凶手未被抓获""当时我住在东京的城东区"，总共听到了这三条关键信息。

"我这一听，心里越来越慌。"

"那之后，令尊还提到过此事吗？"

"没有，我只听过这一次。"

"那您主动问过吗？"

"我是应该主动问的，不过没问成。我只跟柿沼先生和见山小姐聊过。"他说自己实在问不出口。

"除此以外，令尊还有什么反常之处吗？"

"没发现什么别的。"他缩起嘴角，"也可能是我太迟钝了。老爸去世之前，我竟然连一点征兆都没察觉到。"

宽二先生一月二日傍晚在养老院食堂里心脏病发作，被紧急送往医院后，第二天清晨在医院里去世了。

"之前医生就跟我说过，老爸动脉硬化非常严重，全身的血管已经像玻璃管一样脆弱了。血液流通不畅，所以总是手脚冰凉。"相泽先生回想起这些，不自禁地搓了搓双手，"血栓堵在大脑会引发脑梗死，堵在心脏动脉里会引发心肌梗死。主治医生说，各种情况随时可能发生，我也做好了心理准备，但没想到走得那么快。"

我没有说诸如"还好没受什么罪"这类任谁在此时都想得到的安慰，只是沉默。

"不过，现在想起来啊……"相泽先生眼神放空，继续说道，"老爸新年夜回家住了两晚，二号上午回来这里。我家是开店的，开年总会有客人光顾，我和老婆还得去各处拜年，忙东忙西的，老爸他也能理解。我把他送回来，他就坐在这儿……"相泽先生轻轻拍了拍床铺，"和颜悦色，笑眯眯的。他说伸江，啊，就是我老婆，说她煮的年糕汤真好吃。伸江怕年糕卡在老爸喉咙里，就把年糕切成小块，熬到年糕软烂。那与其说是年糕汤，不如说是放了鸡肉、油菜和鱼板的面糊。不过他说很好吃。"

——谢谢你们啊。

"他说得特别感慨。可能预感到自己没多长时间了。"

"如果这是令尊去世前的最后一句话，那我还真是羡慕。"我微笑道。

"是吗？"

"是的。"

"那，您要看看老爸的遗物吗？"

光是坐在这里讲这些，他大概心里也有些难受。

衣服、杂物、日用品当中没发现什么特别的东西，书籍杂志上没有笔记，也没有夹着什么东西，连折痕都没有。

"家里有老爸的旧照片和贺年卡，不过不太多。您需要吗？"

"如果能借用就帮大忙了。令尊的亲朋好友来参加葬礼了吗？"

"葬礼只有家人参加，消息只通知了亲戚。不过老爸应该有一本小通讯录……"他环顾室内，不禁苦笑道，"应该就在这里，我找找看。"

"麻烦了。要追查往事，只能依靠身边人的记忆了。"

我这样一说，相泽先生面露难色。"是吗……不过杉村先生，说实话，我其实不太了解老爸的情况。"

这是什么意思？

"我呢，和老爸团聚已经满十年，现在过了年，应该是第十一年。团聚之后的情况我都了解。不过在那之前嘛，我小学时候就和老爸分开了，中间有整整三十年都没见过面。"

2

委托侦探展开调查，这对于世上大多数人来说都是极为罕见的事情，一辈子可能只会经历一次。所有人都不习惯找侦探，有时会把最重要的事放到最后才说。对此我已经司空见惯。

"我父母一九七〇年离婚，当时我九岁。老爸是上门女婿，所以出户的是他。说直白点，是被赶出去的。"

那也是一月，和现在一样的季节。

"正月里，亲戚们都聚在一处，把父母离婚以及老爸和相泽家断绝关系的事情定了下来。差不多一周之后，父亲就离开了家。直到二〇〇〇年初春，他到我店里来，我才和他团聚。其间我们从来没联系过。说实话，我连他是死是活都不确定。"

我缓缓点了点头。"我本来还在犹豫该在什么时候问及此事，为什么您姓相泽，令尊却姓武藤。原来是这样。"

两人的父子关系有整整三十年的空白。那件事发生在昭和五十年，即一九七五年。如果宽二先生所言非虚，事件正好发生在这段空白期内。那是离婚后的第五年，他当时四十二岁。

"所以呢，老爸的那段人生我并不了解，却可能发生了什么事情。而我直到现在才从老爸口中知道这些。一想到这里，我就难受得不得了。"相泽先生说。

的确，我一开始也觉得不解。父亲的自白如此可疑，而且本人都已经去世了，子女居然还特意找人调查，实在有些奇怪。但如果有这样的往事，也就不难理解了。

"请别介意我刨根问底，您父母是因为什么离的婚？"

相泽先生表情扭曲起来，仿佛看到什么令他产生生理厌恶的东西，开口道："因为母亲有了外遇。"

我在手边的便笺上写下"母亲的男女关系"。

"相泽家从我外公那辈起在千叶开了家机械零件工厂，叫相泽有限公司。昭和二十四年创业，一开始就是家小作坊，第二年朝鲜战争爆发后，规模一下就扩大了。"因为所谓的朝鲜特需。"在我的印象里，厂子办得真的不错。效益最好时雇了二十多个人呢。"

武藤宽二也是工厂的工人之一。

"我母亲是独生女，对老爸一见钟情，说什么都要跟他结婚。当时她才十九岁，听说外公外婆非常反对，但她在家里闹个不停，说不让他们结婚就离家出走。最后外公外婆没办法，只好妥协，招了老爸做相泽家的上门女婿。"

两人结婚，宽二先生被收为干儿子，那是在昭和三十四年的春天。第二年，即一九六〇年五月，长子幸司出生了。相泽有限公司的业绩也一路走高，事事顺利。

"所以我小时候过得还是挺安稳的。结果突然就发生了那样的变故。人生无常，我九岁时就明白了。"

相泽先生母亲的出轨对象是本地银行的外勤人员，经常出入相泽有限公司。

"这对老爸非常不利，他是从工人一路干上来的。外公当然不想跟银行弄僵。母亲又坚称自己结婚太草率，想从头来过。她肯定要这么说，毕竟都这么大了。"相泽先生比了一个表示怀孕的手势。

"那个时候也有可能是宽二先生的孩子吧？"

"她断言绝对不是。老爸也没反驳过，所以应该是事实。"屋内暖风开得很足，他却打了个寒战，"对老爸来说，这就是噩梦啊。不过在那之前好久，他们的夫妻关系就已经名存实亡。可能对于母亲来说，老爸已经只是个普通雇员了。我长大之后结婚，有了孩子，渐渐理解了这种想法。爱情总是会冷却的。当然，爱情冷却也可以一起生活。不过，母亲并没有喜欢老爸到这种程度。她无法忍受和不喜欢的人一直维持婚姻状态。可能是从小到大都被宠溺着，不知道什么叫忍耐吧。"

一九七〇年一月，宽二先生改回原来的姓氏武藤，净身出户离开相泽家。几乎是无缝衔接，那个外遇对象从银行辞职，担任了相泽有限公司的副社长，七月正式入户。到了秋天，相泽幸司先生同母异父的弟弟出生了。

"老爸临走时，母亲还说今后要我继承家业，会好好培养我。不过这种话等到弟弟出生之后也就……"大块头的相泽先生在自己那张宽脸庞前摆了摆又大又厚的手掌，"忘了个一干二净。外公外婆，还有母亲，眼里就都只有弟弟了，我就像个寄人篱下的外人。"

身为副社长的继父很有经营头脑，进一步扩大了相泽有限公司的规模。但这对相泽先生而言并不是好事。

"继父对我很冷漠，我从没见他笑过。母亲也是一个劲儿地讨他欢心，哪还顾得上帮我们缓和关系。"

——你不行就不行在和亲爸太像了。

曾经有一次，继父对他这么说过。

相泽先生摸摸自己鼓鼓的腮帮子，笑着说："我的确和老爸长得很像。身体也一样壮实。越长大就越像，所以母亲和那个人才看我不爽吧。"

他称呼自己的父亲为"老爸"，称呼母亲却只是"母亲"，而不是"老妈"。

"因为家里是这种状况，我就选了一所全寄宿制高中，毕业后就到东京的烹饪学校学习。只有学费是让外公出的，生活费都靠自己打工挣。"

"您从小就想成为大厨吗？"

"我就是为了能够独立生活下去，想学门手艺。还有就是想找个和家里生意完全不沾边的工作。"

我似乎能理解这种心情。

"成年之后，那个家我只回去过一次，去参加外公的葬礼。当时我把外公给我出的学费全都凑齐还清了，算作我的奠仪。在我弟弟之后，我还有三个妹妹出生。其中小妹出生的事是我在葬礼上才知道的。那之后就再没联系过。"

"成年之后，您想过去寻找令尊吗？"

相泽先生之前总能立刻回答我的问题，这时却有些犹豫。"不能说完全没想过。不过我觉得，事到如今再去找人，会不会给老爸添麻烦啊。"

父亲可能已经有了新的家庭。

"小时候我也恨过老爸……不，应该不叫恨，算是失望吧。父亲没有来找过我。父亲也不要我了。在家里被人嫌弃碍事的时候，我经常想，如果老爸来把我接走就好了。每年年初第一次去神社参拜，我都会许愿爸爸今年一定要来。傻得可爱吧？"

"嗯。让人有点难过又有点感动。"

相泽先生腼腆一笑。"还有一个很现实的问题，我手上没有任何线索可以找到他。我不知道他老家在哪儿，也没和那边的亲戚来往过。"

和父亲团聚后，才终于询问了出生地和亲戚的情况。

"老家在栃木，农民出身，特别穷。家里有三男两女，老爸是老二，小学毕业后就出来工作了。家里只盼着他往回寄钱，根本帮不上忙。入赘到相泽家之后，他更是没日没夜地工作，连爷爷奶奶的葬礼都没能回去参加。离开相泽家，改回原名武藤宽二之后，老爸回了一趟老家。结果一家子全都离散了，田地也归了别人，找不到任何人的下落。他比我还要孤单……"

"不过，虽然过了三十年，他还是和您团聚了。"

"嗯。多亏了电视。"

二〇〇〇年二月，相泽先生和太太两人开的小店受到了综艺节目的关注。

"现在的店在池袋西口，当时那家店开在东口的杂居楼里。实际上只有两坪① 大。现在回想起来，我还真是走在了时代前面。"

整家店没有一个座位，但是可以吃到地道的意大利菜。

---

① 面积单位，1 坪约为 3.3 平方米。

"报道的艺人觉得这种模式很有意思，就来采访了。播出时长顶多三分钟，老爸就是看到那个节目才找来的。"

——相泽先生，有一位老先生站在楼门口，眼睛通红，感觉和你长得特别像。

"是隔壁店的人告诉我的。我心想不会吧，跑出去一看还真是老爸。哎呀，我们俩长得像可真是太好了。哪怕三十年没见，也一眼就能认出来。他看上去就像是我老了三十岁的模样。"

父亲武藤宽二当年六十七岁，儿子相泽幸司快满四十岁。

"我马上把老爸介绍给伸江，这之后才有了往来。他当时住在大森的公寓里，在附近的超市停车场当引导员。"

原来就在这么近的地方啊。

"老爸一开始很客气，对伸江和我都是一样。不过，我还是想尽早和老爸搬到一起住，伸江也很理解我。"

离婚后，宽二先生去了东京，辗转于好几家类似相泽有限公司的机械零件企业或工厂，一直工作到六十岁。没有再婚，退休以后开始做一些按小时结算的零工。

"他说自己还有养老金，足够老头子一个人过活。"

二〇〇三年，相泽先生开了现在这家店，二〇〇五年在埼玉县和光市建了自家住宅。那时候，他终于说服父亲搬去同住。

"老爸人很老实，不过我老婆还是处处留心，很照顾他，应该也费了不少事吧。真亏她能坚持下来，我特别感谢她。"相泽先生的表情终于发自内心地明亮柔和起来，"因为家庭环境不好，越来越多年轻人走上犯罪的歧途。这对我来说可不是什么事不关己的事。我当年也有可能一不小心就走上歪路的。是伸江拯救了我。她是我高中朋友的妹妹。我十六岁时认识了她，从那时就开始交往了。"

伸江太太一家家庭关系和睦，相泽先生说自己是通过她才第一次感受到家庭的温暖。

"多亏我老婆，我才能有一个家，才知道有家人是一件多么幸福的事情。所以我想让老爸也感受到这种幸福。"

这一点没有记下来的必要，于是我默默地看着他。

"不过我啊，杉村先生，还是无法原谅母亲和继父的所作所为。"相泽先生语气严厉起来，"我之前也很明确地这么对老爸说过，结果把他弄哭了。"

——都是我不好，让你孤零零的一个人，吃了好多不该吃的苦，都是我的错。

"他说他一开始就不该结婚。说当时母亲还是个孩子，不明白组建家庭、继承家业到底意味着什么。"

——当时我要是回绝掉这门婚事，一走了之就好了。但我还是心生贪念，以为和大小姐结了婚，以后总有一天能当上社长。

"老爸依旧在袒护母亲，当老好人也不能没有限度啊。"相泽先生苦涩地说道，"不过他都哭了，我也就没脾气了。"他耸耸肩，再次苦笑道，"那是我最后一次和老爸聊起过去的事情。可我还是无法原谅母亲。"无法彻底消散的怒火令他的眼睛蒙上阴霾。"对于我这个孩子的伤害都如此之大，那老爸作为被妻子背叛的丈夫、被赶出家门的女婿，当时该有多痛苦啊。但他却把这些全都压在心底，强撑着继续生活。"

如果这份忍耐在某个时刻突然爆发，让他失去理智呢？

"我并不是怀疑老爸，只是觉得，即便他真做了那种事，也不是无法理解，也正因如此才觉得害怕。昭和五十年正好是三十五年前，对于当时的老爸来说，距离被赶出相泽家也仅仅过了五年。"

在那场人生剧变后，并非已经过了五年，而是仅仅过了五年。在他成为一个衰老而和蔼的老人以前很久，在他不过四十二岁、正值壮年的时候……

"虽然可能是我胡思乱想，不过，老爸失去理智杀害的女人会不会和母亲很像呢？光是猜测他心中的想法，我就感觉又难过又痛苦，还觉得很恐怖。"

停顿片刻后，我按动圆珠笔，咔嚓一声收回笔尖。"情况我了解了。"

相泽先生猛地抬头看我。

"我接下这桩调查。也就是说，从现在这一刻开始，我会接手您的担忧。"

相泽先生看了我一阵，终于垂下肩膀。"好的，那就交给您吧。"

"我想知道重逢前令尊的住址，还需要他的居民卡和户籍誊本。虽然人离世后居民卡会被注销，不过如果有这两样，查起来更快，信息也更确凿。还是麻烦您帮忙找一下。"

"好的，我马上去办。"

我环顾房间。"是您一个人收拾遗物吗？"

"嗯？对，我老婆还要照看店里。"他看了一眼手表，有些着急，"她本来说要来帮忙，我说怕自己掉眼泪，想一个人静一静，这才出来的。"

那大概也是一段令人嘴角上扬的对话吧。

我把相泽先生独自留在二〇三号房间，走下楼梯，在转角处做了个深呼吸。

"被妻子背叛的丈夫""被逐出家门的女婿"，我自己过去的人生中也有过类似的经历。不完全相同，只是部分重合而已。所以，仅仅一次深呼吸就按捺住了涌动的情绪。

柿沼主管在一层办公区内侧的办公室。桌上摆着电脑，旁边有一套简单的待客桌椅。

"现在怎么办呢？要把见山小姐叫来吗？不分头询问，会不会导致证词相互影响啊？"

"不用那么严格，一起聊聊就好。那保洁员羽崎新太郎……"

"他今天不上班。"

柿沼主管打了内线电话，大约五分钟后，护理师见山来到办公室。让人感动的是，她还端着一个托盘，上面有一杯咖啡。

"现在刚巧是休息时间。"见山看上去三十五六岁，短发，性格开朗，"我和其他护理师每天都要填写日报，在这里可以查阅什么时间发生了什么事。"

柿沼主管启动桌上的电脑。"日报是用电脑记录的。"

护理师见山的日报显示，武藤宽二第一次自白是在去年十一月九日的星期二，用完午餐之后。

"武藤先生这天没去食堂，在房间内用餐。他早上测体温时有些低烧。于是我喂他吃了饭。到饭后吃药为止我都和他在一起。"

当时宽二先生开着电视，在看新闻综合节目。

"节目里在播新闻，说东京市中心有一个年轻姑娘被杀了。"

——好吓人啊。见山小姐是女性，看到这种案件肯定比我害怕得多吧。这世上心狠手辣的男人可多得很呢。

——是呀，必须多加小心才行。

——不管多小心，对方要是个人渣的话，你也是没法子的。

——哎呀，您可别说这种让人害怕的话。

——不过，人渣也不是一开始就如此。做出这种事的混蛋，都是脑袋一热，完全变成了另外一个人。我清楚得很。

——您清楚得很？

——嗯，我经历过。这么说的话，见山小姐肯定会害怕我，不过我可不是一般的人渣啊。

护理师见山一边回忆一边说，脸上露出困惑的苦笑。"我也只能笑着糊弄过去，说，哎呀，阿宽今天讲的故事可真是吓人。"

"阿宽？"

"对，护理师都这么称呼。武藤先生说年轻时大家都这么叫他，听我们这么叫，他会很高兴的。"

"我是称呼他宽二先生的。"柿沼主管补充道。

"这样啊。刚才那段对话，日报上是怎么写的？"

柿沼主管看着电脑屏幕读出声来："午餐时，他说自己是人渣，情绪有些低沉。下午三点测体温时，体温恢复正常。"

到那时为止，他和护理师见山都还没太把宽二先生的话当回事。

"老年人经常会出现这种状况。有时回想起过去的事情，就会突然发脾气，觉得自己活得非常失败，心情开始低落。"

"回想起的都是本人的亲身经历吗？"

主管和护理师对视一眼。"基本上是的。"护理师见山回答，"不过偶尔也会有人把别人的经历安在自己身上。"

柿沼主管点头道："比如说，当事人的母亲吃过很多苦。他在回忆'母亲原来吃过这么多苦啊'的时候，会难过得像是自己吃过那些苦似的，然后讲出来。所以他们并没有撒谎，也不是在编瞎话。"

"那要如何确认呢？"

"我们不会去一一确认。不过，大部分情况下很容易看出来。"

第二个听到宽二先生讲那番话的是柿沼主管，在十一月十八日。"当时我查房路过三层的康复室，正巧看到宽二先生在接受足部温热疗法。"这种疗法会用一台机器加热双脚，功效和热水泡脚有相似之处。"每次需要二十分钟。我就在旁边坐下来和他闲聊……宽二先生说，他最近晚上总是睡不好。说是会梦到以前的事，我就问他都梦到了什么。"

　　——我以前干过一件糊涂事，所以死人出现在梦里了。

　　"他那表情特别认真。不过语气非常淡然。"

　　——那真是吓人啊。

　　——自己做错了，也没法子。

　　——您做错了什么事呢？

　　——这我可没办法告诉您，柿沼先生。就是大错特错的一件事。

　　那一次他也说了"我是人渣"。

　　"日报里也提到了，我那次和宽二先生的主治医师谈了话。"宽二先生会在养老机构合作医院的血液内科看病。"因为可能需要服用安眠药。"

　　"而且血压也升高了。"护理师见山插话道，"吃降压药也降不下来。"

　　"对。我们当时还担心，是不是需要换一种药。"

　　宽二先生接受了主治医师的诊察。

　　"他本人说没什么不舒服的地方。医生也觉得身体没有大碍，更多是心理原因。应该是有什么事情让宽二先生感到紧张，影响了血压。"

　　"让他感到紧张？"

　　"对，比如和其他入住者或者工作人员吵架了，总之就是情绪上的事情。"

"关于这点有没有什么头绪呢？"

"我们实在想不到，所以……还是怀疑与自白有关。"

护理师见山点点头。"之后就到了十二月。我写日报是在……"

"二号和八号。"柿沼主管滚动电脑画面，"二号那次，他说是昭和五十年八月的事情，那是第一次提到比较具体的细节。"

"对，一开始他还问我昭和五十年是多少年前呢。"

当时护理师正在帮他吃早饭。

"我一下子也没反应过来，就写在纸上算了一下，告诉他那已经是三十五年前了。"

——已经过去这么久了啊。

"他说这话的时候，显得特别感慨。"

——不过见山小姐，杀人的追诉时效已经取消了吧？

"我对这些不太了解，只说了句'是吗'。"

——时效已经取消了。所以，杀人犯只能躲一辈子。

"实际上是这样吗？"柿沼主管问我。

我点头。"是的。去年四月刑事诉讼法修正案实施后，杀人一类恶性犯罪的公诉时效被取消了。"

"不过，这仅限于新法实施后发生的案子吧？"

"以前的案子如果还没过时效，原则上适用于新的法律规定。"

主管和护理师再次露出惊讶的表情。

"阿宽了解得这么清楚啊。"

"他新闻可比我们看得多呢。"

据说宽二先生还说了这样的话。

——昭和五十年八月，那天特别闷热，光是待着不动脑袋都有点晕乎乎的。所以我才会被不知道什么脏东西上了身。

"他说得越来越具体，我听着有点脊背发凉，这才第一次主动问他：'阿宽，那到底是什么事啊？'"

——还能是什么，就是杀了个年轻姑娘啊。太残忍了，人渣才会做这种事。

——凶手抓到了吗？

——没有，没抓到那个人渣。

——真吓人。是在哪儿发生的呢？

——我当时住在东京的城东区。就在那附近犯的罪，真的非常抱歉。

之后，他又重复着"凶手没有被抓住""人渣要逃一辈子"之类的话。他没有明说自己就是那个人渣，也没说自己就是凶手，但一直在暗示这一点。

"我也渐渐觉得，这恐怕不是单纯的记忆混乱。"护理师见山用手捂住嘴，"我也跟主管商量过，是不是和家属，也就是相泽先生说一声比较好。然后，再下一次是八号吧？"

柿沼主管看了看日报。"对。这天是见山小姐帮宽二先生洗澡。"

"洗完后穿好衣服，我推着轮椅和他一起回到这里，阿宽说了这样的话。"

——前阵子我说的话吓到你了吧？抱歉啊。我说话也是会看人的，你不用担心。

我把这句话原原本本记了下来。"说话也是会看人的"。

"阿宽看起来很内疚，他跟我说了两遍'抱歉啊'。"

"当时我们还有些犹豫，想再多观察观察，随后相泽先生就来找我们商量了。"

那是十二月十六日的事。

"除了您两位和相泽先生以外，还有其他员工知道这件事吗？"

"没有了。"柿沼主管马上回答，"啊，相泽先生找过我之后，我跟羽崎聊过一次，其他人都不知情。不然他们应该会向我汇报的。"因为担心引起不必要的麻烦，柿沼主管也没有主动打听。

"我也一样。"护理师见山附和道。

"负责护理宽二先生的不只见山小姐一个人吧？"

"当然。我们是排班制，每位入住者至少有三个人轮流负责护理。不过，可以说我是和阿宽关系最好的人吧。"

"您和他关系很亲近啊。"

"因为阿宽人很好。"护理师见山那张活泼的圆脸蒙上一层阴影，"他就那么突然走了，我心情很低落。"

"是啊。"柿沼主管喃喃道。

"我明天能见见负责保洁的羽崎先生吗？"

"可以的，他负责早班，应该是七点。"

"不会占用太长时间，还请您体谅。"

"到时我也会和您一起的。"柿沼主管应道。

"麻烦您了。综合目前掌握的信息，我感觉武藤宽二先生的头脑相当清楚啊。"

"那当然，他头脑确实很清醒。"护理师见山提高了音量，"他只是身体不太好。将棋也是，如果他想认真下，肯定还是很厉害。"她和阿宽关系好应该是真的。话语里都带着对他的思念。

"如果是这样，他的自白背后就肯定有某种理由或者事实佐证了。"我渐渐觉得，宽二先生并非产生了记忆上的混淆，或是将现实和幻想混为一谈。他们两位肯定也是这样想的，所以才不知如何是好。

"这……也不好说啊。"护理师见山有些沮丧。

"不过……记忆属于精神上的问题吧?可能有些情况只有本人才知道,也不用那么烦恼啦。"为了安慰她,柿沼主管用故作轻快的语气说道,"这个调查也是,只要让相泽先生解开心结就好。是这样吧,杉村先生?"

"是啊。"我随声附和。"刚才我在楼上听说了宽二先生过去的经历。他年轻时离了婚,和儿子分开了很长一段时间,一直过得很辛苦。"

"他好像是上门女婿。这也是宽二先生去世后听相泽先生说的。我们都挺惊讶的。"

"宽二先生没有主动提过相泽家的事情,或者有什么怨言吗?"

两人都回答从没有过。

"怨言牢骚都没有,他不是那种会流露这些负面情绪的人。"

"我也只听他说过是通过电视节目才和幸司先生重逢的……"

"宽二先生平时都会说些什么呢?"

柿沼主管稍微歪了歪头,看向护理师见山。"说些什么……你觉得呢?他其实不怎么说话的。"

护理师见山点点头。"我们这里照看的老人家,确实有些人会因为太渴望交流,一开口就说个不停。不过阿宽不是这样。"

"很沉默寡言吗?"

"应该说和一般人没什么分别。聊天的时候,他倒也很高兴。"

"我不太懂将棋,不过他会和一个叫佐佐木的护理师聊这些。"

"他还喜欢高中棒球。"像是突然回想起来似的,护理师见山说,"还经常在电视上看相扑。"

"他聊过自己的工作吗？"

柿沼主管抱起手臂。"宽二先生以前是工程师吧。"

护理师见山笑出了声。"柿沼先生之前有一次这么说，还被阿宽笑话了。"

"是吗？"

"阿宽可是个在这方面很古板的工匠。他常说自己退休之前还是好时代，国内的制造业还很有朝气，工作岗位很多。"

"是和机械零件相关的行业吧？"

"应该是。他退休后好一阵子指甲都黑漆漆的，根本洗不干净，被机油染透了。"

"是在日产工作吧？"

"那是三楼的小山。我听阿宽说，他在造船厂工作了很长时间。喏，现在是叫 IHI 吧？"

应该是石川县播磨重工业。

"不过阿宽是在一个小镇上的外包工厂工作，不是什么大企业的正式员工。"

"你记得还挺清楚。"柿沼主管摸了摸鼻子，"我就不行，总是会把好多人的话记混。"

两个人温和地笑了。

"这样啊。抱歉占用两位宝贵的时间，我最后再问一个问题。"虽然破坏了难得的好气氛，但这个问题却非问不可。"以防万一，我想确认一下，请两位不要介意。武藤宽二先生的死，两位觉得有什么可疑的地方吗？"

柿沼主管像是被吓了一跳，护理师见山则是一副没听懂问题的模样。"可疑？"她反问道。

"完全没有。"柿沼主管回答,"他坐在食堂的桌边等着吃晚饭,然后突然发作。我当时也在场。虽然立刻采取了急救措施,叫了救护车,但还是没能救回来。是病逝的。没有任何可疑的地方。"他的语气不再柔和。

"您说的'可疑'是这个意思啊?"护理师见山也反应过来,眼神变得犀利,"您难道是在怀疑这里的某个人害死了阿宽吗?"

"哎呀,杉村先生也说了是以防万一嘛。"

虽然很对不起帮我圆场的柿沼主管,我还是继续问道:"有没有可能是自杀呢?毕竟是在说出那样的自白之后去世的。"

——我可不是一般的人渣啊。

"自杀?怎么可能!"护理师见山激动起来,高声说道,"谁都有可能,但阿宽绝对不会这么做!"

"见山小姐,冷静一点。"柿沼主管安抚道。

她的情绪没有平息。"我们不会让入住者自杀的。他们不会自杀。我们就是为此才在这里工作的。"

"您说得对。"我打住话头,道别后走出办公室。护理师见山还是气鼓鼓的。

大厅的巨型玻璃窗外,鹅毛大雪又转回飘摇的雨滴。对于向善良的人们投去冰冷质疑的侦探而言,这冰冷的雨再合适不过了。我走进雨中,撑开了伞。

3

有两件事需要确认。其一,自然是昭和五十年八月发生的女子遇害案；其二，则是去年十一月引发宽二先生自白的那起年轻女子遇害案。

如果是过去的侦探，此时首先会去图书馆翻找报纸合集。而如今的侦探，则会在电脑前打开几个新闻网站进行检索。

我很快查到去年十一月那起案件的相关报道。十一月九日星期二，早上六点左右，东京板桥区一个体育公园内发现了一具年轻女子的尸体。女子身着慢跑服，死因系颈部压迫导致的窒息。发现者是住在附近前来晨跑的一对夫妇。发现地点是公园内长跑跑道尽头的灌木丛，尸体被发现时呈仰面躺倒状。

死者的身份很快被查明。被害人是一名慢跑爱好者，与发现尸体的夫妇认识，住在公园附近的一居室公寓里，在服装公司工作，名叫高室成美，二十三岁，独居。在尸体被发现的前一天晚上十点半左右，她曾给朋友发信息说"我去跑一会儿"。警方推断，在那之后她离开公寓，前往体育公园，在马拉松跑道上慢跑时遇袭。案发现场有明显打斗痕迹。被害人被打出鼻血，在灌木丛叶子上检测到多处飞溅的血迹，经检测属于她本人。可以确定这里就是遇袭、遇害现场。

被害人没有遭到性侵，但衣着凌乱。运动上衣和运动短裤被脱下，打底裤也被下拉至膝盖位置。袜子和慢跑鞋还穿着，手套、护目镜和帽子被扔到了灌木丛里。现场还有一条运动毛巾，不知为何被整齐地折了三折，摆放在遗体一旁。

凶器是被害人携带的 iPod 耳机线。耳机线在脖子上缠了三圈，深深勒进肉里。

高室小姐习惯在下班后来这个公园夜跑，每周大概两三次。她的朋友们称，曾经多次劝阻她，说女孩子独自在昏暗的公园里跑步太危险了。

——晚上跑一跑有助于睡眠。

她这样回应，还说自己会多加小心，没事的。实际上，她除了iPod以外还随身带着防侵犯蜂鸣器，遗憾的是，它完全没有派上用场。

十一月九日中午，宽二先生在护理师见山帮助下吃饭时，在电视上看到的应该就是对这起案件的报道。年轻女子被残忍杀害，还是刚刚发生的案件，午间新闻综合节目想必会大肆报道，这就相当于报纸的头版头条。

然后，宽二先生对护理师见山说，这世上心狠手辣的男人可多得很。

体育公园发生的这起案件很明显是性犯罪。虽然还不清楚详情，但怀疑凶手是男性并不奇怪。宽二先生认为身为女性的见山小姐会感到害怕，这也极为正常。这里的"正常"很重要，说明宽二先生的记忆没有混乱，情绪也非常稳定，甚至还会关心亲近的护理师。

针对这起案件的报道在持续数日后趋于平静。但到了十一月十五日，警方找到一段监控录像，案情进展再次引发关注。案发现场周边都是民宅，没有便利店，找到的录像也是民宅门口安装的监控摄像头拍下的。这间民宅位于被害人公寓和体育公园的正中间。

案发当晚十点四十二分，被害人身着慢跑服，头戴帽子，甩着手，活动着颈椎，悠闲地从摄像头画面中穿过。录像画质不差，但因为角度问题，不能清楚看到她的五官。

约二十秒后，同样是从右向左，一个戴着黑色针织帽、穿着黑色夹克的男子骑自行车经过。男子的面部同样看不真切，但他不紧不慢，没有什么可疑之处。

然而，约四十分钟之后，录像中这个头戴黑色针织帽、身穿黑色夹克的男子急匆匆蹬着自行车，从画面左侧向右侧快速穿过。

　　从右向左，是前往体育公园。反之，则是从公园返回。

　　这个针织帽自行车男子自然有很大嫌疑，各路媒体争相报道，并向观众征求线索。录像中没有出现道路护栏一类的参照物，不过同一录像中出现的被害人身高为一米六二，由此推算，该男子身高约一米七，年龄在二十到三十岁之间。自行车款式十分常见，不过警方在分析录像画面时，发现前轮车胎上带有白色污渍。

　　相关报道到此为止。那么，在十二月十六日，宽二先生向儿子自白时死死盯着电视，那时播出的究竟是什么呢？

　　找到这个问题的答案并没费什么功夫。这一天，高室小姐的父母召开记者招待会，宣布将赠予提供线索的人一百万日元礼金。有两个下午的新闻综合节目对此进行了报道，还插入了一些来自案发现场体育公园的连线片段，对整个案件进行回顾。宽二先生应该就是看到这则报道时说出被脏东西附身那番话的吧。

　　那之后，案件调查似乎没什么进展。摄像头拍到的自行车男子只是有嫌疑而已，并没有查到具体身份。线索只有那段录像，也的确很难推进。如果仅靠衣着来寻找嫌犯，恐怕连我都符合条件。

　　无论凶手是早就盯上了高室成美，还是在夜路上偶然遇到她才动了邪念，他一定对附近非常熟悉。没有消息称周边出现过可疑车辆，说明凶手是步行或骑自行车抵达现场的。就这一点而言，自行车男子的确可以算是头号嫌疑人。

　　被害人还被凶手打出了鼻血，右眼眶有瘀青，鼻梁右侧和右眼下方的颧骨处有明显擦伤。由此可知，凶手行凶时应该戴着质地粗糙的手套。击打被害人右脸，说明凶手很可能是左撇子，这一点在报道中亦被反复提及。

戴黑色针织帽的自行车男子在监控录像中没有戴手套。在十一月九日，即便是晚上，戴手套御寒也非常奇怪。如果是工作手套，若与身上的衣服不搭调，也很容易引人注意。无论凶手是自行车男子或另有其人，他一定随身带着手套，并在犯罪前套在了手上。

这样想来，似乎是一次有计划的犯罪。然而，凶器却是被害人的耳机线，这又让人感觉凶手是顺手操起身边物品行凶的。凶手想要侵犯那名女子，但一开始并不打算杀人，所以在遭到对方反抗后慌了手脚，想要控制住被害人，结果失手将其杀害。尽管已经脱下被害人的衣物，但他出于恐惧没有实施最初的犯罪计划，匆促逃离现场。会是这样吗？

可是，把运动毛巾整齐地折了三折，放在被害人身边，这又是为何呢？

我面对电脑，手撑着脑袋。这时手机响了，是佗助老板打来的电话。

"喂，杉村先生吗？给你发消息你没回啊。今天的套餐是俄罗斯酸奶牛肉，你吃吗？"

"吃。"

老板说，还配一份藏红花饭呢。

"老板，你什么时候会把运动毛巾叠起来放在地上？"

老板沉默了一阵。"毛巾不是用来放在地上的，是用来铺的。铺开，或者摊开。"

"如果不把毛巾展开，而是折三折呢？"

"也一样啊。叠起来，铺在地上，坐在上面。如果是我就会这么做。"

挂断电话后，我不禁思索。坐在上面吗？感觉和案件现场很不协调。我虽然很在意这件事，但也不能太过投入。对我来说，另一件事才是重点。

昭和时代的案件，尤其是战后发生的，都有详细的记录和报道，其中有很多都经过数字化处理被传到了网上。和去年十一月的案件一样，先检索一下，找找线索就可以。

不过……

我先起身烧开水，冲了一杯速溶咖啡。我端着马克杯，给蛎壳事务所的某人打了通电话。

铃响三声后接通了。

"……我还在睡觉呢。"

"那还真抱歉。木田小朋友，我是杉村。"

木田光彦，二十六岁，是蛎壳事务所的非全职员工，但不知为什么，每次打电话找他，他都在事务所，几乎是住在事务所了。他负责调查工作，主战场便是网络这片无尽的海洋。他很缺乏运动，光是把桌上堆积如山的书搬走都会闪了腰，但在网络海洋里却是一名真正的勇士。用他本人的话说就是："差不多相当于无敌海贼王手下第三分队队长吧。"

"我都三十八个小时没睡了。"木田小朋友哀叹道，"杉村先生你真是和我八字不合。每次都会被你吵醒。"

"抱歉啊，我想麻烦你查一件事。"

"是你自己查会花上三天，交给我三十分钟就能搞定的活儿吧？那给我三万日元就好啦。"

我虽然叫他（初次见面时他本人要求我这么称呼他）木田小朋友，但熟悉他的人基本都会叫他"阿键"。既取"键盘"的第一个字，也暗指他嗓音尖细。① 我迅速告诉他需要帮忙调查的事情。

"昭和五十年八月发生的杀人悬案？"木田小朋友又扬起尖细的嗓音。

"对。被害人是年轻女子。这个'年轻'的范围可以放宽一点。"

"地点呢？"

"声称与案情有关的人……"我避开"凶手"这个词，"说自己当时住在东京的城东区。另外，还说这起案件'发生在附近'。"

"杉村先生，如果是这样的话，我不用查也知道。别说城东区，就是整个东京，昭和五十年夏天也没有悬案啊。"

"你都记得？"

"那时我还没出生呢。不是记得，是知道。我对悬案可是很了解的。"

"明白了。不过还是麻烦你粗略查一查。"

"我做调查才不会粗略查一查。我只会做准确、充分、纠缠到底式的调查。"

木田小朋友虽然可靠，但也有点烦人。

我在侘助吃完晚餐回到家，调查结果已经发来了。这就是虽烦人但的确可靠的木田小朋友。

他发来两个很大的文件夹。里面有报纸、周刊杂志的报道，还混杂着"案件史"一类资料中节选出来的内容。其中也有照片。

"我找到两起案件，不过凶手都被抓到了哦。"

其中一起发生在昭和五十年八月三日。东京中野区一间民宅内，四十八岁的主妇三田荣子被人用利器刺死。一周后，她的继弟被捕。

---

① 键盘一词的英语"keyboard"中的"key"既指键盘上的按键，也指声音的音调。此处一语双关。

动机是家庭内部经济纠纷。

另一起发生在八月十六日，城东区三角町内某物流公司的仓库里，发现了该公司一名女办事员的尸体。被害人名叫田中弓子，二十三岁，死前遭受了性侵，颈部遭重压后窒息而亡。

这起案件也很快告破。两天后的十八日，同在这家公司工作的二十岁员工茅野次郎在朋友陪伴下前往城东警察局特别搜查本部自首，坦白了罪行，并被逮捕。茅野是在盂兰盆节假期间在公司办公室见到被害人并犯下罪行的。

报纸社会版上的报道比较简单，不过木田小朋友找到的晚报上有更详细的记载。据晚报报道，田中小姐的住处离公司很近，她有时会在假期来公司给金鱼喂食。这天出门前，她也跟家人说了"我去一趟办公室"。遗体虽然是在仓库发现的，但案发现场在办公室内，现场有翻找财物的痕迹。起初警方推测凶手是在盗取财物时被田中小姐撞到，才顿生杀意。到头来，凶手却是同事。

田中小姐是吉永运输公司的门面，很受大家喜爱。茅野一直对田中小姐有好感，在案发前半个月曾向其提出交往的要求并遭到拒绝，但他并未彻底死心。茅野供述称，事件发生的十六日那天，自己"想和她再聊一聊"，于是等着田中来喂鱼，但被田中责骂"死缠烂打""令人作呕"，最终"脑袋一热，一不小心就动了手"。

我坐在电脑前，不禁毛骨悚然。昭和五十年八月发生的案件，被害人是年轻女子，凶手是男性，"脑袋一热，一不小心就动了手"。

案件的大体情况以及凶手的供述，都和宽二先生的自白高度一致。

报纸上登有茅野次郎的照片，画质很粗糙，看不清楚长相。周刊杂志的凹版照片上是他被移交检察院时的情形，茅野坐在警车后座上，左右各有一名警官。他低着头、佝偻着背。从这张照片里只能看出他剃了光头。

在另一个文件夹中，木田小朋友留下这么一句话。"嫌犯在法庭上说人不是他杀的，自己是被冤枉的，还大闹了一通。所以也有人认为这是桩悬案，一起发给你看看。"

文件夹里是两起案件的公审材料。中野区那起案子我只快速浏览了一下。更令我在意的是城东区三角町的案件。

公审在逮捕后差不多半年开庭，茅野次郎以强奸杀人罪被起诉，检方请求判处十五年监禁。辩护律师主张被告没有杀人意图，主动自首，悔过意愿强烈，且在犯案前三周刚刚年满二十周岁，针对被告应当援引少年法。

真不愧是木田小阿键，关于这起公审的报道，摘录自法律期刊《判例研究》。昭和五十三年六月发行，总第一二五期。这一期是针对"是否应当援引少年法"而发行的专刊，所以才会报道这起物流公司办事员杀人案。

大概由于辩护律师的辩论极具说服力，法院最终以强奸致死罪判处茅野次郎十年监禁。茅野次郎没有上诉，服从宣判。

这起案件的法律流程到此就全部结束了。

如果选择相信木田小朋友的记忆力（加上神经质般吹毛求疵的性格），那么宽二先生的自白只可能涉及吉永运输公司的案子。但最关键的部分——凶手已被逮捕归案，却和自白的内容对不上。

我在电脑前撑着脑袋自言自语："好奇怪啊。"

哪里奇怪？并不会有人这么反问我。

离婚整整两年，我已经习惯了。武藤宽二是过了多少年才习惯的呢？习惯这种真正的孤独和喃喃自语的寂寞。

4

花篮老人之家的保洁人员在上午尤其忙碌。我联系柿沼主管，约好九点造访，却一直等到了十点之后。柿沼主管原本说要陪同，结果临时有急事先走了。我在他的办公室里和羽崎面面相觑。

羽崎穿着一套淡蓝色工作服，脚下是橡胶底便鞋，头发剃得很短，胡子也刮得干干净净，没有打耳洞，身高一米七上下，偏瘦，二十岁左右。

"抱歉在工作时间打扰。请坐。"

羽崎僵硬地走过来，坐在沙发边上。

我冲他笑笑。"放松些，只是想问您几个问题。"

羽崎用手揉揉鼻子，小声回答："因为平时很少进这个房间。"

"看来您不负责打扫这里。"

羽崎点点头，看上去就像在缩脖子，然后又揉了揉鼻子。这可能是习惯动作。他的指甲剪得很短很整齐。"我只有挨骂的时候才会被柿沼先生叫到这里来。"

"这样……柿沼先生很严厉吗？"

"要是客户投诉的话，不批评我们也不行。"

"你们明明都打扫得很干净了，还会有人投诉吗？"

"嗯，各种情况都有。"

他应该不是不友善，只是太过腼腆，我感觉他不太擅长与人交流。

"我就开门见山了，曾经住在二〇三号房的武藤宽二先生……"

进入正题后，羽崎微微低着头，回答得很认真。去年十二月十六日的事他也还记得。不过他记得的主要是打扫完房间离开时，被相泽先生封口的事。"他让我别往心里去，我也没搞明白他在说什么。"

"打扫卫生时您没听到相泽先生和武藤宽二先生的对话吗？"

"上司不让我们听这些。"

"柿沼主管吗？"

"是保洁部门的主任。"

"是因为住客和来访者的对话属于个人隐私吗？"

他轻轻低下头，算是默认。"而且有人会生气，说我们在偷听。"

"啊，这样啊……真是不好做。"

他沉默。

"武藤宽二先生人怎么样呢？"

"他……"羽崎抽了抽鼻子，"不是那种会挑刺的人。"

"您和他聊过天吗？"

"打扫时我不会聊天。"

"那除了武藤先生，保洁人员会和住客或来访者比较亲近……"

他像是想要打断我，回答说："不会。"他的双眼第一次直视我，但我却不知道他的眼神聚焦在何处。他看上去十分不安，穿着便鞋的双脚一直在焦躁不安地动来动去。

"我知道了。聊到这里就足够了。谢谢您。"

羽崎立马起身，正要向门口走去，又有些犹豫地盯着我看。"您是……侦探吧？"

"是的。"

"您在调查什么呢？武藤先生做过吗？"

我挤出一个笑脸。"这就不劳费心了。抱歉占用您的时间。"

　　我开门，目送他离开。羽崎推动停放在走廊尽头的清洁车，向大厅走去。今天依旧北风萧索，天气却十分晴朗。可以看到大厅里工作人员投下的影子。他缩起身子，绕过他们，快步穿过大厅。

　　我突然想起昨天上楼时走过的冰冷楼梯间。那是这间养老院的后台。羽崎也一样，他是无法登上舞台的人。他负责保持这间养老院清洁、舒适的环境，自己却不能出现在这里。

　　我回到事务所，处理了一些比较紧急的杂事。下午一点，玄关处的门铃响起。门口站着一名少年，身穿红色羽绒服和牛仔裤，右手提着一个纸袋。"请问是杉村先生吗？"他个头很小，五官精致，像是女儿节的人偶。

　　"是的。请问你是……"

　　"我是相泽。"少年说，"爸爸让我过来的。"

　　调查不是瞒着家里人的吗？

　　少年举起纸袋。"这是爷爷的材料。里面还有爸爸写的信。"

　　"这样啊。谢谢你。"我接过纸袋。

　　"我可以进去吗？"少年问。他的鼻子冻得通红。

　　"啊，请进。"

　　将少年请进屋后，我打开纸袋。里面有一页相泽先生的信，字写得很大，笔迹有些潦草。"被二儿子发现了。他叫干生，上高一。他说想见您，我就让他来转交东西。东西送到之后直接把他轰回来就行。麻烦您了。"我抬起头，对上相泽干生的目光。

　　"我父母都很忙。"

　　"因为店里生意很红火嘛。"

　　"您来过我家的店吗？"少年歪了歪头。

"没有，是听老客户说的。美食杂志上的介绍我也读过。"

"这样啊。"干生脱下羽绒服，里面只穿了一件长袖衫。他身材纤细，长相和体形大概随了母亲。他在事务所的访客沙发上坐下，开始观察四周。

"今天不用上学吗？"

"学校放假。"见我没接话，他不再东张西望，转头看向我，"是校庆。"

他的父亲既然会派他过来，应该不是假话。

"袋子，您看一眼里面的东西吧。"

"嗯？啊，也是。"

纸袋里装着一本很薄的相册。文件夹里是户籍誊本、居民卡、驾照、健康保险证，还有养老金手册印有姓名和养老金编号的一页，都是复印件。

"这都是以前的东西吧。"是武藤宽二在世时的材料。誊本等材料上显示的日期还是前年的二月或三月。

"爷爷住进那家养老院时要办手续，所以这些材料都凑齐了。"

"为什么会留着复印件呢？"

"方便以后查看当初交了哪些材料。"

相当有条理的做法。相泽先生应该觉得这些材料对我的调查来说已经足够了，同时能节省我去区政府的时间。我立刻开始确认资料上的内容。

武藤宽二于二〇〇五年搬到埼玉县和光市与相泽先生同住，居民卡也转至该市。在那之前，他住在大田区大森的公寓里，居民卡上也是这么写的，搬家前的住址是大森四丁目二号五栋一〇五室。

想要再往前追溯二十年，就需要找到更早的居民卡，不过看了户籍誊本复印件后，我就知道已经够用了。

宽二先生于一九七〇年一月离婚，从相泽家迁出户籍。之后，他先是把户籍迁回了栃木老家，第二年四月又从老家迁出。个人户籍虽然可以根据当事人的意愿安置，不过一般都会放在老家或是当时的居住地。可以推断，宽二先生在得知家人离散后，来到东京寻找工作和住处，安顿下来后，便把户籍又迁回了东京。

东京市城东区春川町二丁目三号。我摊开地图，发现春川町就在三角町旁边，即女办事员遇害事件案发地附近。

"私家侦探不需要营业执照吗？"干生把房间审视一圈后，开始了对我的审查。

"没有国家考试。"

"我看您这里也没挂执照或者资格证明什么的。那我也可以说自己是私家侦探吗？"

"未成年人不行。"

"那校内侦探呢？"

"就像学生会主席一样，要参加竞选，被选中才能当吧。"

干生冷笑一声。这笑声让我无法判断他是瞧不上学生会主席，看不起选举，还是嫌弃我的回答。

"谢谢。麻烦你跑了一趟。"我说。

他继续坐着。

"难得是校庆，你不出去玩吗？"

"您在调查爷爷的什么事呢？"

"你是怎么知道你爸爸在委托我做调查的呢？"

"因为爸爸打电话的时候声音实在太大了。"

我笑了起来。"这样啊。不过看来你只知道我在调查你爷爷，并不知道具体是什么事。"

"我渴了。"

"想喝咖啡还是日本茶？"

相泽干生坏坏地扬起一边嘴角，说："我想喝可可。"

我的库存里居然真的有可可，这简直是奇迹。上周末，前妻带着女儿来了一趟，可可是我急急忙忙去买回来的。

五分钟后，干生喝了一口我（恭敬地）用访客茶杯招待的那杯可可，吐了吐舌头，表情痛苦地评价道："满嘴速溶粉末味儿。"

"我这儿的牛奶喝光了。"

我翻开宽二先生留下的相册。第一页夹着相泽先生的留言。

"这就是我爸。过年回来时拍的。这张也用来做遗像了。"

照片应该是在相泽家的客厅里拍的。过年的气氛很浓，在装点着松枝、草珊瑚、羽衣甘蓝的巨大花瓶前，宽二先生和相泽先生并排坐着。这对父子长得的确很像。宽二先生眼圈微微发红，和蔼地笑着。

干生说："我来帮您调查。"

我心里十分惊讶，面上却没有表露出来。

"要调查爷爷的话，有家属帮忙不是更快吗？"

我没有回答，继续翻看相册。大部分照片都是搬到儿子家住之后拍摄的，只有相册前面少数几张是过去拍的。独居男性是很少有机会被谁拍照的。

这几张中有四十多岁、五十多岁、六十多岁的宽二先生。在某次宴会上、某次旅途中、某个车间里、某个工厂放下的卷帘门前。比较特别的一张是在某个小神社的鸟居前拍摄的，照片里的宽二先生比如今的相泽先生年纪稍长。还有唯一一张黑白照片，已经完全变黄了，一名穿着围裙的女子怀里抱着襁褓中的婴儿。照片上的孩子应该就是宽二先生。这是流落各地的家人留下的唯一纪念。

照片上没能发现有关案发地点的线索。看来，去城东区春川町和三角町实地调查会更快些。

干生像是着急了，提高音调说："您没听到吗？我说我要帮您调查。"

我抬头说道："你也看到了，我这个事务所小门小户的，没钱请助手。"

"当志愿者也行啊。"

"我可不需要外行。"

"您不也没有营业执照。"

这孩子很擅长说讨人嫌的话。

"你爸爸派你来跑腿，看来他并没有我想象中那么重视这件事。"

"爸爸很重视这件事。"

也很会鹦鹉学舌。

"我说要去告诉妈妈，爸爸没办法才妥协的。"

"你经常这么威胁父母吗？"

"不经常，只有他们不听我说话的时候才会。"

我合起相册，转身面对干生。他有点畏怯，缩了缩脑袋。"你还挺担心你爸爸的嘛。"

少年想要掩饰，但还是流露出慌张的神色。

"不过呢，在调查结果出来之前只能请你等一等。我的委托人是你爸爸，我需要对他履行严守业务机密的义务，同时也是为了保全你爷爷的名声。"

我不再说话，干生也一言不发，这时不知从哪里清晰地传来时钟指针跳动的声音。事务所开张时，我收到好几台时钟，都随手放在或挂在某处，连我自己也不知道发出声响的究竟是哪一台。

干生小声问道："爷爷做了什么事吗？"

"这个问题我无可奉告。"

"是做了什么坏事吗？"

回家去问你爸爸吧——在这样回答之前，我突然灵光一闪，问他："你有什么眉目吗？"

干生愈加慌张。

"看来是有的。"

他瞪了我一眼，拿起羽绒服站起身。"烦死了。"

在我反应过来他是在骂我之前，干生就出了事务所。我追到了门口。

早春的阳光照在杂乱却令人舒心的街道上，护栏上已有不少凹痕，相泽干生沿着护栏，一路跑远了。

我感觉这一幕很熟悉。几小时前，我也看到过与之相似的背影。是花篮老人之家的羽崎。一个想要隐身人群，另一个想要无视人群，但他们的背影却同样孤寂。

在做实地调查时，去地方自治机关的相关科室（一般为住宅科或住宅整备科）或者当地图书馆查阅住宅地图会比较快。

我提前查看了图书馆的馆藏信息，万幸，城东区规模最大的区民中央图书馆收藏了大量老旧的住宅地图。这里专门建了一个漂亮的阅览室，在入口处登记后就可以随意阅览相关资料。

找到昭和五十年的住宅地图，接下来就需要一把好用的放大镜。再次万幸，我正巧随身带着放大镜。这是以前的上司在事务所开张时送来的贺礼。

——这可是侦探必备，对吧？

我用这个放大镜找到了昭和五十年城东区三角町中吉永运输有限公司的位置。过去的住宅地图难免会有疏漏，但就记录下来的内容来看，三角町的物流公司仅此一家。

而在春川町二丁目三号这个地址上，仅画了一个矩形框，显示此地存在过一幢建筑，具体名称不详。与周围建筑相比，这幢建筑并不大，应该是住宅楼。如果三十五年前，时年四十二岁的武藤宽二住在这里的话，也许是幢公寓？如果是独门独户，那他是否有同居者呢？

宽二先生没有再婚，这一点在户籍簿上写得很清楚。不过，若是在人生的某一阶段和某位女性同居而没有登记结婚，也不是什么稀罕事。对于三十七岁的单身离异男子来说，之后再也没有和女性交往的可能性反而更低。

走出图书馆时，太阳已经落山了。我打算明天再去打听情况，今天先去三角町和春川町大致看看，能逛多少是多少。正这样想着，我的手机响了，是柿沼主管打来的电话。

"杉村先生？啊，抱歉，今天没能陪您一起。您和羽崎已经聊过了吗？"

"嗯，时间不长，很快就聊完了。"

"这样啊……"

"发生什么了吗？"

"倒是没发生什么……"

周围很吵，电话里一时半会儿说不清楚。我立刻接道："要不我现在去找您吧。不过我现在在市中心，可能要花上将近一个小时。"

"那太好了，我等您。"

我抵达花篮老人之家时，柿沼主管正在前台和工作人员商量事情。看到我后，他立刻取来了大衣。

"我已经下班了。要不要一起吃个晚饭？附近有一家店很不错。"

刚刚认识的案件相关人，而且还不是我的委托人，对我表现得如此殷勤，其中肯定有隐情。

他带我去的既不是居酒屋，也不是大饭店，而是一家日式小餐厅。柿沼主管应该是熟客，他跟厨师和老板娘随意打了声招呼，便被引到店里的一个包间。包间很小，再多一人就很挤了。

啤酒和小菜上得很快。我们坐下后，柿沼主管微微举起酒杯。"辛苦您了。"

我把酒杯端到嘴边，做了做样子。

"哎呀，真不好意思，让您特意跑一趟。"

果然如我所料，主管一副难以启齿的表情。

"那个……调查进展如何呢？"

"才刚刚开始呢。"我微笑道。

"也是啊。话是这么说。"他喝光杯中的啤酒，又自己动手斟满，看着我说，"这件事，我作为局外人，也没资格说三道四，但是，能不能想想办法呢？"

"想想办法是指……"

"哎呀，就是说……稳妥的办法。"

我不说话，只是盯着他。

"或者说，糊弄过去。"他换了种说法。

这才是他找我的理由。

老板娘来上菜了。柿沼主管亲切地说："我们在聊工作呢，等聊完我再叫您。"

"如果追查武藤宽二先生过去的经历，万一真查出些什么，恐怕会给花篮老人之家带来负面影响。您是在担心这个吗？"

柿沼主管明显有些畏缩。"不，那倒没有，毕竟也不是我们的过失。"

"我也这么认为。"

"但是……但是啊……"

这样一观察，我发现在亲切的表情和举止之下，他的眼神却称得上冷峻。做他这份工作也不容易啊。

"宽二先生对我只说是做了'坏事'，不过听相泽先生的意思，好像是杀人案吧？"

"好像是这样。"

"现在诉讼时效也取消了，以前发生的案子会被彻底追查吧？"

这件事似乎让主管相当震惊。

"的确如此。不过即便宽二先生真犯了罪，本人如今也已经过世了。"

柿沼主管皱起眉头。"我担心的并不是宽二先生，而是相泽先生。"他的话语中带有几分焦虑，"相泽先生自己好像完全没有感觉，不过在我看来，他可是很出名的。好多杂志都介绍过他，最近还有电视台想请他上节目呢。"

相泽幸司是一家当红餐厅的老板兼主厨。

"这么一位名人的父亲以前杀过人，这要是让人知道了，媒体肯定会把事闹大的。如今这世道，他们绝不会放过这种大新闻的。"

"相泽先生来找您商量时，您提过这一点吗？"

"如果知道他要找私家侦探，我肯定会当场阻止。不过还没等我弄清楚状况，事情就发展到这一步了。"

"这一步"指的就是我的介入。我沉默着。"这个调查也是，只要相泽先生解开心结就好。"昨天柿沼主管这句异常亲切的话在我脑海中一闪而过。

"宽二先生人很好的。"柿沼主管颇为感慨，"他这辈子过得那么苦，性格却完全没有扭曲。我见过很多上了年纪的人，讲实在话，像他那样的老人很少见。不耍脾气，情绪很平稳。对护理师自不必说，对保洁人员都会道谢，说'辛苦了''麻烦你照顾了'。"

遗像上温和微笑着的老人，原来就是他本真的样子。

"他说过，因为有幸司和儿媳在，自己过得真的很幸福，自己不是什么好父亲，但是儿子非常优秀。有这么温和的父亲，况且都已经不在世了，相泽先生居然还把那么一句无根无据的话看得那么重，到处查来查去，我看相泽先生脑子也……"

大约是感受到了我的视线，柿沼主管尴尬地闭上了嘴。

"我能理解您的心情。我想告诉您，无论是什么委托，调查结果我都只会告知委托人。"

柿沼主管不相信似的眨眨眼。"您是说，即便是杀人案，您也不会报警吗？"

"如果我认为有必要，可能会和相泽先生商量。不过，在调查结束后做决定的是相泽先生。"

柿沼主管沉默了一阵，点了一下头，说："我知道了。咱们还是喝酒吧。"

菜凉了也很可惜，我便拿起了筷子。"我也有事想跟您请教。宽二先生是一月三日去世的，但他在花篮老人之家的房间，直到昨天十七日为止一直保持原貌。花篮是一家私人养老院，在解除合约之前都需要付费，这么一来，退房时间不会太晚了吗？"

柿沼主管认真地倒满啤酒后，回答道："确实如您所说。我们每月会收取下个月的管理费和护理服务费，所以房间可以一直保留到一月底。如果提前退房，我们会按日折算返还费用。但相泽先生一直很忙，没时间立刻办手续。"

柿沼主管想得很周到，主动提出养老院可以帮忙介绍负责整理遗物的机构。

"但是他说想亲自整理父亲的房间，所以我们才一直保持原样。"

"原来是这样。这期间，有人进过二〇三号房吗？"

柿沼主管夹起一片刺身，眨了下眼睛。"这么一说，还真有。"

"是他的孙子。"

"杉村先生是怎么知道的？"

我不过是瞎猜的。

"是相泽先生的儿子。那个孩子……应该是小儿子吧。"

"那应该就是干生了。"

"我不太清楚名字。不过宽二先生生前，他的两个孙子跟着父母来看望过他，但还真没有独自来过。"

"那时候干生是一个人来的？"

"对。应该是七号或者八号。葬礼是五号，总之是在葬礼之后。"

"他说过自己是来做什么的吗？"

"他说是妈妈让他来拿东西。我把他从前台带到了二〇三号房。"

柿沼主管说没看到他回去，也不知道他在房间里待了多久，取走了什么。

"只有那一次吗？"

"对，没错。"

看来干生经常帮父母跑腿。但我不确定他是不是个好孩子。他会威胁自己的父亲，所谓受母亲嘱托来取东西多半也是扯谎。

"还有一个问题是关于宽二先生的。虽然他自己住单间，多少还是会和其他住客有交流吧？"

"在食堂和娱乐室会有交流。我们很尊重入住者的隐私，不过总一个人待着也不好，所以我们在这方面会多留意。"

"有没有哪个人和他关系比较好呢？"

柿沼主管沉吟一阵。"不好说啊。宽二先生比较喜欢独自打发时间……"

"可以麻烦您问一问有头绪的人吗？"

"好吧。不过您可别期待过高了。宽二先生在我们这种养老院里情况算是不错的。其他人要么耳背，要么是阿尔茨海默症，多多少少都有点毛病。"

"我明白了。见山小姐性格开朗，干活也相当麻利啊。"

"她来我们这里三年了，之前在特护机构工作过五年，在护理师当中算是做统筹的角色了。"

"护理师一般是女性比较多吗？"

"我们这里七成都是女性。"说着，柿沼主管露出了久违的微笑，"我们的女性员工给宽二先生起了个绰号呢。"

二层的绅士先生。

"是嘛，这可真有意思。"

"有好多原来有地位的人，上了年纪后却成了暴君，但宽二先生非常绅士，这个绰号很贴切。"柿沼主管很是自豪，就像在说自己的事一样。可他的表情却在下一瞬间由晴转阴。"他这么好的一个人……虽说年轻时遭到了背叛，但因此就憎恨女性，犯下了那种罪行，这有可能吗？"他带着责怪的语气小声说，"相泽先生想得也太多了。"

"毕竟这是很久以前的事情。"我说道。

我们喝光了两瓶啤酒，以这家店的招牌菜——鲷鱼茶泡饭收尾，结账时是 AA 制（我费了好大力气才说服柿沼主管），之后我就回了家。在整理今天的调查笔记时，我突然意识到一件事。

——爷爷做了什么事吗？

——犯下了那种罪行，这有可能吗？

相泽干生和柿沼主管都用了动词的一般过去式。

但羽崎不同。

——武藤先生做过吗？

他果然听到了宽二、幸司父子的对话。这句"做过吗"应该就是对"曾经做过当时他们提到的那件事吗"的省略。

5

宽二先生曾经的户籍所在地——春川町的那个地址上现在立着三栋三层的木结构住宅楼，相互紧挨着。三栋楼的外观一模一样，只有人字形屋顶的颜色不同，看起来就像文具店里卖的箭头形便笺似的。大概是用于出售的住房吧。

我想去临近的理发店问问情况，结果被人以"推销的？我这里还有客人呢，你别进来"为由赶走了。去对面便利店询问也没有成功，年轻店长和店员都说："这附近的情况我们不太了解。"

再往前走两家店，有家卖酒的小铺子，瓦片屋顶上明显有灰泥修补过的痕迹。这家店有些年头了，和我租的那间老房子有一拼。店门口一个棕发女孩正在扫地。

"不好意思。"我向她打招呼，"能麻烦跟你打听件事吗？我正在找一位以前住在这里的人。"

我的相貌和气质可能让人比较放心，不太会引起警惕，在这种时候很占便宜。我谎称自己在找叔父，他和父亲大吵一架之后便杳无音讯，现在父亲心软了，很想见见他。这样的假话，女孩居然认认真真地听我说完。

棕发女孩拿着扫帚喊道："奶奶，奶奶！"她喊着走进屋内。不一会儿，一个腰上围着针织毯的老婆婆佝偻着腰跟着女孩出来了。

我继续对着她们俩演戏。

"昭和五十年啊，"老人认真回想着，"我嫁过来的时候还是三十三年。"

"您一直住在这里吗？"

"是啊，你看这家店都这么老了。你要问的是那儿吧？"老人指着像三摞便笺一样紧紧并排而立的三栋木造住宅楼。

"是的。"

她思索片刻，说："哎呀呀……这我可真记不得了。"

"那三栋人字屋顶建起来之前，我记得那里有一栋展示房吧？"小姑娘说道。她应该是老人的孙女。

所谓展示房就是样板房。近来很流行在住宅之外另建一栋房子用作展示，称为展示房或样板房。

"这附近到处都在新建公寓，所以那儿的展示房也换了差不多有三次。"

"应该比那还要早，叔父住的应该是公寓楼。"

老婆婆抬头看着我说："你家亲人之间还真是疏远啊。"

"是啊，真是难以启齿。"

"那里之前是不是空地来着？"孙女突然说，"还挺宽敞的。我记得我上幼儿园的时候还在那儿堆过雪人呢。"

"你不是平成①年间出生的吗？这位先生问的是很久以前的事。你稍微安静一会儿。"

老人让孙女闭上嘴，自己皱起眉头陷入沉思。她的孙女比我脾气还要好，屏住呼吸不敢出声。终于，老人长出一口气，说："我还是想不起来。"

"哎呀，奶奶你可真是的。"孙女把扫帚在地上敲了一下，很是失望，"奶奶去帮人家问问爷爷嘛。"

"只要知道之前在那里的公寓楼叫什么就行了吧？"

"是的。也有可能是独门独户的房子。"

"哎呀，都无所谓啦。你还会再来吗？"

"会的。敝姓杉村。那个，"我掏了掏衣服内侧的口袋，假装在找名片，"名片好像用完了。不好意思。"

"没关系的。"

我无法得知自己离开后，刚才那段蹩脚的表演会获得什么评价。说实话，我也不想知道。哪怕那对性格直爽的爷孙俩议论我"刚才那个人真奇怪""说不定是新型诈骗"也没关系，只要她们在说这些的时候不会感到害怕，而是面带愉快的微笑就好了。

继续在小酒铺附近闲逛也很尴尬，我便向三角町走去。

昭和五十年时吉永运输有限公司的旧址如今已经建起公寓。正

---

① 平成元年为 1989 年。

门旁的奠基石上写着"平成十六年竣工"。如此说来，在那之前吉永运输可能一直都在。

向街对面那家精致的面包房打听后，我那小小的期待破灭了。对方说，在建起公寓之前，这里是一个投币式停车场，再之前的情况就不了解了。

"我记得那里从很久以前起就是投币停车场了。"

"可旧地图上说这里以前有家物流公司。"

"那就不太清楚了……"

事已至此，接下来就是拼体力、拼毅力的时候。我只能依照地图前往那些有可能提供有力线索的地方打探，同时还要避免重复或遗漏。首选是餐饮店、理发店、美容院、洗衣店和酒铺，这些行业会和物流公司有业务往来。其次是老房子里的居民，他们很可能常年在此居住。然后便是町内会、自治会或消防团办公室（近几年已经少了许多）、加油站、灯油铺子。至于娱乐场所，我一般不会去酒吧、小酒馆打探消息。太麻烦，而且在喝酒的地方得到的消息大多靠不住。围棋会所或者将棋沙龙在我本次要调查的范围内出现概率较低，不过一旦找到，很可能获得高质量线索。麻将馆和弹子机房则恰恰相反（我经验尚浅，实在不明白其中缘由）。便利店也指望不上，补习班却是一处出人意料的可靠消息源。这里是孩子们每天往返的地方，补习班的负责人和老师们通常会十分关注周边的情况。但我这次想要挖掘的是陈年旧事，恐怕不能报以太大期待。

铁律只有一条——千万别找警察。只会惹来不必要的麻烦。

我只是想在三角町找到吉永运输的旧址，却连一个说"我知道"或"我不太清楚，帮你跟认识的人问问吧"的人都没遇到。

吃过午饭，我连三角町的邻町（在春川町的反方向）都走访了一半，仍旧毫无收获，便坐在无人的公交车站长椅上休息。昭和五十年实在太久远了。用手机搜索那一年发生的事，出来的结果也不过是"经济企划厅公布日本经济在上一年度出现战后首次负增长""斯皮尔伯格导演的电影《夺宝奇兵》大获成功"[①]之类的旧闻。

正在这时，相泽先生打来电话。"哎呀，杉村先生，真是不好意思。"

嗓门的确不小。

"本来昨天就想给您打电话的，结果太忙了……"

"我也知道您很忙，不用介意。"

"干生那小子，没做什么失礼的事吧。"

"没有没有。不过，干生是怎么发现您在做调查的呢？"

"那个臭小子，冷不防地就过来问我：'爷爷有什么事瞒着我们吗？'我也不知道是怎么暴露的。"

相泽干生不仅偷听到了父亲的电话，似乎在那之前，他就知道些什么。而且他的父亲对此并未察觉。

"我已经跟他说过别再管这事了，您不用担心。"

我可不这么觉得。

"话说回来，您找到令尊的地址簿了吗？"

"找到了。新的、旧的各一册，不过上面很多名字都被划掉了，能派上用场吗？"

"贺年卡呢？"

"只找到五张。他和人来往不多，这些都是老爸搬来和我们同住之后认识的人。我老婆的亲戚啊，我家附近的医生，都是我也认

---

① 电影《夺宝奇兵》首映于一九八一年（昭和五十六年），此处疑为作者笔误。

识的人。老爸搬来时，可能就和老朋友失去了联系，或者是他主动断了联系吧。"他的语气沉下来，"总之，我会把地址簿送过去。"

我本想说"我去您那里取"，话到嘴边改了主意。"那就麻烦了。如果我不在，您放到信箱里就可以。信箱锁得很严实，请放心。"

"我知道了。"

挂了电话，我继续四处打探消息，结果还是空手而归。

第二天，我从前一天结束的地方开始继续收集消息。现在回春川町的那家酒铺还太早了。过了中午，我在距离三角町地铁两站远的一家汽车修理厂终于有了点收获。

"对对，是在三角町，那家物流公司。四吨的大卡车排成一排，我觉得当时生意应该挺红火的。"胡子有些花白的修理厂厂长满是怀念地说道，"我刚入行的时候，我爸赶我去拉生意。我也不知道该怎么办，看到本地的那些出租车公司、物流公司、停着轻卡的工厂，遇到一家我就进一家。"

不过，在厂长的记忆里，那家公司并不叫"吉永运输"。

"吉永，就是吉永小百合①的吉永吧？那我绝对不会忘记。我印象里，那家公司的名字应该更普通一些，是随处可见的那种名字。"

厂长似乎是小百合的粉丝。

"这边各种工厂、商店还挺多的，我以为昭和五十年前后的事情应该还有人能记得，没想到完全找不到人。"

"泡沫经济时代之后全都变样啦。三角町那一带以前仓库和工厂特别多，现在全都建成公寓了。"

这么说，三角町可能还有一家住宅地图上没有记录下来的物流

① 日本著名女演员，代表作有电影《伊豆的舞女》。

公司。

"您说的那家物流公司发生过一起案子……"

"什么案子?"

如果厂长没有印象,可能他当时就不知道,或者是因为和自己关系不大而忘记了。

"不是什么大案子。谢谢您了。"

我继续向前走,沿着和来时相对的半圆轨迹,一路打探着消息返回三角町。

路上有一栋瘦高的四层建筑,一层是帽子店,楼上似乎是住宅。不过从结构上看不像是公寓。楼里的居民应该也不是房客,而是房主。我这么猜想,走过去一问,居然撞上了头奖。

"我记得啊,吉永运输。"

这名女子头发染成明亮的栗色,穿着时尚的混色针织衫,声音有些沙哑,将近六十岁。

"事到如今,还来找我们干什么?"

我没明白她的意思,有些心虚,但还是开门见山地问道:"您和吉永运输有什么关系吗?"

"你什么都不知道就来了吗?"

"您这话的意思是……"

她眯起眼睛打量我,像是在思考该表现出几分生气比较合适。"那个案子,你不知道吗?"她的话里透着冷淡与揶揄。

"昭和五十年八月的案件吗?"

"你这不是挺清楚的吗?"她话里带刺,"那时候被杀的,是我的家人。"

我愣住了。被害人田中弓子的家离吉永运输很近。而这家店的名字，招牌上写的是……

"我们家叫田中帽子店。被杀的田中弓子是我姐姐。"她直直地盯着我。

我缓缓压低视线，避开她的双眼，深深低下了头。"实在抱歉。对令姐的死，我深表遗憾。"

我取出名片，解释事情的来龙去脉。有一位前阵子去世的老人，断断续续地提到了关于吉永运输那起案件的事情，遗属也是第一次听说，不清楚故人在案件中扮演了什么角色，感到极为不安……

田中帽子店的这名女子在案发时应该二十岁上下，想必和姐姐弓子的关系十分亲近。她看向我的目光带着猜疑，严厉得近乎充满敌意。然后，她这样说道："那位老人家应该是吉永运输的人，是在那里工作过吧？肯定是凶手的同事。那个案子对他们来说肯定也是不堪回首的记忆，整个公司都因此没了。"

"吉永运输倒闭了吗？"

"案件后不到一年就没了。在员工杀过人的地方还怎么谈生意。"

更何况杀人的是员工，被杀的也是员工。

"田中女士，您一直住在这里吗？"

她靠着放有一台收银机的桌子，视线落在散落的发票上，下巴轻轻点了点。

"您对案件还有印象吗？"

她没有回答，眉间的皱纹更深了。

我随身带着从宽二先生相册里抽出的几张照片，正犹豫要不要给她看。

"我倒是见过的，那个凶手。"她说。

"您是说茅野次郎吧。"

她仍旧盯着发票。"那男的真的很恶心。"她的眼圈周围失去了血色，越来越苍白，"已经够了吧？你请回吧。"

我是个怯懦的侦探，点点头说了句"打扰了"就转身走向店门口。这样的状况下是无法打探出更多消息的。

但她主动叫住了我。"提到姐姐的老人，不会是吉永社长吧？"

我转过身。

"社长当时好几次来我家哭着道歉。"

——都是因为我管理不到位。

"不过，如果是社长的话，从年龄上来算应该早就去世了。"她继续自言自语般小声说着，"我爸妈也都已经走了。"

她是独自照看着这家店和这个家的吗？

"不过，那家伙还活着，因为没判死刑。"

那一刻，她心中像突然燃起了什么，双颊恢复了血色，双眼绽发出光芒。"难道你说的那个老人是茅野？"

我冷静而果断地否定道："不是。是一位名叫武藤宽二的先生，七十八岁，本月三号去世的。"

无论我说的是什么，帽子店老板娘心中的火焰都熄灭了，回到原本的冷漠。她仿佛化作了一团灰烬。

不，她从一开始就是一团灰烬，一团人形的灰烬。在那灰烬的深处，空虚与悲愤持续不断地燃烧着。这团烈火并没有温暖她，而是从内部炙烤着她，使她痛苦。

"我不认识这个人。"

我离开了田中帽子店。明明撞上了头奖，却撞得如此疼痛，几乎令我感到窒息。

6

我也想过，这种时候忙这些真的合适吗？不过第二天，我还是一早就前往大宫的一个讲堂参加进修班。侦探也需要学习。

进修班由蛎壳事务所所属的青色申告会主办，主旨是带领大家学习频繁修订的税法及财务规定相关的新知识。课程是针对企业会计开展的，我也算是蛎壳事务所的员工代表。签约调查员参加类似的进修班、学习会时，事务所会提供一定的便利，不过报名费还是我们自掏腰包。

我想让大脑和双腿放松一下，如果能顺带学到些企业财务相关知识也不错。不过实际上，课程对于没有基础的我来说宛若天书，听是听了，脑子里想的全都是宽二先生和三十五年前那起案件。

进修班下午一点多才结束。我立刻赶往车站，搭上电车，前往城东区春川町那个瓦片屋顶的酒铺。

老婆婆和她孙女今天都不在。看店的是另一位老人，穿着薄羽绒背心，戴一顶带毛球的针织帽。

我报上名字，老人"哦"了一声，露出笑容。"我家老太婆说你是新型汇款诈骗集团的初级员工，实际上到底是不是呢？"

"我不是诈骗犯。我其实是调查员。"我笑着回答，递上名片。

老人戴上老花镜，仔仔细细把名片审视了一通。"是吗？哎呀，你是干什么的都无所谓。现在那个像积木一样的建筑，以前是一栋公寓来着。"老人干脆明了地告诉我。

"我想了解昭和五十年的情况。那是三十五年前的事……"

"三十六年前吧。现在都过完年了。"

"啊，也对。"

这位老人家思路很清晰。

"没错啊。'希望庄'是昭和五十四年拆掉的，昭和五十年时确实还在那里，里面也住着人。"

"希望庄？"

"嗯。木造的二层小楼，平顶，脏兮兮的，也就名字好听。"

"您怎么会记得这么清楚呢？"

"因为那些人是我们家的主顾啊，经常来买啤酒和烧酒。"老人说，"那儿说是公寓，以前其实是独门独户的人家，后来分租出去了。租户全是打光棍的家伙，一到不上班的时候就聚在一起喝酒，酒和下酒菜都是在我们家买的。"

"您说是在昭和五十四年拆除的，您确定吗？"

"嗯。那时我找来拆楼的工程队，顺便把我们家的屋顶换成轻型瓦了，之前是本瓦葺①。要是地震给震塌了，多吓人啊。"

我干笑了两声，附和着。"昭和五十年八月，旁边的三角町发生了一起杀人案，您还有印象吗？"

老人马上点头。"是物流公司的姑娘被杀的案子吧？"他用圆乎乎的手往希望庄曾经所在的方向一指，"凶手小茅当时就住在那里，我也见过他。"

我凝视着老人指示的方向。武藤宽二曾经的户籍所在地，是茅野次郎住过的地方。

"他经常来我们家买东西。小茅瘦瘦小小，看上去怯生生的。

---

① 由圆瓦和平瓦构成，寺院和神社的屋顶多采用这种铺法。

我当时还想呢，真是人不可貌相。"

我从胸前口袋里取出宽二先生的照片。这是他四十岁左右时拍的快照，照片里宽二先生身着工作服，蹲在拉下的卷帘门前。"请问您认识这个人吗？"

酒铺老板戴上老花镜，比刚才还要认真地盯着照片看。"不好说啊。"他歪了歪头，"这人应该不是小茅吧？"

"不是。不过他当时应该也住在希望庄。"

老板再次看了看照片。"长相我实在是记不得了。"

"名字是武藤宽二。"

"武藤……宽二。"老板重复了一遍，又摇摇头，"可能有过像他这么大岁数的人吧。我倒是记得有个老头子，喝酒特别凶。"

那的确很容易让人记住。

"案件发生的时候，在这一片是不是引起了轰动？"

老板用尽整个上半身的力气点点头。"闹得满城风雨。杀人案这么大的事，在这一带可只发生过那一次，空前绝后。"案件给老人留下了深刻的印象。"刑警也去了希望庄，去查他的屋子。"

茅野次郎自首后，警方前去搜查了他的房间。

"我家老太婆和妹妹当时都还年轻，吓坏了，吵得不行。"老板眨了眨眼睛，"对了，那之后希望庄的人还上各家道歉，也来我们家了。"老人再次看向手中武藤宽二的照片，"是这个人吗？点头哈腰地过来道歉，说抱歉打扰大家了。"

这就像是犯人家属的行为。住在希望庄的那群"打光棍的家伙"关系大概非常要好。

就在这时，我脑海中闪过一个念头。"凶手小茅不是被警方逮捕的，而是在案发两天后主动自首。听说他自首的时候有朋友陪同，那个朋友是住在希望庄的人吗？"

老板愣了一下，向后缩了缩脑袋。"这我就不知道了。当时我又不在场。"

但我觉得，这个猜想有可能成立。

"这附近的老居民差不多就剩我们一家了。希望庄的所有者也早就把地皮卖掉搬走了。"

也就是说，我就算继续打探下去，恐怕也得不到更多信息了。

"给。"老板把照片还给我，"没帮上忙，对不住啊。"

"您太客气了。帮大忙了。不过……"这个问题有些多余，但我还是问出了口，"我前天遇到的，是您夫人吗？"

"是我家老太婆和孙女。"

"您夫人似乎完全不记得希望庄了。"

老板听完大笑起来，帽子上的毛球跟着一晃一晃。"如今这个世道，我们这种老头老太太哪能放松警惕啊。电话诈骗之类的，骗人的花样可太多了。我家老太婆要是觉得来人可疑，就会装傻充愣的。"

那居然是在演戏，由衷佩服。

"我可不怕，我奉行的是一毛不拔的铁公鸡政策。哎，虽然不了解情况，不过你也够辛苦的。"老人家砰砰地拍着我的背，把我赶出了酒铺。

目前可以建立两种假设。

一、吉永运输杀人案的凶手并非茅野次郎，而是武藤宽二。两人都住在希望庄，关系亲近，茅野次郎出于某种理由包庇了武藤宽二，替对方顶了罪。案件发生三十五年后，拥有幸福晚年的武藤宽二为过去的罪行感到悔恨，想要坦白真相，为自己赎罪，却始终犹豫不决，没能彻底说出真相。

二、吉永运输杀人案的凶手的确是茅野次郎。武藤宽二对他十分了解（茅野自首时，陪同者可能就是武藤宽二），但武藤宽二出于某种理由，对事实进行加工，以仿佛自己就是凶手、至今尚未被逮捕的语气陈述了整件事。

第一种假设很牵强。昭和五十年的确年代久远，不过即使以当时的法医学理论和鉴定技术，如果茅野并非真凶，警方应该也能轻松识破。这样的案件，遗留在现场的证据恐怕要多少有多少。更何况被害人是被扼死的，脖子上肯定留有凶手的手印和指纹，只要查一查，一切都会水落石出。

然而，即便用排除法排除掉第一种假设，第二种也难以成立。宽二先生为什么要扭曲部分事实呢？

难道说，他本来思路清晰的大脑出现了一些混沌？相泽先生说过，宽二先生的死因是心肌梗死，但以他当时的身体状态，全身的血管随时随处都可能发生梗塞。记忆上的混淆、前后矛盾的错误回想，可以解释为脑血栓和脑梗死的初期症状吗？

拼图的碎片还没找齐。我需要进一步挖掘宽二先生的经历。我立刻赶往花篮老人之家。

红灯拦住了我的脚步，我在马路对面等待。今天天气依旧不错，一月下旬的夕阳渐渐西沉。养老院坐东朝西，熹微的红日映射在大厅巨大的玻璃窗上。

一名保洁员在用干布擦拭着自动门的玻璃。她擦完外侧，正准备开始擦内侧。正门人来人往，比较显眼，所以她才会擦得那么仔细吧。

红灯转绿，我走过人行横道。

保洁员从玻璃门高处开始大幅度地左右擦拭。我放慢脚步，准备等她擦完。保洁员专心致志地擦着。在擦拭自动门下半部分之前，她取下别在腰间的毛巾折了三折，放在脚边，然后跪在毛巾上。

我感觉有什么东西发出丁零一声轻响。我需要的拼图碎片就这样滚落在眼前。同时，我感到一阵毛骨悚然。

这样啊。原来是这么一回事。

问题并不在于宽二先生为什么要对过去发生的事情进行加工。这只不过是次要问题，而事情的核心是，他是在对谁说这些话。

我直接从养老院门前走过，边走边想。

人在和他人对话时，并不是只说给最直接的对象，例如夫妇之间对话，有时也是在说给旁边的孩子听（而不想让孩子听到时则会压低音量）。即便是自言自语，在身旁有人在场的时候，也可能是希望对方有所回应才说出口的。

对某个人的夸奖或批评，有时也会故意对着别人说，让目标人物碰巧听见。很多时候，相比于直接告诉当事人，这样做的效果要好得多。

莫非，武藤宽二也采用了这种方式？

因为他对某个每天都在自己身边工作的人产生了猜疑。

我又走过两个路口，躲进某栋建筑的阴影里，给柿沼主管打去电话。等了一阵，对方接通了电话。

"柿沼先生，您现在在哪里？"

"啊？我在办公室。"

"就您自己吗？"

"是的。"

"有件比较复杂的事想跟您说，直接在电话里说可以吗？"

"可以的，您要说什么呢？"

"先请您告诉我，在您那里工作的保洁人员，在需要跪下来打扫的时候，有在膝盖下面垫毛巾的习惯吗？"

柿沼主管一时沉默不语，笑道："怎么了？突然问这个。"

"不好意思，这个细节很重要。"

"啊……有吧。大家经常会这样。地板太硬，直接跪会很疼。我们这里重新装修之前是写字楼。只是在地板上铺了装饰板，底下就是水泥地了。"

"您很鼓励这种方法吗？"

"倒也没这么夸张。之前有员工会戴护膝或者膝垫，不过被人投诉说有碍观瞻，只好禁止了。那之后大家都是各想各的办法。"

"我知道了。还有一个问题，羽崎新太郎惯用右手还是左手？"

"啊？您问这个又是为什么？"

"我马上会解释，您知道吗？"

"他是左撇子。"

我停顿了一下，放缓语气说："柿沼先生，去年十一月八日在板桥区的体育公园发生了一起杀人案，您还记得吗？"

"这和我们有什么关系吗？"他的语气听上去很疑惑。

"也许是有的。"

柿沼主管陷入了长久的沉默。"正巧那阵子我很忙，没什么时间看报纸。"

护理师见山应该也是吧。

归根究底，即便养老院里有其他人和宽二先生一样看过体育公园那起案件的报道，仅凭那段监控录像也很难对身边的人起疑心。

这其中应该也有觉得随便怀疑别人不好的心理作祟。

但羽崎新太郎的确符合那起案件中凶手的特征。

武藤宽二注意到了这一点。不仅年纪和身高符合，羽崎新太郎是左撇子，在需要跪在地板上工作时，习惯叠起毛巾垫在膝下，这些宽二先生都知道。毕竟他对护理师和保洁人员的工作很关注，经常说一些感谢的话。

宽二先生还具备其他人都没有的、可以称之为洞察力的能力，毕竟他拥有极为罕见的经历。

三十五年前的夏天，他和那个受纠缠的爱意与情欲驱使、杀害了一个女孩的年轻男子生活在同一屋檐下，恐怕关系还颇为亲近。

在茅野次郎自首前，和他一起生活在希望庄的那些意气相投的"打光棍的家伙"，是否注意到了茅野的变化呢？即便事先没有意识到，但在他自首后，恐怕也会联想起许多细节。无论如何，这经历可比委托侦探开展调查更为稀奇。

武藤宽二见过杀过人的男人的眼神。他曾经就在杀人犯身边，在从案发起到那个男人被负罪感压垮、最终坦白罪行的两天里，他一直在近旁。

所以，他才能够注意到。所以，他才越发怀疑起来。甚至可能在注意到之前，就已经开始怀疑了。那是难以言喻的直觉，是只有经历过的人才拥有的天线，捕捉到了细微的信号紊乱。

保洁员羽崎新太郎很可疑，最近的样子不太对劲……

但是，仅凭这些还不足以把这么大的嫌疑扣在身边的人身上，还没到挑明的时候。于是宽二先生做出了一个明智的选择，他决定尝试扰乱羽崎的心神。

宽二先生开始了自白。贸然引发骚动会难以收场，因此，他仔细选择对象，谨慎地开口。"我曾经杀过人。曾经杀害过一名女子。脑袋一热，一不小心就动了手。人渣才会做这种事。死者到现在还会出现在我的梦里。杀人犯只能躲一辈子……"

他之所以选择护理师见山和柿沼主管，是希望通过他们，让这番话间接传到那个叫羽崎的年轻人耳朵里（虽然实际上这个打算落空了）。向儿子幸司先生自白的时机刚刚好，当事人羽崎也在现场，电视中播出的正好是那起案件的报道。

没错。柿沼主管和护理师见山听到宽二先生的自白时，说不定羽崎也在旁边，只是他们没有注意到。保洁人员在工作时会尽量不引人注目，他们是无处不在的。

或许，宽二先生在和羽崎独处时，也曾做过同样的尝试，只是其他人不知道而已。这种可能性很大。

也正因为宽二先生每天都在观察着这些细节，字斟句酌地说话，观察目标人物的反应，他才会血压飙升，因为太紧张了。

那么，他又是为什么要把茅野次郎的罪过说成是自己所为呢？

比起"我认识一个曾经杀过人的家伙"这种说辞，"我杀过人，但没有被逮捕"应该更能表达出"我非常理解做了这种坏事的人的心情"这层意思。这样一来，"死者会出现在梦里""只能躲一辈子"这种话也会显得更有分量——我虽然没被抓住，一直躲到了今天，但这不是什么好事，到了这把年纪仍然被悔恨折磨着。

羽崎，我在怀疑你。如果你就是凶手，快去自首吧——宽二先生心里应该是这样想的。

那么，羽崎新太郎的反应又如何呢？他真的就是体育公园杀人案的凶手吗？

柿沼主管全程没有插话，默默听完了我的推理。话筒另一端是死一般的寂静。

"柿沼先生？"

"我在……"

"羽崎现在在吗？"

"他今天是中午开始上班，上到晚上八点。"他的声音不由自主地越来越小。

"那正好，我现在想去他的住处看看。"体育公园案件的凶手应该对案发现场附近十分熟悉。"我很明白这些是个人隐私，不过现在情况特殊。能请您告诉我他的住址吗？"

柿沼先生似乎叹了一口气。"您稍等片刻。"电话进入保留通话状态。柿沼主管可能在犹豫，也可能是在和谁商量。"喂？"主管再次拿起话筒，声音比刚才又小了一些，"工作人员名册上的住址是这个。"他用耳语般的音量快速报出地址。

我复述了一遍。"谢谢您。"

挂断电话，我在手机上搜索那个地址。屏幕上显示出板桥区内的交通网，在同一个画面上还有一大片绿地。

是体育公园。

电话铃响了。是柿沼主管。他也在看地图，声音相当低沉。

"负面的可能性越来越大了。"我说。

话筒中传来柿沼主管不平静的鼻息。"我经常和员工聊天，也会和他们一起去居酒屋喝酒，以酒交心。要是谁有什么不对劲，我马上就能发现，不可能发现不了的。"

他并不是说给我，而是在说给自己听。当年和茅野次郎一起生活在希望庄的男人们，或许也曾这样说过。

羽崎新太郎从住处去花篮老人之家上班，有两条合适的路线可以选择。

去时，我选择了其中一条，地铁换乘私铁，从车站步行十五分钟左右就到了。

这栋公寓楼龄不长，简易廉价，供单身的年轻人居住。与其说是房子，不如说是供人过夜的箱子。公寓虽然廉价，不过旁边配有专用的自行车停车场，每个停车架上都标有房间号。

羽崎新太郎住在一〇二号。对应的车架是空的。

监控摄像头拍到男子所骑自行车的前轮上粘有白色污渍。那段录像在电视上反复播放。如果那名男子就是凶手，他应该会把污渍擦掉，或者更换轮胎。不过最省事、最安全的方法还是直接丢弃自行车。

我研究了一下一〇二号房的房门，不得不撤回对这栋公寓"廉价"的评价。门上装有最新型的圆筒销子锁，没有专用工具无法打开。我四处搜寻一番，信箱底部、挡雨棚上方和面向走廊的窗框下都没有藏着备用钥匙。

我离开公寓，心想这样也不坏。现在我身上连搜索时必备的手套也没有。如果直愣愣跑进屋里，破坏了潜在的证据，那就本末倒置了，辜负了宽二先生的苦心。

返程我打算走另一条路线，搭乘私营公交到最近的 JR 车站。街上已是夜幕低垂，无人的公交车站亮着冰冷的灯光。

我抬起头，看着公交站牌上的路线图。一个站名更加印证了我的想法。

下一站是"区民体育公园前"。

7

相泽先生没有联系体育公园杀人案特别搜查本部。"我家有个熟客，是辖区警局的高层。我先跟他说说。"他问我，可不可以给对方看我的报告。

"报告是给您的，任由您处置。"

接下来只要等待就好。蛎壳事务所交给我一项工作，我开始干活。本打算到事务所露个脸，顺便跟木田小朋友打个招呼，没想到他钻到睡袋里，在办公桌下面睡着了，看来我俩真是八字不合。

一月二十七日早上，羽崎新太郎作为体育公园杀人案的嫌疑人被逮捕。他在公寓门口被刑警拦住，直接被带到了警局。

指纹、掌纹、毛发、鞋印，证据要多少有多少。他本人也很快招供了。报道中说，刑警问他："你知道为什么要逮捕你吗？"

——知道。很抱歉。

案发当晚，他从便利店出来，在回家路上遇到了被害人高室成美，并尾随其后。

——觉得她长得很漂亮，身材也好。

他供述称，本来没想对被害人做什么，只是想拍她的裸照。失手将被害人杀害后，因为遗体过于凄惨，死者的表情也令他恐惧，羽崎没有达成目的就逃回了公寓。之后，他仍旧像往常一样生活。

——难以想象自己会做出那种事。感觉自己已经不是自己了，鬼使神差地就动了手。

在播报他这段供述时，新闻综合节目的主播面带难以平息的愤怒，而我相比于愤怒，更多是脊背发凉。

宽二先生说过："这种事情，就跟被什么附身一样，控制不了的。自己也控制不住。"

这话虽然说的是三十五年前的茅野次郎，但竟一语道破羽崎新太郎的心理，准确得令人胆寒。

奇怪的是，羽崎没有提到自己折了三折摆放在尸体旁边的毛巾。是因为这个动作已经习惯成自然了吗？

他提到的是另外一件事。

——我很讨厌工作，每天闻到的都是老头老太太身上的臭味，早就烦了。

我还在电视上看到柿沼主管在花篮老人之家门口被记者围住采访的样子。看上去和和气气、实则目光犀利的主管收起了天生的亲切和蔼，从始至终都是一副痛心疾首的表情。

"本机构的员工犯下如此罪行，实在是万分抱歉。"柿沼主管反复低头鞠躬，就像当年和茅野次郎同住一个屋檐下、关系亲密的某个人挨家挨户向街坊邻居道歉时一样。

蛎壳事务所这次分派的任务花了我不少时间，也相当耗费精力，直到周日下午才算办完，我筋疲力尽地回到家。

相泽干生正坐在我家兼事务所的门口。他背着背包，腿上放着一个巨大的扁平纸盒。他抬头看我，说："您有烤箱吗？"

相泽先生做的比萨，哪怕是重新加热一遍也很美味。不知道是不是因为上次长了教训，这次干生没有再多说话，和我一起喝着咖啡、吃着比萨。

"爸爸让您也去店里坐坐。"

"等遇到什么好事，我就去坐坐。"比萨吃光了，我倒上第二杯咖啡，回答道。"你爷爷的通讯录还在你手上吧？"

干生面无惧色。"我还给爸爸了。"

"他应该让你转交给我吧？"

"您不是也不需要了吗？"

从结果上来看，的确是这样。

"你按通讯录上的电话打过去，有什么收获吗？"

这个问题让干生措手不及。不过，他马上调整好状态，再次扬起一边嘴角。

"我找到了爷爷交往过的人。"他很是得意。虽然令人不爽，但我的确感到了惊讶。

"是嘛，是什么样的人？"

"已经是个老奶奶啦。这还用说？"

"我不是这个意思。我是问她说话的声音之类的。"

少年沉思片刻，像是在寻找合适的说法。"感觉性格很开朗，还有点不拘小节。"

"她是什么时候和你爷爷交往的呢？"

"据说同居过三年。她说那三年里，日本的年号从昭和变成了平成。"

那就是武藤宽二离开希望庄之后的事了。

"他们本来想结婚的，不过老奶奶的母亲病倒了，必须回老家照顾。"

"老家是哪里？"

"长崎。"

"那还真远啊。"

"不过，爷爷知道她的电话号码。就是不知道有没有联系过。"

肯定联系过。只是不知道最后一次联系是什么时候。

"她说爷爷很喜欢吃长崎蛋糕。她有时会送来一些，爷爷就会很高兴。"

——长崎的蛋糕就是不一样啊。

干生看着比萨的空盒。他的面容精致秀气，像女儿节的人偶，又像一只小小的鸟儿。

"你从你爸爸那里听说了我的调查结果吧？"

他点了点头。"妈妈和哥哥也都知道了。"

"不过，我查到的那些事你早就知道吧？是听你爷爷说的吗？"

他迅速眨了下眼睛，视线仍然停留在空盒子上。"在家附近的便利店偷过东西。初一那年夏天的时候。"

"偷东西的是你吧？"

"是啊。"这个小鸟般的少年扭头看向我，笑了，"当场就被抓住了，便利店店长给家里打电话，是爷爷接的。"

相泽夫妇都在忙着照看店里。

"我以为他会跟爸爸告状，然后爸爸会怒气冲冲地从店里赶来，骂我说店里这么忙还要添乱。但是他没有。"

爷爷赶来了。

"他那会儿还没坐上轮椅，但已经需要拄拐杖了。明明即使拄着拐杖也走得跟跟跄跄，他还是满头大汗地赶到便利店。"

孙子偷东西被抓了，他急忙赶来。

"他一看到我就大骂'你这个浑小子'。我从来没想过爷爷能发出那么大的声音。然后……"干生的话音沙哑起来，"爷爷向店长道歉了。不停地说着'对不起'，颤巍巍地下跪道歉。结果反倒是店长慌了。"

宽二先生给干生偷的东西付了钱，两个人一起回家了。

"爷爷没有问我为什么要偷东西。他说他明白。"

——干生，你心里一定很乱吧。

"明明在那之前根本没有动过这念头，等反应过来的时候却已经做了错事。爷爷说人是会这样的，他都懂。"

——不过，别再做这种事了。就算心里再烦再乱，不能做的事情是绝对不能做的。你得趁现在这个年纪好好记住这一点。

"爷爷说，不然搞不好就会被不得了的东西附身，犯下天大的错来。"

我默默地听着。

"真的很吓人。"干生继续说，"听起来就像是爷爷做过那种坏事似的。"

我点点头。干生像是因此放下心来，从我的脸上移开视线，低下头。

"所以我问了爷爷。爷爷看上去好像很为难。"

——都已经是过去的事了。

"他告诉我了。"

"关于希望庄那时的事吗？"

"嗯。关于案件他没有讲得很细，只说了自己有多震惊，是怎样的心情。"

那次聊过之后，干生主动查了案件的详情。

"在爷爷他们之中，茅野是最小的。大家都很疼他。那间公寓叫什么来着？"

"希望庄。"

"对，希望庄。里面的房客都是男的，总共六个人，大家关系很好，每天都过得很开心。所以爷爷大概非常……非常受打击。"

案发后，茅野次郎看起来很不对劲。眼睛总是四处打量，安分不下来，晚上说梦话会大喊大叫。希望庄的人都知道吉永运输的那起案件，想来会因此感到不安，便质问茅野，他最终坦白了罪行。

"听说茅野自首的时候，有人陪他一起去了警局。"我说。

"就是我爷爷。"

果然如此。

"因为爷爷一直把茅野当作自己的孩子一样看待。"

——这件事，干生你可不要告诉你爸爸啊。

"爷爷说，自己抛弃爸爸不管，却把毫无关系的人当作儿子看，要是让爸爸知道了会很尴尬。"

虽然对不起宽二先生，我还是笑了出来。

干生噘起嘴抱怨道："您笑什么笑。"

"抱歉。"

"这有什么好笑的？"

"你说得对。然后呢？你之后就算心烦意乱，也没再偷过东西了吧？"

"这不是废话吗？"干生脸绷得更紧了，然后扑哧一声笑了出来，表情也缓和下来，"我偷东西的事，爷爷没有告诉爸爸妈妈。"

——今天的事情是干生和爷爷之间的秘密。

"我没法像哥哥那样当个好孩子……不过也没再做坏事了。"

我假装没听到这句话。无论多么幸福的家庭，也总会有矛盾，会引起自卑。

"葬礼之后，你去过宽二先生在养老院的房间吧？"

干生猛地抬起头。"您怎么连这都知道！"

"我可是侦探啊。不过我并不知道你是去做什么的。"

"我什么都没做。"

我猜也是。

"就是想去看看而已。"

应该是想一个人悼念、缅怀爷爷吧。

"宽二先生是个非常了不起的人。"我说，"你可以为爷爷感到骄傲。"

"可他已经不在了。"

我不知道还有什么其他言语，能够如此直白地表达出这样深重的失落。简简单单的几个字，如此稚嫩的语句，深深打动了我的心。"是啊。太遗憾了。"我说。

"我如果再多去看他几次就好了，可是……"

"没关系。别想那么多。你爷爷一定明白的。"有时候，探望只会让彼此都感到难过而已。"宽二先生已经不在了。所以，你今后只要用六十年的时间，去成为像他那样的爷爷就好了。"

干生瘪瘪嘴，过了好一阵子，开口道："不可能的。只有爷爷一个人，才能是爷爷。"

对于脚踏实地工作了一辈子的人来说，这大概是最好的墓志铭。

那天深夜，事务所的电话突然响了。我接起电话，话筒中传来喘气的声音。我等了片刻。

"请问是杉村侦探事务所吗？"

这个声音有些耳熟，但我一时想不起是谁。"是的，我是杉村。"

又是一阵沉默。

"我是田中帽子店的。"

啊，我想起来了。是那个沙哑的声音。

"上次实在不好意思。"她说完又陷入沉默，呼吸声有些急促，"有件事想请你调查一下。"

我立刻就猜到了她的意图。

"我想知道茅野次郎的行踪。"

听到这里，我意识到她口齿不太清晰。田中弓子的妹妹应该是喝醉了。

"我想知道他现在在哪里，近况如何。请你调查一下。"

我安静地呼吸了两次，然后答道："您的委托我随时可以接受。但不能是在这通电话里，抱歉。"

"为什么？"

"咱们好好沟通之后再做决定吧。或者您跟家人、朋友商量好之后再说也来得及。"

"为什么现在不行。你赶紧答应啊。"她的音调都变了，"那之后我一直在想，如果再早点想明白就好了，所以……"

"茅野次郎如今身在何处，近况如何，这些事情到底要不要知道，究竟怎么做才能让您的内心得到安宁，这是最重要的。我目前还无法做出判断，我想您自己恐怕也一样。"

话筒对面，是一团人形的灰烬。我能听到灰烬痛苦的喘息。

过了片刻，她说："那天……是我骑车送姐姐过去的。"

去吉永运输。

"我骑车载她过去。我和朋友有约，在吉永运输门口放下姐姐，就直接离开了。挥挥手，说了声拜拜。"

在昭和五十年八月，那个闷热的夏日午后。

"是我送姐姐去那里的。"

电话突然挂断了。我放回话筒，静静站在原地，耳旁传来时钟秒针的嘀嗒声。除此以外，这里寂静无声。

是时候找一找究竟是哪座钟在响了。我开始行动。

电话再也没有响起。

沙
男

1

二〇一一年，立春已过。依历法已经算春天了。二月六日星期日，午后四时许。我穿过拥挤的人群走向新宿站，不知从哪里传来一声呼喊。

"三郎先生！"

我停下脚步环顾左右，一回头差点撞上走在我身后的男人。新宿的街头，半夜三更依然人来人往，星期日下午更可谓饺子下锅一样。我搅乱了人流，像是沸腾铁锅中一个不听话的饺子。

人、人，还是人。我找不到声音的源头，但我没有放弃搜寻。对方应该没有认错人，不过在东京几乎没有人会以我的名字而非姓氏称呼我为"先生"。

"这里，我在这儿，三郎先生。"

一群学生模样的青年向这边走来。越过他们的肩头，我看到一只戴着茶绿色手套的手在左右挥动。在那面移动人墙的缝隙间，那只手的主人一晃而过。

我不禁大声回应道："店长！"

我拨开人群向对方走去，只见中村康夫先生踮着脚，一手抓着护栏，另一只手不住挥舞着。他脚边放着一个小号波士顿包，和一个看起来很重、鼓鼓囊囊的牛皮纸袋。

"果然是三郎先生啊。"

他比我大二十岁，今年五十九。虽已近花甲之年，身体依旧硬朗、圆脸、老好人、精力充沛。他身穿朴素的西服，外面套着卡其色登山装，脚蹬一双穿旧的黑色短靴。

"店长，好久没见了。"

"好久没联系，不好意思啊，杉村领班。"

我们像好莱坞电影里的日本人那样夸张地相互鞠躬致意。

"今天您来这里，是有什么工作吗？"

"嗯，来参加关农振的研讨会，还去见了几个客户，这会儿准备回去了。"他拍拍我的胳膊，"你看起来挺精神的嘛。我听杉村先生说，你的事务所还挺忙的。"

这个"杉村先生"指的是我哥哥杉村一男。

"我就是瞎忙活，不过好歹有口饭吃。中村先生要坐几点的梓号列车？方便的话一起喝杯咖啡吧。"

"三郎先生有空吗？"

"有啊。今天可是星期日。"

话虽如此，正因为是星期日，车站附近并没有能让人放松聊天的咖啡馆。我们走了一阵，在一家快捷酒店的茶室落座。路上，我帮一直跟我客气的店长提了纸袋，的确沉得压手。

"里面是会上发的资料，还有在神保町买的一大堆书，想着在回去路上看看。"

"您还是这么爱学习。"

"不过会上我可是睡得挺香呢。"

关农振——关东甲信越农林振兴协会，一如其名，是以促进关东甲信越地区独立农户友好关系、共同发展为目的的民间组织。在我的老家山梨县桑田町，也有好几家农户和农业生产法人加入了这个组织。

"这次的主题是'关于线上市场中农场直运经济新模式的形成及农户与新兴IT企业间的新型合作伙伴关系的研究'。"

"全都是新东西啊，这我听了恐怕也要打瞌睡。"

"是吧？"

中村先生自己并不是农户，他一直都在做水果批发。十年前，包括我哥哥家在内，桑田町有八家农户一起成立了"夏芽农场直运集团"，他当时作为顾问加入，负责经营。集团运营步入正轨后，他就任直销店"夏芽市场"的店长。那之后，他一边经营直销店，一边稳扎稳打地为集团的农作物扩大销售渠道，成了生意人。

我和中村先生喝着咖啡，交流着彼此的近况。拿夏芽集团和我那个小事务所相提并论，实在令人汗颜。不过，听到夏芽市场和集团的生意都做得红红火火，我也很高兴。中村先生说近来业务还拓展到了学校和医院。

"我也顺便对医院病号餐和减肥餐了解了不少。"

"病号餐我能理解，为什么会了解减肥餐呢？"

"女校的营养师啊，除了营养均衡，最重视的就是这个了。我要是不学着点，哪还跟得上潮流啊。"

所以才会买那么多书。

店长是个大忙人，家里夫人还在等他回去，我不好留他太久。在中村先生开始瞥手表时，我结束了话题。

　　"你下次什么时候回来呢？"

　　"盂兰盆节假期的时候吧。"

　　"寿子太太还很有精神，不过有时候看起来挺寂寞的。"

　　寿子是我的母亲。

　　"打电话的时候可一点也没听出来。"

　　中村先生笑了。"毕竟她性格就是那样的。"

　　我母亲嘴巴很毒，是所谓的"刀子嘴"。连姐姐都怕她，说"妈妈是蝮蛇和响尾蛇的同类吧"，认识的人也都知道她的脾性。

　　我们在人山人海中走向新宿站南口。刷卡过了检票闸机，分别前，中村先生像是突然想起什么似的，回头看向我。

　　"三郎先生，你在这里……"在东京这个大城市，"应该没遇到过……卷田……卷田广树吧？"

　　我看着他的眼睛，摇摇头。

　　"这样啊……也是。"他看着来来往往的行人，嘴里小声念叨，"毕竟有这么多人呢……"

　　"而且他也不一定就在东京。"

　　"也是啊，"店长重复道，"那，我真的就是随便问一下，你应该没有想过去找他吧？"

　　车站里的广播实在太过嘈杂。

　　"没想过。"我回答。

　　"这样啊。"中村先生看起来既像是放了心，又似乎灰了心。"嗯，这样也好。"他笑道，"虽然现在说这些也晚了，不过正因为事到如今，我才说得出口。当时我也猜过。"

"猜过什么？"

"我猜，三郎先生再次来了东京，决定开办侦探事务所，是不是因为那件事呢……当然主要还是因为蛎壳家少爷挖你过来。"

虽然事实并非如此，但从情感上来说，蛎壳事务所的确相当于杉村侦探事务所的母公司。而那里的所长，在中村先生看来也不过是个"少爷"。不过所长确实很年轻，被这样看待也没办法。

"关于那件事，三郎先生是不是心里放不下，想着总有一天要真正做个了结呢？我是不是想太多了？"

中村先生看起来既希望得到我的肯定，又像是想听到否定的回答。我的想法也很矛盾，心中的答案一半"是"，一半"否"。

"那件事的确是我从事如今这份工作的契机。"我回道，"不过也仅此而已。"

这次，中村先生没有附和，也没有点头，只是看着我。"站在这儿说话太挡道了。"他说，但并没有要动的意思。我也是如此。

"'伊织'……现在怎么样了？"

"早就倒了。味道也不如以前，根本开不下去。"

"啊，果然是这样。"

"后来那儿新开了家豚骨拉面店。那是九州的特产吧？真是流行得过头了。"

"东京这里也开了很多知名的连锁店。"

"这样啊。我要不也去跑跑业务好了。"他眨眨眼睛，像是还要再说些什么，最终放弃了。此时正是与意外重逢的杉村三郎道别的好时机。中村先生微微抬手。"那就希望早日再会。"

我点点头。"嗯，早日再会。"

卡其色登山装被车站里来来往往的行人淹没，转眼就不见了。

我走向中央线的月台，反省自己实在是不够机灵。中村夫人很喜欢甜食，我应该买点东京"流行得过头"的甜点作为礼物让中村先生带回去。

我不仅没送礼，还从中村先生那里收了份礼物。称不上是美好温馨的"回忆"，却又比"记忆"要生动许多的那件事，此刻正在我心中缓缓苏醒。

——是不是想着总有一天要真正做个了结呢？

已经结束，但并未解决。说起来，那件事的确如此。

2

高中毕业前，我是在山梨县北部的桑田町长大的。考上大学后来到东京，大一、大二的时候住在市区的两人间宿舍里，大三、大四独自租住位于神田神保町的老旧公寓。为了赚房租，我打过好几份工，其中一处名叫"青空书房"，是专门出版童书的出版社，毕业后，我幸运地被录用为正式员工。

侘助的老板水田大造先生称我是"悲观主义者"，说考虑到我的人生经历也不是不能理解。根据老板的划分，从我出生到担任青空书房编辑这段时间，是杉村三郎人生的第一阶段。

我人生的第二阶段，是从与今多菜穗子结婚开始的。结婚后，我辞掉青空书房的工作，成为菜穗子的父亲今多嘉亲手下大企业今多集团的一名员工。这是今多会长提出的结婚条件，我选择了接受。我很喜欢童书编辑这份工作，甚至觉得这是自己的天职，被迫离职虽然遗憾，但我并不后悔。菜穗子对我来说就是如此重要。

今多会长让我在他手下工作，并不是想让我这个女婿继承家业。菜穗子是会长的私生女，她的两个同父异母的哥哥都很优秀。今多集团可以由两位兄长继承，菜穗子肩上没有重任。作为她的丈夫，我的地位自然很轻。我被分配到集团宣传杂志的编辑部，再次从事起编辑工作，杂志的发行者就是会长本人。

这本内部期刊的名称碰巧也叫《青空》。和菜穗子结婚后，我的生活环境发生了翻天覆地的变化，但我依然是"青空"的编辑，这一点并未改变。

今多嘉亲是财经界巨头之一，坐拥令人难以想象的庞大资产。菜穗子在他的羽翼庇护下，从小过着舒适富裕的生活。成为她的丈夫后，我也过上了富足日子，成了所谓的上门女婿。虽然生活发生剧变，于我而言却是一件极其幸运的事情。不久后，女儿桃子降生，我正可谓是活在老板所说的"神仙生活"中。

但在我们夫妻之间，却也存在着幸福画卷未能描绘出的阴影。我逐渐发现了，菜穗子也意识到了。而比我更加坦诚、出身更好、不知恐惧为何物的她，早一步选择了不再装糊涂。

二〇〇九年一月，我和菜穗子为婚姻生活画下句点。杉村三郎人生的第二阶段到此落幕。

我断然决定返回故乡，想要切断与过去人生之间的联系。正赶上哥哥来消息说父亲得了重病，我便立刻启程。

话虽轻巧，可这"断然"二字中带着破釜沉舟的决心。因为我母亲非常反对我入赘到别人家，曾暴跳如雷地说："我可没想到居然把你养成了靠女人过活的小白脸！"她当时几乎和我断绝了关系，除了态度偶有软化，她就当世上没我这个人。这并不是我的被害妄想。母亲很明确地说过就当我已经死了。

说起来，我回老家后立刻赶到父亲的病房，姐姐喜代子碰巧也在，她一看到我就说："哎呀呀，人死还能复生呢。"姐姐向来怕母亲，把嘴巴毒的母亲比作蝮蛇、响尾蛇，不过要让我说，她俩是半斤八两。

她们没有恶意，只是言辞过于尖刻。病床上的父亲没有笑也没有怒（那时父亲还没有因止痛剂变得神志不清），就像他多年来和母亲相处时那样，只露出了一丝为难的表情。

根据老板的划分，我人生的第三阶段从此开始。三十六岁，离婚，无业，回到自己生长的故乡。唯一可以珍视的，是七岁女儿的探视权。

我孤身一人回来后，发现阔别十年的故乡变得陌生了。镇子比我印象里大了两圈，建起许多新楼房，农田比以前少了，县道旁建了大型商场，辅路和桥梁也多了不少。

四十二岁的哥哥和四十岁的姐姐生活也有许多改变。哥哥原来一边在町里的公务所上班，一边经营一家果园（种植梨和李子），不知什么时候开始成了全职农户，甚至当上了农业生产法人夏芽农场直运集团的董事。哥哥的长子在北海道的大学学习林业，长女已经升上高一。

姐姐在本地的小学当老师。姐夫洼田先生比姐姐大十一岁，以前在中学当校长。这次回来才知道，姐姐已经调去别的学校工作，洼田先生升到地区教育委员会当上了教育长。姐姐和姐夫没有孩子，我以为他们俩肯定在优哉游哉地过二人世界，没想到他们不知从何时起养了一只聪明伶俐、尾巴总是打着卷儿的柴犬。两人十分宠爱它，甚至雇了宠物保姆。柴犬是只公狗，名叫健太郎。我借住在姐姐家，和健太郎亲近起来，也明白了姐姐姐夫为什么对它如此溺爱。

父亲在我回乡后不久就出院了，开始在家里疗养。哥哥和嫂子两人忙于果园和夏芽农场直运集团的工作。母亲作为家庭主妇，一边料理家事，一边照顾父亲，还要抽空给果园帮把手。

我跟母亲、哥哥说过好几次，想搬去同住，照顾父亲，还想帮忙照看果园。但是母亲坚决反对，照看果园的事也被哥哥婉拒了。

母亲还在生我的气。罪状一，在父母极力反对下执意结婚；罪状二，这场婚姻极其失败；罪状三，三十多岁居然沦为无业游民。

前两条罪状事到如今也无可奈何，但第三条罪状我自己也觉得丢人。起初我想找找当初在青空书房时的门路，再回头当编辑。不过父亲的病情尚未稳定，我想陪在他身边。陪护期间没有工作，在家里吃白食我也过意不去，所以才跟哥哥说想去帮忙。可万万没想到哥哥会拒绝。

哥哥先是说："正因为你是家里人，才不能随便让你来帮忙。"

果园成为农业生产法人旗下的产业后，就不再是杉村家的私有财产，这我也明白。但作为家庭的一份子去帮帮忙，有什么问题吗？况且母亲就在帮忙。就算是夏芽农场直运集团也不会说什么吧。集团成员都是本地人，好多人我从小就认识，还有一些是我曾经的同学呢。

我这么反驳之后，哥哥的语气含糊起来："如今你已经做不来农活了。你在城里那么多年，早就是城里人了。而且你还过了十几年富贵日子，和我们完全不在一个层次，还怎么下地干活啊？"

母亲指责我在东京被城里大小姐心血来潮捡回家当小白脸养也就算了，没想到连哥哥也这么说。我自然很生气，可我这十年婚姻生活也不是白过的。向来不善言辞的哥哥竟能说出这番话，就像在国会答辩时照本宣科的政治家。

于是我去问姐姐，她爽快地承认了。"是啊。和美姐很讨厌你。"

杉村和美是哥哥的妻子，即我的嫂子。

"果然是这样啊……"

"她可不高兴呢，说你事到如今恬不知耻地回来，也不知是何居心。"

"我哪有什么居心啊。"

"我知道啊，毕竟我了解你嘛，不过和美姐可不这么想。而且客观来看，她的想法才比较正常。"

"姐，和美姐是直接这么跟你说的吗？"

"怎么可能，你傻啊。是传到我耳朵里的。"是从四面八方传来的回响，她说。

我心里很清楚，只要一回来，就会引发邻里间一系列连锁反应，所以在行为举止上十分谨慎。但这尚不能改变嫂子以及她那一方立场的人对我的看法。

"所以你最好别回家里住。先住我这儿吧，我不介意。还有，你快点去找个工作吧。这么大个人了，天天游手好闲，待着待着就废掉了。工作可不是义务，而是为了自己好。"

这番说教真是太有教师风范了。

"我明白啊，可是在这儿找工作哪有那么简单。"

"你会干什么来着？"

面对这个问题，我无法立刻充满自信地做出回答。说实话，我没有优秀的三十六岁大人该有的模样。"会干什么……以前是做编辑的。"

"孩子他爸人脉还挺广的，应该能帮着介绍介绍。"

孩子他爸指的是洼田先生。我印象中，姐姐和姐夫彼此之间直呼其名，养了健太郎之后，才有了"孩子他爸""孩子他妈"这样的称呼。

"当旅游问讯处那种免费报纸的记者怎么样？或者培训机构的讲师。我记得你大学学的是教育吧？"

"是的……"

"太挑挑拣拣的话就只能一直当无业游民了。"

"我知道。不过哥哥为什么不告诉和美姐我没什么坏心思啊？"

比起是否工作，我觉得这一点更重要。

"说了也没用。而且哥哥本来就嘴笨。"

这倒是事实。

"在这种事情上，男人都是对老婆唯命是从的。"

"所以对我说那些的不是哥哥，是和美姐操控的腹语人偶喽？"

"你还挺较真……"姐姐笑了，"腹语人偶……嗯，说得也对，不过哥哥顶多是个小号人偶，也就手指头那么大吧。"

听了这些，我也只得放弃。"我试试做免费报纸的记者吧。"

这份工作从任何角度来看都不难。因为我要做的根本不是记者。旅游问讯处的服务范围涵盖桑田町等五个临近的町，我只需要把介绍这些地区美食、特产的免费报纸配送到签约店铺即可。免费报纸是周刊，所以我每周只需要工作一天。

即便如此，我也不再是无业游民，便可以偶尔回家看看。从姐姐家到父母家骑车大约五分钟，我有时还会牵着健太郎顺路去坐坐。

父亲的身体状况渐渐稳定下来，天气转暖后，有时还能和我一起在附近走走。哥哥不善言辞的性格就是遗传自父亲，所以我们散步时总是沉默着，不过我还是很开心。

休息日里，麻美有时也会跟我们一起散步。她是哥哥的长女，即父亲的孙女、我的侄女。她小时候很乖巧，总爱躲到母亲身后，是个害羞的小丫头。如今她已升上高中，却活泼得令人惊诧。她参加了曲棍球社团，是一、二年级队员中跑得最快的，她对此很是自豪。

我这个侄女爱说爱笑，很喜欢爷爷，像大多数青少年一样，与母亲时不时关系紧张。也许是对母亲的逆反心理帮了忙，她对我怀有善意的好奇。而我总是被自己女儿的表哥表姐们很有礼貌地称呼为"杉村先生"，时隔许久在这里被人叫"叔叔"，实在受宠若惊。

"叔叔不来家里看看，奶奶会生气。可是叔叔来了呢，她还是不高兴。"麻美说。

"那可真是对不起了。"

"没事呀。反正奶奶每天不是在生气就是在不高兴。有时候虽然笑着，其实也是在生气呢。对不对，爷爷？"

像这样聊天时无论别人问什么，父亲都只会淡淡地应一句："是啊。"他一直是这样的人，直到去世也没有任何改变。

第一个聊起我女儿桃子的也是麻美。当时是早春，我配送完报纸，回家路上正好遇到刚参加完社团活动的她。

"叔叔，想不想去随便吃点什么？"

她带我去了一家她最近很喜欢的咖啡馆。麻美说比萨吐司和果酱吐司很不错，我一样点了一份。我们聊着她的学校和社团活动。

"说起来，叔叔你有孩子吧。几岁了？已经上学了吗？"

"上小学二年级。"

她说想看看照片，我就把手机里存的照片给她看。麻美稍稍瞪大了眼睛。

"好可爱啊，很像叔叔。"

"谢谢。"

"想见的时候就能见面吗？"

"基本上吧。"

"不过，你住在这边不太方便吧。平时怎么办呢？"

"发消息或者视频通话。"

"这样啊……挺好的。"然后，她突然问道，"离婚很难受吗？"

我回乡后，从来没有人问过我这个问题。听到她这么问，我才意识到自己其实一直想听到这个问题。

于是，我坦诚地回答："嗯，很难受。"

我们沉默了良久。

麻美小声说："对不起，我不该问这么奇怪的问题。"

"没有没有，这不是什么奇怪的问题。"我很自然地说道，"谢谢你能这样问我。"

"是吗？"麻美点头，客气地微微笑道，"那就好。"

那之后，我的心情轻松了许多。

五月中旬，我受邀去夏芽市场工作。那时候，父亲的身体出了问题，再次住院接受检查。检查结果用哥哥的话说，就是"手术不过是心理安慰罢了"，我感到更加茫然无措。

夏芽市场位于桑田町南部，一旁就是通往中央高速公路的县道。这里以前是一家直销店，每到梨子、葡萄成熟的季节，农户们会按天向这里的地主付地租，搭起帐篷向过往游客售卖水果。这块地皮背后是杂树林，整块地呈细长的矩形，有一个小学体育馆那么大。

夏芽农场直运集团正式租下这块地，建起了一家排球场大小的朴素店铺。另一半地皮被修整成停车场，还设置了卫生间和盥洗室。

为了配送免费报纸，我之前每周会来这里一次。第一次来的时候，我和中村店长打过招呼，但并没有特别亲近。不过在那天，我配送完当周的免费报纸，回收了上周剩余的报纸，正准备回去时，突然被他叫住了。

"杉村先生，里边请，里边请，喝杯茶再走吧。"

店长工作繁忙，语速快得出奇。那时也一样，茶还没凉透，他就已经和我说定，让我在这里担任销售员。

这说起来过于轻描淡写，但就我的感觉而言的确是如此。父亲的事消耗了我全部心神，导致我当时难以集中注意力，不过最主要的原因还是中村先生的邀请极为爽朗而强势。

"要不要来我这儿工作？一起工作吧！好吗？就这么办吧！总之先简单写份简历给我吧，当作入职手续，明早七点在集货仓库那边集合，不要来这里哦。"

"呃，那个……"

"叫你'杉村先生'容易和一男先生弄混，我就叫你三郎先生，可以吗？"

"我从没做过行政或销售工作……"

"这些都不重要。三郎先生在东京逛过很多超市和大商场吧？我想让你灵活运用这些经验，给商品摆放、广告张贴之类的工作提提建议。"

"啊……"

"还有些力气活。"他笑着说，"说是力气活，其实也不算太累，女员工做起来都可麻利呢。配送报纸的活儿你也不用辞。我们也有配送业务，你可以兼职。旅游问讯处那边由我去打声招呼就好。"中村店长眯起眼睛，"三郎先生来我们这儿工作的话，你父亲肯定也会特别高兴的。"

我惊讶地看向他。

"我们这儿的工作很有意思的，请多关照啦。"

那之后不久我才听说，中村先生和我哥哥关系不错，之前就跟哥哥提过想要雇我，让哥哥来问我的意见。我也不明白为什么哥哥一直没告诉我这件事。不过我明白，他在此时直接来找我，不只是为了我，也是为了父亲。

总之，我成了夏芽市场的一名员工。领的是时薪，从待遇上来看算是打工的，另外三个一起负责销售的同事都是女性。

中村店长还要兼顾农场直运集团的经营工作，从旁辅佐他的是副店长坂井，一手负责财务和总务的则是前山先生。市场运营就由我们七人负责。

像小孩子一样帮忙送报纸的日子一去不回，我的生活变得繁忙起来。这份工作有两种模式：模式一，早上七点到集团的集货仓库上班，将当天需要销售的商品从仓库运往市场，在货架上码好货，附上价签，早上十点市场开门后负责销售，其间还要负责补货、整理货架、送货；模式二，不去集货仓库，直接到市场上班，负责打扫店面，做好各项准备工作，以便商品运达后尽快上架，后续工作和模式一相同。无论哪种模式，都要参加晨会和打烊后的集体会议，与大家一起同中村店长交流意见。

夏芽农场直运集团没有畜牧农户参与经营，不过市场会从外部签约供应商那里购入土鸡蛋、火腿和培根等商品，这些由副店长坂井负责。坂井先生比我大三岁，从中村先生做批发商那时起就一直跟着他。负责财务和总务的前山先生是本地银行的退休职员，理应担任此职。前山先生有腰疼的老毛病（有时严重得令人心疼），所以不用打扫卖场，但忙起来的时候要去停车场引导车辆。他有时会边伸懒腰边到处走动，说这样有助于缓解腰疼。

除我以外的员工都不是集团的家族成员或关系户，还有人从甲府或韭崎市来这边上班。

桑田町及周边地区长久以来盛行果园经营，住宅建设也不断发展。在我离开的十年里，房子越建越多，现在町里有一半地方都是住宅区。因此，市场的顾客主要是本地居民，以上班族为主。节假日里游客创造的销售额则是难得的额外营收。

"在甲府市区开店。"

"经营精肉、鲜鱼和副食。"

这是中村店长和坂井副店长对未来的规划。他们要将夏芽市场打造成农场直销式的超市。现在的店面是第一步，是登山时打入岩面的第一根楔钉。

我接受了待客培训，学习如何收银，每天都要写好几份商品广告。"某某种的菠菜""某某果园的梨子"，上面还会贴上生产负责人的照片，标注相应农作物的营养价值，附上推荐食谱。我也做过配送业务，原本以为自己是本地人，肯定对道路很熟悉，没想到在我离开的日子里，镇子发生了翻天覆地的变化，我因此迷过路、出过丑。我还提议制作名为"夏芽新闻"的单页免费报纸，随配送附赠，并担任了责编一职。

工作真的很有意思。

我曾经过着"令人称羡"的生活（即使母亲非常顽固地当我已经死了，这件事还是流传得广为人知），但却失去了这一切，回到故乡。在旁人看来，我是个失败者。更何况在这段婚姻中，我曾数次被卷入足以称为新闻的事件当中，甚至让妻子和女儿遭遇危险。就这一点而言，我还是个丧门星。那个人的人生如此失败，并非单纯因为运气不好，而是他自己招惹来了这些不幸——人们会这么想也是无可奈何。

周围的同学也好，朋友也好，亲戚以及亲戚的亲戚也好，都在疏远我。可能是可怜我，可能觉得我活该，也可能感同身受一般觉得羞愧，或者觉得可悲、令人作呕，也可能是以上这些情绪全部混杂在了一起。

不过，在夏芽市场却不一样。我每天都在忙碌地工作，身体里的血液开始流动，不再是一副行尸走肉的模样。我终于变回为一个普通人，意识到过去的自己不过空有一副躯壳。市场里的每个人都接纳我这个朋友。

梅雨过后，桑田町迎来了夏日观光旺季，我也成了销售领班。作为新人（而且只是个打工的），担任领班似乎太嚣张了，所以我本想推辞。

"可别说这种话，你就干吧。要是出了什么纠纷，客人喊着'叫你们负责人出来'，如果出来的是个男人，我们心里也踏实些。"

女员工里最年长的林姐说的这番话，让我接下了这份工作。市场的客人很少起纠纷，即便出现特殊情况，也有副店长在，不过大家的信赖让我很高兴。

这时候，父亲已经住进县里的临终关怀医院，开车单程半小时。多亏姐姐姐夫四处奔走，打点好一切，还出了所需的费用。父亲当时一天中有一半时间都处于恍惚状态，另一半时间则是在睡眠中度过。

我的生活安稳下来。要不要搬出姐姐家，自己找间公寓住呢？不过那样就没法拍"今天的健太郎"小视频和照片发给桃子了，她一定会很失望。该怎么办呢？如果不考虑父亲的病情，我最大的烦恼也不过如此。

就在风平浪静之时，发生了那件事，我也因此认识了蛎壳家的少爷。

3

伊织是一家专门经营手工荞麦面和甲州特产馎饦的餐馆。店铺装修成古旧民房的风格，和夏芽市场一样位于县道旁边。它离县道和中央高速公路的交汇点很近，附近还有高尔夫球场和健步路，位置绝佳，在本地居民和游客当中都很受欢迎。店里使用的大多数食材都从市场进货，算是我们的老主顾。

经营者卷田夫妇住在桑田町，除每周一歇业外，他们每天早上八点半去店里上班时都会路过市场。夫妇俩会在前一天通过电话或邮件下单，让我们把食材备齐。他们取货时市场还没开门，不过员工们都已经上班了，所以也没什么问题。食材费用半月结算一次，现金支付，金额不大，但作为客户而言非常理想。

七月三十日星期四那天早晨却有些奇怪。前一天明明来找我们订了货，可直到将近十点钟，卷田夫妇都没有露面。

其他销售员和我不一样，不是全天工作，而是分为早班和晚班。前一天接到订单的是姓藤原的年轻姑娘，而那天早晨和我一起做开业前各项准备的是林姐。

"订货单写得好好的，应该不会有错。"林姐歪歪脑袋，决定先给藤原小姐打电话确认一下。

"的确是说今天会来取。"

"那会不会是临时歇业啊，说不定感冒了。"

卷田夫妇都很年轻。丈夫广树三十五岁左右，妻子典子看起来大约三十岁。也许是年轻人精力充沛，店里吧台加卡座总共有约二十个座位，夫妻二人光靠自己就撑了起来。如果其中一人生病，也只能歇业了。

"不过，要真是这样，他们肯定会打电话过来啊。"

虽然生意红火，归根究底也不过是小地方的餐馆，伊织的客流量受季节和天气影响，营业额也会随之变化。他们有时候每天都来订货，有时候整整一周也不会联系我们。所以前一天订货、第二天取货已经成了多年不变的老规矩。林姐比我经验丰富得多，很清楚这方面的情况。

我们给伊织打了电话，没人接听。由于以前没用手机联系的必要，市场员工谁也不知道夫妇俩的手机号。我们这才意识到，没有一个人和老主顾卷田夫妇有私交。他们开朗和善，让人心生好感，但并不是喜欢社交的人。

"算了，再等等吧。"

然而，过了晌午，卷田夫妇还是没来，打电话也依旧没人接。

我和坂井副店长商量了一下，决定去看看情况。我是骑电动车上班的，去一趟很方便。

伊织的门关着，门上挂着"休息中"的牌子。旁边的停车场停了两辆车，一对看起来像是夫妇的男女和两个穿着工作服的男人闲荡着。盛夏的午后，人们都很热。

我向他们搭话："今天不开门吗？"

那对夫妇回答："好像是的。"

"明明今天不是歇业日啊。"

仔细一看，门口的格子门处立着三份用纸带捆好的报纸。

看来的确是临时歇业。我骑电动车掉头返回桑田町。

卷田夫妇住在桑田町西北部的一处缓坡上。我小时候，这一带还有少数几户养蚕的人家，大半个山坡都是桑树田，桑树会结出红红的果实，景色非常美丽。

如今桑树田已不复存在，有的只是零星几户人家，其间点缀有葱田、密密麻麻的玉米地和种着西红柿、茄子的塑料大棚。

房屋的样式各有不同。有崭新的三层小楼，有围着板墙、建有老旧铁板墙仓库的二层大木屋，还有似乎是面向单身人士出租的漂亮公寓。山坡上可能没有通天然气，每个屋子前都装有液化气瓶。

我站在要找的房子面前，再次确认来之前记下的地址。

眼前这栋房子煞风景到让我感觉找错了地方。伊织的生意那么红火，尚称得上年轻的卷田夫妇居然会住在这种地方？

这是一栋平房，灰泥砌的外墙满是斑点，屋顶铺着毫无美感的灰色石板瓦。房子呈长方形，横宽略大于纵深，涂着胭脂红油漆的门已经有些脏了。房屋一侧有一条长长的檐廊，四面都是落地窗。窗帘全都拉着。

没有外墙或树篱，这栋房子直接袒露在外。右侧有一块干透龟裂的空地，不知是休耕地还是闲置土地。后方是杂树林。左侧也是空地，看起来像是放置闲置器材的地方，旧轮胎、撕掉标签的一斗装铁皮罐头堆积如山。银色的罐头盒反射着夏日阳光，极为炫目。

檐廊前是一块没有修整过的地皮，歪倒着几个空花盆。一旁放着水桶和捆好的胶皮管，大概是用来洗车的。地上有一道轮胎轧痕，这里应该是卷田家的停车处。

卷田夫妇的车是一辆深蓝色面包车，能坐六个人，不过后排车座可以放倒，车厢后部都用来装货。我帮着装过几次，还有印象。

车子不在，夫妇俩是出门了吗？因为有急事要出去一趟，所以连昨天在市场订的货也忘记了？

我下了电动车，走向大门。门上的置物盒空空如也。说起来，刚才在餐馆那边看到了没收进去的报纸。

门铃也是老式的。我按下门铃，房间里响起叮咚声。我隔一会儿又按了一次，总共按了三次。

没人应门。

我敲了敲门。"有人在家吗？"

没人回应。我绕到檐廊边上。窗帘很厚，遮光性很好，右侧两扇窗的窗帘和左侧两扇窗的窗帘颜色、图案都不一样。

"不好意思。卷田先生，您在家吗？我是夏芽市场的人。"

我喊了几声，依旧没人回应，窗帘也没有任何动静。

不经意间，我看到了房屋背后的景象，不禁讶然。杂树林深处就是山坡另一侧的坡面，那里是一片墓地。从我这里正好可以透过树木间隙俯瞰一块块墓碑顶部。

在小地方的镇子上，这种情况并不少见。生者的居所与逝者长眠之地紧挨在一起，没有人会感到恐惧或厌恶。在祖先灵魂附近生活，并不是什么奇怪的事。之所以讶然，是因为这种感受一直深埋心底，我不曾意识到；但并不震惊，因为这感受从未消散。

我还注意到一点。面向杂树林的空调外机正嗡嗡作响，向外排放热气。

我退回到房子侧面。这次我打算去敲敲窗户，便单膝跪在檐廊上，探过身子。正在这时，窗帘拉开了，帘缝中露出一个女人苍白的面孔。

我吓得心脏漏跳了一拍。

是卷田夫人，即典子太太。

我慌忙收回腿，低头示意。"不好意思，我是夏芽市场的杉村。"我用比刚才更大的声音说道，"今早您没有来，有些担心就过来看看。您身体不舒服吗？"

卷田夫人黑发及肩，眼睛上方的刘海修剪得整整齐齐。时值盛夏依然皮肤白皙，眼睛细长，单眼皮，目光清澈，是个宛如人偶的美人。也正因如此，此时的她看起来更像一个幽灵。

她应该听到了我的声音，身影从窗帘间隙处消失了。我赶忙跑到门口，里面传来取下防盗链的咔嚓声。

门开了。卷田夫人光着脚，抓着门把手支撑身体，看上去有些站立不稳。她身穿浅蓝色无袖连衣裙，上面满是皱痕。

空调冷风从室内向外涌。由于室内外温差过大，这种感觉十分明显。在这股冷风中，我闻到一股本不应属于这里的气味——夏天泳池里用来消毒的氯气味道。

"不好意思……"卷田夫人低声道，声音小得几乎听不清，"完全……给忘了。"她看起来状态不太好，没精打采的，不过似乎不是生病这么简单。别说化妆了，她连脸都没洗，眼睛肿着，脸上还有泪痕。她刚才在哭。

"发生什么事了吗？"

听我这样问，迷迷糊糊、昏昏沉沉的卷田夫人眼神游移起来。"昨天……我老公他走了……"她喃喃自语，光着脚走到玄关的水泥地上。一步、两步。她脚步踉跄，身体摇摇晃晃的。"他出轨了。"

她哑着嗓子说完这句话就晕了过去，倒在我的怀里。

我叫来救护车，把她送到桑田町唯一一家急救医院。市场的员工们集合起来，向桑田町会妇女部请求支援。虽然还不清楚详情，不过想来应该需要女性的力量。姐姐曾在妇女部担任干部，和她们多少有些交情，后续情况可以从姐姐那里打听到。

听说卷田夫人晕倒时有轻度脱水症状，万幸没有生命危险，八月一日出院后，她就回到了父母身边。

"据说她娘家在龙王町。"

JR 中央本线有一站就在龙王町，如今那里已经并入了甲斐市。

"她父母经营着一家馎饦店，叫'卷田'，在当地算老字号了。"

"卷田？原来卷田是夫人的姓吗？"

"对，她老公是入赘女婿。"

卷田典子从当地高中毕业后，去东京上了短期大学，工作以后一直在东京生活。和广树先生认识后，两人一起回了山梨。那是九年前，二〇〇〇年的事。

"伊织是什么时候开张的？"

"听说是二〇〇二年五月。我印象里也差不多是那个时候。"

"典子太太多大年纪？"

"三十一岁，她老公三十三。"

广树先生看起来比实际年龄大一些。

"那就是短大毕业大约两年后回来的。"

"可能有什么思量，或者想家了吧。什么可能都有啊，你不也是一样。"

"是，姐姐说得对。"我做出心悦诚服的表情。

"那家店面是租来的，房东也是龙王町的人。你估计不知道伊织之前的那家店，叫什么来着？也是卖荞麦面的，但是很难吃。"

这么说，桑田町的住处应该也是租来的。钱和精力都花在了店铺上，心思也都放在经营上面，居所才会那么简陋吧。

"父母已经在经营店铺，他俩居然还特意来这里开夫妻店啊。"

"一直和父母住在一起很憋闷吧。而且，有些事大概只有夫妻俩从零开始吃苦打拼才能体会得到。"姐姐意味深长地笑了，"如果咱家的哥哥跟和美姐先去别的地方吃点苦头再回来，恐怕也会有所不同呢。"

追问"究竟和现在有什么不同"实在太过麻烦，我只是"哦"了一声，应付了事。

"广树先生以前开过餐馆吗？"

完全没有经验的人，能在两年内开起一家伊织那样的店吗？

"这就不知道了。会不会是在夫人的老家踏踏实实学过两手？毕竟这个和怀石料理、法国大餐之类的不一样嘛。"

馎饦是甲州地方美食，也有些人会出于兴趣手工制作荞麦面。

"也是。她今后打算怎么办呢？"我跟姐姐姐夫还有市场的同事们去过好几次，伊织的确是一家名副其实的好店。

"只能关张了吧。"

"太可惜了。"

星期日傍晚，我和姐姐正在准备晚餐。我在厨房的桌前择毛豆，姐姐剥着蚕豆壳。她停下手，抬头看我。

"你不介意吗？"

"介意什么？"

"典子太太如今的遭遇，对你来说可不算陌生吧？"

导致我离婚的直接原因是妻子的外遇，但根本上还是源于夫妻关系本身。

"我还怕你因为这个想起伤心往事呢，我可是很担心你的。"姐姐明明在担心我，看起来却一脸怒容，这点和母亲很像。

"没关系的，都已经过去了。"我看了看筐里堆成小山的毛豆和蚕豆，"准备这么多豆子，打算做什么菜？"

"毛豆肯定是煮啊。蚕豆可以和小虾一起做炸什锦。"姐姐端着筐从凳子上起身，转身背对着我，"她老公出轨的事，据说有人之前就发现了。"

还是关于卷田夫妇的事。

"上个月中旬，有位伊织的客人在甲府站附近看到她老公和一个陌生的年轻女人走在一起。"

"这样。"

"据说还挽着手。"姐姐的语气仿佛是在描述犯罪现场，"那时候大家还议论了一阵子。不过卷田太太完全没发现，这种事难道真的都是这样吗？"

"姐。"我说。

"怎么了？"

"这么直白地问我的看法，我还是会受伤的。"

姐姐扭过头，满脸凶相地瞪我。

"你、你干吗？"

"你在外面的风评，可没有你自己想象的那么糟。"姐姐的语气太冲，不了解她的人可能很难理解，她其实是在安慰我。安慰中还稍稍带了些鼓励。"妇女部的人都说，三郎先生虽然在东京经历了那么多，但和以前相比完全没变。"

我一时不知该如何回应。"呃，这个嘛……"

这都要感谢夏芽市场的朋友们——正打算开口，玄关处传来一声"我回来了"。健太郎叫了一声，这是属于它的"我回来了"。姐夫刚带它散完步回来。

"我让孩子他爸顺路买点佐料回来，应该没忘吧？我要做挂面。"姐姐说。

"既然要做炸什锦，为什么不做天妇罗盖饭呢？"

"蚕豆做的炸什锦是要蘸盐吃的。"

姐姐背对着我开始做饭。我打算拍摄"今天的健太郎"小视频，也站起身。

伊织果然就这样关了店，一周后，门口立起旺铺出租的牌子。

"是整店出租吗？"

"要是能再开一家好吃的荞麦面馆就好了。"

我们这些员工这样议论着，中村店长却有别的想法。"我们干脆趁这次机会开一家直营餐厅吧。"他的表情不像是在开玩笑。

坂井副店长听了也说："杉村先生，要不要一起去上手工荞麦面的培训班？"

先不提要不要去餐厅工作，这个想法还挺有意思的。不过林姐一口回绝："马上就是盂兰盆节假期了，正是赚钱的好时候。要做梦也等攒够本了再说。"

盂兰盆节假期的夏芽市场的确热闹非凡。顾客络绎不绝，员工连吃午饭的时间都没有。带家人前来的顾客多起来，店里的热闹氛围远胜平日。我来这里后，还是第一次经历这种喧闹，一天干下来可谓筋疲力尽。我连续两天都没顾上发"今天的健太郎"，桃子还发消息过来催我了。

过了二十号，盂兰盆节的狂欢宣告结束。夏日的观光旺季还在继续，不过市场的员工们可以交替着休息两三天。员工也有自己的家人，有期盼着暑假出门旅游、远足的孩子。

我这个新人得到了两天暑假，其中一天去临终关怀医院探望父亲，另一天则到东京和桃子一起去了游泳馆。桃子完全被可爱的健太郎迷住了，一直央求我在家里养柴犬。

"外公说可以，但妈妈说不行，因为舅舅家已经养了莱昂纳尔。"

前妻今多菜穗子如今住在世田谷区松原的娘家，和她的父亲、哥哥们同住。莱昂纳尔是她大哥家里养的拉布拉多。

"外公身体还好吗？"

"嗯，不过之前在医院住了一周。"

真是令人不安的消息。今多嘉亲在过去十年里是我的岳父兼上司，至今仍是我最尊敬的人。他今年已经八十三岁，身体随时可能出问题。

按照约定，我和女儿只能玩到下午五点。不是由我把她送回松原的宅子，而是菜穗子来接她。然而，出现在约定地点——帝国饭店大厅里的，却是今多家的一名女佣。

桃子和她似乎很熟悉，我却完全不认识她。对方应该知道我的身份，态度很疏远。我没能问菜穗子没来的原因，不知是她自己不方便，还是因为她父亲身体不适。

"爸爸，咱们下次什么时候能见面？"

"再说吧。第二学期有运动会吧？"

"不是的，是文化节啦。"

"这样啊。桃子班上今年打算出什么节目？"

我小小的女儿还不太会念这个词，她皱起脸来。"音、音、音乐剧。"

"真厉害啊，我一定会去看的。"

"爸爸，记得帮桃子摸摸健太郎。"

"嗯，我每天都会的。"

松开握紧女儿的手时，我总会觉得心里有什么被揭开了。大概是伤口愈合后的结痂吧。痂被揭开后，又会流出些新鲜的血液。

第二天，我把从东京带回来的马卡龙分给市场的同事们。完全不会喝酒、酷爱甜食的坂井副店长偏偏从今天开始休假，女员工们嘴上说着好可惜，却把他那份吃了个精光。

当天午后，我把副店长负责的配送工作也一并做了。我核对着送货单，汗流浃背地开着市场的轻型卡车四处奔走。

桑田町完全称不上是度假胜地，但并非一栋别墅也没有。那天最后一个配送点，位于桑田町西部山里的"斜阳庄"就是其中之一。坂井副店长留给我的配送单显示"房主是蛎壳先生，不仅夏季，其他时间也会长住此地，管家不在时须将货物搬进屋内妥善安放"。

家里住着老人吗？我这样想着，穿过杂树林中的私人道路，看到了陡峭的红色屋顶。屋檐处安装的抛物面天线十分醒目。

私人道路前方是被杂树林包围的二层木屋，占地面积很大，屋前建有带顶棚的车库，车库前设有环岛，一条路导向玄关，另一条通向房屋右侧。前院的草坪和灌木丛打理得很好，鲜艳的一串红正在盛放。

我谨慎地驾驶着轻型卡车绕到屋子侧面。那里有一道后门。不过在按响门铃前，我听到一阵规律的砰砰声。我下车走到屋后。屋子和杂树林之间用栅栏围出一块网球场，一个穿着T恤和短裤、头戴遮阳帽的男子正独自对着黄色的自动发球机练习接球。

我不禁看入了迷。他打得真好。

发球机一定很高级，发球速度快，球路、球速变化多端，甚至还会时不时来一发上旋球。戴遮阳帽的男子应对自如，以一记精准的抽球回击。如果是比赛，这记刁钻的回球恐怕已经直接得分了。

他灵活地在球场上移动，发出窸窣的摩擦声。那并不是网球鞋底接触蓝色硬地球场发出的声音，而是来自车轮呈八字形的运动轮椅的轮胎。这个男子是一名轮椅网球运动员，还是个左撇子。

发球机发出嗡嗡的空转声，停了下来。应该是球发完了。男子气息丝毫不乱，将球拍转了一圈搭在肩上，转头看向我。

在问候之前，我先鼓起掌来。男子歪歪脑袋。

我赶忙低头行礼。"不好意思，我是夏芽市场的人，来送货的。"

对方仍旧歪着脑袋，我本以为他是因为来的不是坂井副店长而感到奇怪，但我错了。

"您是杉村先生吧？"

"是的。今天坂井休暑假，所以……"

他无视了我的话，接着说道："我是蛎壳昴。真是太好了，我正想见见您呢。"

"啊？"

"后门的密码是三八八。能帮忙把东西都搬到厨房吗？我也马上过去。"

我将货物放进宽大的冰箱和一旁的储物架。蛎壳昴先生摘掉遮阳帽，换了一身运动服，走进厨房。他拄着拐杖，看起来是左腿不太利索。运动裤外绑着护具，走起路来身体向一边倾斜。

不过，他的确是一个皮肤黝黑的运动员。虽然身高只有一米六左右，肌肉却锻炼得结结实实。

他非常年轻，看起来不过二十四五岁，称呼为"先生"反而会让对方不自在。如果是公司里的晚辈，我肯定会直呼其名。

"谢谢。"他瞥了一眼储物架，"之后您还有要送的货吗？"既不傲慢无礼，也不咄咄逼人，他的语气极为自然。

"没有了，今天府上是最后一家。"

"我想也是。我也一直请坂井先生最后再来这里送货。"只有这句话，他的语气很是亲昵。"您随便找个地方坐吧。冰茶可以吗？"

他从储物架上取下玻璃杯，从冰箱里取出水壶。他动作利落，不给我任何婉拒或客套的机会。我还发现，他似乎只有在打网球时才是左撇子。

开放式厨房、餐厅、宽敞的客厅连成一线，天花板是挑高式的，能看到粗大的房梁。家具不多，都是高级货。客厅一角装有一套音响和宽屏电视，墙上挂着两个外置扬声器。

"那我就不客气了。"

加了冰块的冰茶太过诱人，我毫不客气地端起玻璃杯。这样做也许更符合这里的气氛，况且我出了不少汗，还因为紧张而有些口渴。

我和这个容貌出众、教养良好的年轻人素未谋面，在市场也从没听说过这个人。为什么他会想见见我呢？

"不好意思，吓了您一跳。"他平静地开口，像是看穿了我的想法，"其实我很了解您的情况。"

"是吗？我刚到夏芽市场工作不久，您是从坂井先生那里……"

"不，我调查过您。"

我差点一口冰茶喷出来。"您这话是什么意思？"

蛎壳昴先生在一把扶手椅上坐下，姿态放松。面上不带笑，但也没有怒色，看起来十分从容。

"杉村先生，您在东京被卷入过好几起案件吧？第一次是在三年前，有个兼职的女员工因为被贵编辑部开除而心生怨恨，给您和您的同事下了安眠药。"

确有此事。

"她之后的行为进一步升级，闯入您家中，用刀威胁您的太太，把令爱挟作人质，引发了一通骚乱。"

这也是事实。

"那之后不到两年，您又遇到了公交劫持案。歹徒虽然死了，不过他在那之前还杀过人，是一个相当错综复杂的案子。"

和盛着冰茶的玻璃杯一样，我渗出一身冷汗。"您还真是了解。"

"我说过了，我调查过您。"说着，他也喝了一口冰茶，"准确地说，是派人去查过，派我手下的人。"

我不只感到紧张，还有些不知所措。"那是、那个、为什……"

"我经营着一家调查公司。"蛎壳昴先生第一次露出了称得上是笑容的微笑，"创业者是我老爸，不过前年我大学毕业后，他就把公司交给了我。并不是因为我有多优秀，纯粹是因为我老爸没常性，很容易就腻了。现在他正热衷于开陪酒俱乐部呢。"

我不知该作何反应。

"陪酒俱乐部。陪酒，俱乐部。"他还以为我没听清，又重复了一遍。"那些出于各种理由必须赚取高薪的女性能够在店里安心工作，是个健康向上的俱乐部。"

"是吗？"我说。

"所以，我老爸虽然不是什么坏人，可也算不上是您曾经的岳父今多嘉亲先生那样的成功人士。我老爸要乱得多了。顺带说一句，我老爸的老爸也一样。我爷爷是所谓的投机商。今多嘉亲先生被称为金融界的猛禽，我爷爷则被称为兜町的鵺^①。不过他已经去世了。葬礼上，自称是爷爷私生子的人都有三个。"

"哈哈。那还真是难办啊。"

"我们家的人可是没有一个吃惊的。"

我再度无言。

"这些都不重要，我们来谈正事吧。"他向前微微探了探身子，"我的公司叫蛎壳事务所。法人和社长还是我老爸，我是所长，实际上的经营负责人也是我。然后呢，我有件事想麻烦您。"

我感觉此时草率地问"什么事"会惹来麻烦。

"杉村先生，您能帮我一个忙吗？"杯中融化的冰块咔嗒作响。"我们现在接下一个案子，准确地说，是我答应接下的。毕竟是发生在身边的事。"

"身边？"

"对，近在眼前。"他着重强调了"近在眼前"几个字。"就是伊织的卷田夫妇那件事。说白了，和您也不是完全没关系。卷田夫人因为丈夫有了外遇离家出走而憔悴不堪，当时是您发现她并叫了救护车，对吧？"

那件事过去差不多有一个月了。

"是啊……"

"这件事很可疑。"他斩钉截铁地说，"说实话，太可疑了。我认为事情可能并非如此。更何况，卷田典子指认丈夫的出轨对象是井上乔美，而井上的母亲表示这绝对不可能。就我们事务所调查到的内容来看，这位母亲的说法有一定可信度。"

---

① 日本传说中的一种妖怪，猴首、狸身、虎爪、蛇尾，被认为会带来不祥之事。

我困惑地问道："那为什么需要我帮忙呢？"

蛎壳昴先生立刻答道："如果是您去接近卷田典子，她不会起丝毫戒心。您只要说是来探望她，看看她过得怎么样就好了。"

我又考虑了五秒钟。"只要这样做就可以了吗？"

"全都看您。不过我想，只做这些的话您是不会安心的。因为您好像就是这种人。"蛎壳昴先生说道。

让人头疼的是，他对我的评价一语中的。

4

撤下做到一半的工作也不好，于是在市场关门后，我再次来到斜阳庄。厨房里香气四溢，西班牙海鲜饭、烤牛柳和热蔬菜沙拉已经上桌。

我惊讶得就像看到他打网球时的表现一样。"是您自己做的？"

"其实也没多难。"

对于只会择毛豆的我而言，这是绝对做不来的。

我们没有喝酒，快速吃罢晚饭。边吃边聊案子不利于消化，蛎壳昴先生便给我讲了这栋倾注了他父亲万分心血的别墅的由来。施工时曾挖出一块古墓碑，父亲想把它装饰在院子里，结果被施工队的人骂了；因为要求太多，前后换了三个设计师；斜阳庄这个名字是昴先生的母亲取的，她是太宰治的崇拜者，是父亲第二任妻子；后院原本有个泳池，在昴先生开始打轮椅网球之后，父亲立刻把泳池填了，改成了网球场，那大概是父亲和现任（第四任）妻子结婚时的事。

"我完全是出于对老爸的关心，建议他这次就别结婚了，同居就好。结果他好像以为我不高兴，于是把泳池改成球场来补偿我。"

"令尊为什么会觉得您不高兴呢？"

"因为他现在的太太和我一样大。"

这个人真是难以琢磨。面上没什么表情，却隐约流露出几分类似于可爱的神色。有一副"好容貌"，英俊却不过于端正，从他简明扼要的发言来看，头脑也相当聪明。他如果是上班族，情人节时桌上一定堆满了巧克力。

昴先生说他经常一个人住在这里。管家每三天上门一次，负责打扫卫生、清洗衣物。

"坂井先生陪我打过几次网球。中村先生一直和老爸关系很好，他们每年都会在这里聚上两三次，听着经典的蓝调唱片，喝得酩酊大醉。"

这是我不知道的人际关系。

"中村先生来的时候会送各种食材，顺便还会带上菜谱。"

——少爷，做一下这个菜吧。

他说，中村先生还会像这样点菜。

吃完饭，我负责收拾碗筷。说是收拾，也不过是把餐具放进洗碗机里。

"谢谢。我来煮咖啡。"蛎壳家少爷用的是极为正统的虹吸壶。他把餐后咖啡和薄薄一份调查资料一起端上了桌。"您请看。"

我翻开资料，第一页是一名年轻女子的照片复印件。她身着正装，面对镜头比着剪刀手。除了身材纤瘦这一点，外貌上并没有什么特别的。

"她就是井上乔美。"昴先生说。

卷田广树的外遇对象。

"二十九岁。到今年三月底为止，都在东京一家物业管理公司工作。和五十六岁的母亲一起生活在千叶县市川市的一间公寓里。她的父亲从事建筑业，在她很小的时候就病逝了。母亲是护士。井上乔美高中毕业后也进入护理学校学习，但半年后就退学了。"

照片复印件下方有一段手写的简要经历。

"所以她是通过社招找到工作的，对吧？"

"没错。这家公司的主营业务是公寓管理，最近几年业绩一直不好。她三月底离职并非出于自愿，而是因为裁员。"昴先生双肘支在桌上，十指交叉，"这里面还有一份找她母亲了解情况后整理的报告，我先简单介绍一下。失业之后，她很快开始积极找工作。她应该拿到了些离职补偿金，也收到了失业保险，不过保险不可能一直有。当然，职介机构也会给予一定补贴。"

"这年头想找一份事务性工作并成为正式员工，恐怕很困难吧。"我说，"签劳务派遣公司倒是容易，但发展前景让人忧心。"

"正如您所说。而且井上乔美不像您，有中村店长这么可靠的熟人。"

他连这点都知道。

"我是领时薪的啊。"

"我知道。"他轻描淡写地说道，"她应该尝试了很多次，却都失败了。到了五月份，她跟母亲说想要好好准备资格考试，重新找工作。"

——我想再努力一下，成为一名护士。

"她对母亲的职业还是有憧憬的，而且一直碰壁让她觉得挺丢人。至少她母亲这么认为。"

母亲提醒女儿，现在再考资格证是很难的。

"首先要重新考上护理学校才行。"

比起高中毕业直接升学，如今想要考进护理学校，需要花费更多的精力从头学起。

"而且还得交学费。"

昴先生点点头。"原本母女俩生活就不宽裕。母亲自然想为女儿做点什么，可事到如今还抱有这种梦想，与其说是做不到，不如说是不明智。据说她母亲也这么劝过她，不过她本人非常乐观。"

——没事的。我还有些存款，不用担心。

"从此往后，"昴先生顿了顿，微微撇撇嘴，"井上乔美开始频繁出门，也不告诉母亲自己要去哪里，有时深更半夜才回家。"

我马上接道："开始做陪酒女了吗？"

在所谓的陪酒俱乐部工作。

"她母亲一开始也这么怀疑。看起来也不像在打工，就更加可疑。不过乔美并非每天都出门，最多每周两次。有时一连十天都不出门，有时连着两天跑出去。一般不会有这种夜场吧。"

"我的确是想不到，不过您父亲应该有所了解吧？"

我没有在打趣他，而是很认真地提出了这个问题。昴先生应该也领会了我的意思，说他也这么想。

"我去问了老爸，他说作为新入行的陪酒女或者女招待，井上乔美的年龄都太大了，如果做风俗业，又不可能是这种不定期的工作状态。"

——除非那女人是超模级别的大美女，而且是地下俱乐部的高级应召女郎，否则肯定是不可能的。

"而且，如果是纯粹的外行开始从事陪酒行业，首先会改变穿衣和化妆风格。老爸说这是百分之百的事，从这一点就可以分辨。"

"井上乔美小姐有这样的迹象吗？"

"没有。她母亲是这样说的，应该可以相信。她母亲自己也忙于工作，还会上夜班，没法完全掌握女儿的行踪。因此，井上乔美外出的频率是否确实如她所言，我也没法保证，也可能更频繁。不过，化妆和穿衣风格是否有变化是一目了然的。"

原来如此。我喝了一口咖啡。

"她母亲也问过她好几次，要去哪儿、去做什么。乔美都说去见朋友，或是去感觉不错的学校旁听课程，每次说的都不一样。听着挺像那么回事，却又不像是实话。不过因为没什么反常的地方，她母亲就没再追问。"

没什么反常的地方吗？"反常也是分等级的。"

昴先生点了点头。"硬要说的话，乔美母亲觉得女儿多少有些坐立不安。"说完，他拄拐起身，到厨房煮上第二杯咖啡。

"总之，她可能是在那时候开始了和卷田广树的外遇关系。先不管两人是在何时何地相识的，她会坐立不安，可能是因为谈了恋爱，而且还是和有妇之夫。"

昴先生一言不发。我抬起头看他。

"我听家姐说，上个月中旬，有人在甲府站附近看到广树先生和一个陌生的年轻女人走在一起，挽着手，看起来像是情侣。所以大家在传广树先生是不是有情人了。"

"似乎是这样。"

这件事他也查过了啊。

"时间点也对得上。井上乔美开始心神不宁也是在五月中旬，两个人私奔是在七月三十日，大概有三个月。"昴先生小声说，"这究竟算长还是短，我也不好说。"

"我也不懂私奔的人是什么心理。"我说，"不过，这种感情一般发展得很快吧。和配偶以外的异性产生亲密关系，怎么说呢，从一开始就注定只有一个终点。"

我的前妻也一样，外遇发展速度很快，断得也很利落。

"是会燃烧得很炽烈吗？"昴先生一脸认真，"说到'炎上①'，我只知道网上曝出的那些事。"

"嗯，差不多是这个意思。所以，也许过一阵子，他们两个就突然回来了。彼时升温太快的感情冷却下来，恢复清醒。"

昴先生稍稍扬了扬眉毛。"卷田先生回到妻子身边，井上乔美回到母亲身边？"

"嗯。"

"会吗？总之，乔美母亲最后一次见到女儿是在七月二十九日早上。乔美出门前说要去大阪找朋友。"

——可能在那边住一两个晚上。待在朋友家，不用担心。

"问她去做什么，说是去商量工作的事，看起来很高兴。"

如果她当时已经计划好要和卷田广树私奔，这些话就是彻头彻尾的谎言。不过，她高兴的表情应该不是装的。

"您看看后面的资料。里面有乔美私奔后发给母亲的邮件。"

我翻开资料。邮件总共有三封，按照顺序一封封列好，标题都是"妈妈 我是乔美"。

第一封是七月三十日晚上十点二十二分发出的："今天还是要住在外面。我会再联络。"

---

① 本义为燃烧，作为网络用语指因丑闻、失言等原因招致大量批评与非难，事态变得无法收拾。

第二封于八月一日下午一点五十五分发出："很抱歉一直瞒着您。我一直在和一个有太太的人交往。我烦恼了很久，和他约定今后要一起生活下去。他是上门女婿，很没地位，家里的一切都不属于他，他太太也绝对不会跟他离婚，所以我们打算私奔。等安顿下来后会再联系您，不用担心。"

第三封邮件是在五天后的八月六日晚上十点十分发出的："我们暂且找到一个住处。我很好。可能要有一阵子不能联系了，不过我很幸福，我会和他好好过日子。等问题都解决了，会回去看妈妈的。您要保重身体。"

字面上看不出可疑之处。这时我意识到，最关键的那个问题还没问过。

"乔美母亲既然收到了女儿的邮件，为什么还要来蛎壳先生的事务所咨询呢？"

昴先生直视着我的双眼，回答道："原因之一是母亲的直觉。她认为这不是女儿发来的邮件，总感觉哪里不对劲。而且，对方只是单方面发邮件过来，母亲回信过去，却得不到任何回复。"

原来如此。我几乎每天都会和桃子联系，能明白这种感觉。

"不仅如此。她母亲说，即便女儿真的当了第三者，在私奔之前肯定会跟自己说清楚。乔美过去每次交了男朋友，都会马上告诉母亲，即使不说，母亲也会有所察觉，因为女儿的言行会和以往不同。但唯独这次，乔美身上完全没有这种迹象。"

毕竟母女俩一直相依为命，这种想法可以理解。

"还有吗？"

"乔美把父亲的遗物留在了家里。那是她父亲去世前送给她当作生日礼物的小狗玩偶，她非常珍惜。"

——如果乔美真的想要离家出走，肯定会把玩偶带走的。

"乔美母亲先去找了片区的警察局，但人家没搭理她。"一是因为这是男女关系问题，二是乍一看这就是主动的出走行为。"当第三者这种事很难向母亲开口，没有带玩偶可能是打算尽快回来取，或者只是忘记了。警察是这么跟她说的。"

——阿姨啊，女孩子谈了恋爱都是这样的。

然而，乔美母亲却难以接受。

"所以她才来委托私人调查公司。她通过网页找了好几家公司，其中我手下的员工最能设身处地为她着想。我作为所长也很自豪，她真的很有眼光。"

那是八月十日的事情，第三封邮件发来后的第四天。

"我们首先调查了邮件的发信地址。"

第一封发自东京，通过井上乔美的智能手机发出。

"第二封和第三封也是从东京发出的。不过，分别是用涩谷和新宿的网咖电脑发的。"

我开始感到不安。离家出走的女儿想要和母亲联络，为什么特意跑到网咖去呢？

"您也知道，智能手机带有定位功能，通过安装的应用很容易确定手机所在的位置。"昴先生说，"当然，她母亲不了解这些，所以才会找警察，以及我们这样的专业人士帮忙。"

就这样，蛎壳事务所根据这些信息找到了发信地址。

"我们比她母亲更加在意这一点。如果发件人是乔美本人，那她去网咖发邮件就很奇怪。她没必要这么害怕母亲找到自己。而且邮件里也说'等问题都解决了，会回去看妈妈的'。"

虽然是自己的女儿，但也已经是二十九岁的成年人了。

"因此，至少第二封和第三封邮件不是她本人发的。应该是另一个人为了防止有人找到井上乔美，通过网咖发出的，结果反而画蛇添足。"

这真的是出轨男女相约私奔吗？

"那之后还有邮件吗？"

"没有了。"

邮件联络中断，手机也打不通了。

"这也很可疑啊。"

咖啡已经煮好了。我起身拦住昴先生，为我们两人倒上新煮好的咖啡。

"谢谢，"他说，"另一方面，卷田典子也没有打算找自己的丈夫。"昴先生第一杯喝的是黑咖啡，第二杯则加了很多糖。他继续道："她的父母也是，似乎是在安慰女儿，但也没有进一步举动。"

"不过，典子太太的确很伤心。她憔悴得不行，整个人都晃晃悠悠的。"

我当时就在旁边，抱住了晕倒的典子太太。

"毕竟都到住院治疗的地步了。这一点我也不怀疑，不过……"昴先生的语气没有丝毫波澜，"她憔悴的原因可能并不是丈夫有外遇。"昴先生说罢，指着桌上的资料，"请看到最后。"

我马上翻开资料，一目十行地看起来。看到最后，我不禁瞠目结舌。"原来她们是同事……"

卷田典子曾在井上乔美今年三月底前任职过的物业公司工作。

"典子大两岁，乔美是十九岁通过社招进的公司，两人曾经共事过。可能是因为投缘，她们关系不错。"

这家公司如今依旧健在（也许是因为裁员奏效了），很容易打探消息。除了员工们的证言，还拿到了新年联欢会、欢迎会和欢送会的照片。文件夹里附有好几张照片复印件。照片里是二十岁左右的卷田典子和井上乔美，年轻可爱，面带活泼的笑容。其中还有抓拍，应该是夏天在啤酒馆拍的，她们俩举着扎啤在干杯。

"据她们当时的上司说，两人好得像亲姐妹。"

是非常要好的朋友。

"我还听家姐说，典子太太和广树先生是在东京相识的。"

"对。好像是从上短期大学时就开始交往了，不过他们没跟身边的人说过这件事。典子性格温和，不太引人注目。"

我想起在伊织工作时的典子太太，点了点头。

"没错。她是个很有日本风情的美人，虽然没什么交流，但印象中是个稳重而腼腆的人。"

和喜欢积极表达自己的类型完全相反。

"不过，如果对方是好朋友，就另当别论了。"

典子肯定向亲如姐妹的井上乔美介绍过自己的恋人。

"卷田广树和井上乔美就是这么认识的吧。"昴先生的语气有些阴郁，"毕竟女人是一种会忍不住向好朋友介绍自己男友的生物。"

他这话说得仿佛亲身经历过一般，我忍不住看向他，果然是愁眉苦脸。

"我没遇到过这种事。不过我们事务所接下的工作里，有很多都和这种纠缠不清的三角恋有关。"

"原来是这样。"

"我真想告诫她们，把你们的宝贝男朋友都好好藏起来。"

我忍不住笑了，说："您既然调查过我，那肯定也知道，我离婚也是因为妻子出轨。"

这次昴先生只是点点头，没说"我知道"。

"对方并不是什么坏人。虽然比我小，不过我在工作上很尊敬他。最后落得这步田地，也怪我没有藏好自己的宝贝妻子吧。"

昴先生沉默片刻，说道："很抱歉，我说话太轻率了。"

"不，没有的事。"

"不过，大家说您是个坚强的老好人，看来没说错。"

我缩了缩身子。"哪里。"

昴先生平静地话归原题。"我一开始看到调查员提交的报告，也以为他们三人之间是这种关系。卷田广树，原名香川广树，他会不会在东京时就和井上乔美有联系呢？"

广树、典子和乔美，并非现在才开始，而是过去也曾处于三角关系之中。

"不过，最终他选择了卷田典子。典子辞掉工作回了老家，香川广树跟着典子一起离开，井上乔美则独自留在东京。"

但九年后，广树因机缘巧合与乔美重逢，两人死灰复燃……

我叹了口气。"有这个可能。"

"是吧？不过啊，就我们的调查员从她们上司、同事那里打听到的情况来看，典子直到离职，和乔美的关系都非常好。"昴先生在桌上托着腮，"这么说来，即便广树和乔美在那时就有染，典子也没有察觉，乔美也一直瞒着。这种事有可能吗？"

我脑海中没有任何头绪。

"我觉得不可能。所以刚才的假设就作废了，还得从头开始想。"

"蛎壳先生手下的调查员可真是能干。"我说。

从接受委托到现在还不到二十天，调查员的行动迅速而精准。

"承蒙夸奖。"担任所长的年轻少爷反应冷淡，"能做到这些也是理所当然。"

在曾经玩过侦探扮演游戏的我看来，这个评语相当严苛。

"卷田典子在二〇〇〇年二月离职，在前一年的九月，她因为生病请了大约两周假。那时候井上乔美很担心她，跑去探过病，还跟上司汇报过典子的情况。"

"是什么病？"

"不清楚。现在只知道她没有住院，也没做手术，回公司上班时消瘦了不少。不过离职的时候，她说是因为自己健康状况不太好，没有提打算结婚的事。"

离职后，卷田典子很快回到龙王町的老家，并在同年四月十日和香川广树结了婚。

"没举办婚礼，只做了登记。卷田馎饦店在当地算是老字号，附近居民在卷田典子小时候就认识她，大家都觉得她结婚很突然，非常惊讶。"

——卷田家的小典从东京带了个老公回来当见面礼呢。

原来那时大家叫典子"小典"。

"那之后，这对年轻夫妇就在卷田馎饦店学习，二〇〇二年在这里开了伊织。典子取得了烹饪资格证和开餐馆所必需的食品卫生负责人资格。"

说起来，伊织店内张贴的证书上的确是卷田典子的名字。

"典子太太有没有宿疾呢？"我说，"虽然她在店里工作时很精神，但她体格本就纤瘦，算不上强壮。"

配偶体弱多病并不是可以找情人的理由。那么，出于什么样的理由就可以找情人呢？世上并不存在这种理由。尽管如此，人还是会出轨。

这些话题对我来说尚能承受，但并不代表我不介意，这让我不由自主地想起往事。

"我虽然没去过伊织，但听说卷田广树很受大家喜爱，是吧？"

听到昴先生的问题，我才回过神来。"嗯。为人很稳重，感觉和他夫人很像。"

"喜欢户外运动吗？"

"他说过喜欢登山和摄影。店里也装饰着他拍的照片。"

"伊织的网站上放的各个季节的花草、风景照，原来都是他拍的啊。"

"是吗？我没看过他们的网站……"

"但是很奇怪，没有放经营者的照片。"昴先生纳闷地眯起眼睛，"一般都会放的吧？告诉大家经营店铺的是这样的人。夏芽市场的卖场里不是也会放上生产农户的照片吗？"

话是这么说，但也不用这么惊讶吧。

"有的人只喜欢拍照，不喜欢被拍。"

"可是我总感觉他的情况没有这么简单。"说着，昴先生从桌旁的架子上取出一份新文件，"这是关于香川广树的调查，前天刚送到我手上。"

我有种不妙的预感，没有伸手接文件。"里面提到了什么？"

"他也有一段过往。"

我无言地看着昴先生。

"一九九〇年，那时候他十四岁，正在读初二。他们家位于东京杉并区的房子发生火灾，母亲和十岁的妹妹因此去世。是失火还是有人纵火并不清楚。这件事当时还上了新闻，闹得挺大。"

这是十九年前发生的事，我完全没有印象。

"他家是两层楼的木结构建筑。起火点是一层客厅的垃圾桶。广树在二层自己的房间里，妹妹在隔壁父母的卧室和母亲一起睡。他父亲是上班族，当时正好出差。"

也就是说，当时家中只有母亲、广树和妹妹三人。

"厨房有烟雾探测器，但客厅没有。火烧到客厅的墙壁和天花板，沿着楼梯蔓延到二层。广树从自己房间窗外的阳台跳到家门前的街上，逃过一劫。但母亲和妹妹所在的卧室只有一扇采光用的小窗，死的时候一个压着另一个倒在门口。死因是一氧化碳中毒。"

多么凄惨的一幕。

"垃圾桶着火，是因为烟蒂吗？"

"恐怕是的。"

"他母亲吸烟吗？"

"嗯。"

"那就是意外失火吧。"

"伪装成意外失火，是初中生也做得到的事。"

我闭紧嘴巴。

昴先生点头道："他被怀疑了。"

"当时香川广树有什么动机吗？"

昴先生没有立刻回答，喝光了凉透的咖啡。"他当时有过一系列不良行为。首先是在火灾前一年的时间里，他家附近发生了三起原因不明的火灾。辖区警局为这件事去学校找香川广树问过话。因为有目击者证言。他说和自己没关系，而且也没有确凿的证物，事情也就不了了之。"昴先生微微皱起眉头，"另外，他还会家暴。不是对父母，是对妹妹。施暴行为是从他小学高年级时开始的。为此他母亲还去过好几次儿童心理咨询中心。"昴先生长长吐了一口气，继续说道，"为了调查这些，承蒙您刚刚夸奖说能干的调查员都觉得棘手。毕竟案件与未成年人相关，正式文件我们碰不到，直接相关人员口风也很紧，很难了解到真实情况。"

这也难怪，而且应当如此。

"当时的那些媒体一直声称可疑，不过也都是瞎闹腾。当然了，他的名字没被公开。那时互联网刚开始发展，不像今天，未成年犯罪相关人员的照片和履历一眨眼就会被曝光。所以才费了好一番功夫。"

"那时候有周刊的吧？"

"没错。我不太了解，应该是叫'焦点'吧？"

像这样谈话时我总会忘记，这位少爷是一个刚从大学毕业的年轻人。

"不过，调查员总算想方设法搜罗到了当时流传的各路消息，发现香川广树的母亲为儿子的教育问题很苦恼，甚至去找她的朋友们出主意。"

——广树遇到不顺自己心意的事情就会大动肝火，我根本管不了。他对妹妹也很冷漠，总是嫉妒妹妹，一点也不疼她。

"他的妹妹经常受伤，还曾经大半夜哭着被送上救护车。陪同的母亲也是脸色苍白，哭个不停……杉村先生？"

"啊？"

"需要添点水吗？"

"不好意思，麻烦了。啊，我自己来就行。"我取了个玻璃杯，拧开水龙头，喝了杯凉水。

昴先生一直看着我。"我很明白，这不是能够心平气和听下去的故事。"

"妻子和女儿在火场丧生之后，父亲怀疑过自己的儿子吗？"

"有一段视频里面，他被记者团团围住，说希望警方的调查能够让事情水落石出。这话既像是希望洗清儿子身上的嫌疑，又像是希望赶紧逮捕自己的儿子。给人的感觉更像后者。而且从他说话的样子来看，他不仅被这场悲剧击垮了，还很害怕儿子。"

我用另一个玻璃杯接满水，递给昴先生。他一口气喝掉半杯。

"结果，这起带走两条人命的火灾，到最后也没弄明白究竟是故意纵火还是意外事故。"

那之后香川父子怎么样了呢？

"我们很快找到了他的父亲。"昴先生的语气依旧平静，"调查员找到他现在的住处，去见了他，但基本一无所获。"

——广树的情况我也不清楚。

"香川广树勉强从初中毕了业，没有上高中，和现在所说的'家里蹲'差不多，一直靠父亲养活。"

——那小子十八岁的时候，我说以后不会再管他了，和他断绝了父子关系。再往后他在哪里做了什么，我全都不知道。他应该也不知道我在哪里。

"分别的时候，他以分财产的心态把自己的存款给了广树，算是父子间的分手费。"说完，昴先生明明并不觉得有趣，却笑了一声，"哪怕是我老爸这种结了离、离了结的人，也不会做这么绝情的事。"

一般而言，父母和子女的关系是无法用金钱斩断的。

"广树的父亲再婚后又有了孩子。但似乎直到今天，他还是很害怕广树。"

因为害怕，所以用正常父子间不会使用的方式断绝了关系。因为用正常父子间不会使用的方式断绝了关系，所以感到害怕。究竟是哪种呢？是先有鸡，还是先有蛋？

"调查员告诉他，直到这次私奔发生前，他儿子都是个好丈夫、好店长，和当地居民相处得十分融洽。但他一口咬定那都是表面装出来的。"

——那小子只是长大了，更会演戏了而已。

"我们调查员特意带过去的照片，他连看都不想看。"

"广树先生的照片吗？"

昴先生点了点头。"我麻烦中村先生要到的。是去年夏日祭时町内会拍的大合照，他在角落里，比较小。"

三十多岁的儿子如今长成了什么样的大人？在夏日祭合照里露出了怎样的笑容？广树的父亲却连看也不想看，无论怎么想，我都无法理解。

工作一整天后听到如此沉重的故事，我感觉很疲惫。

"现在还不清楚香川广树在独立生活后过的是什么样的日子。不过，我们找到了他和卷田典子结婚前的住处。"

我叹了口气，昴先生鼓励般冲我笑了笑。

"您可别这么有气无力的呀。他就住在典子从读短期大学起开始住的公寓。典子在二〇一号房，广树在二〇五号房。"

我惊讶得张大嘴巴。"啊，那岂不是……"

"我认为他们就是这么认识的。管理员还记得曾多次看到他们来往亲密。万幸的是，管理员愿意看照片确认。"

我认识的卷田广树先生终于出现了。我深吸一口气，双手揉揉脸。"店里的广树先生曾经是那样的人，我实在难以相信。"

俗话说，人不可貌相。可即便如此，依旧难以想象。不过，人们不也常说，人会随着成长改变吗？尤其是青少年，可塑性更强。

"他原来可能的确是个问题少年，不过随着年龄增长，变得越来越沉稳。之后又遇到典子太太，他就变得更好了。肯定是这样的吧。"

被父亲抛弃、只身一人的他，在外人看来是不幸的。但从他的角度看，也算是摆脱过去，得到了解脱。烧死母亲和妹妹的火灾可能真的只是意外，他却一直遭受父亲的怀疑。他明明也受到了伤害，却没有得到体谅，甚至因为周围人的怀疑而不断受伤。这样的推断也成立。

形单影只的香川广树得到了自由，遇到了喜欢的女人，坠入爱河，重获新生。不这样想的话，调查员查到的"香川广树"和我所了解的"卷田广树"实在无法重叠在一起。

"他遇到典子，和她恋爱，结婚后进入卷田家，有了自己的家庭。他和太太在旁人看来也是对恩爱的夫妻，非常幸福。"

说到这里，我停了下来。原来是这样啊，我想。

昴先生看向我。"您难道不觉得正因为如此，他才不想让别人知道吗？"

那份沉淀在自己过往人生中的嫌疑。

因此，卷田广树没有把自己的照片放到伊织的网站上，以防被记得他长相的人看到。拍夏日祭合照时，也为了不引人注目而站在角落。

"不过，卷田典子知道他的过去。"昴先生似乎也很疲惫，声音变得低沉，"她知道，还打算包庇广树。从她的举止中能看出来。"

我抢先说道："在东京找工作，看起来本不打算继承店铺或者到父母店里帮忙，结果不到两年就突然辞职回到老家。换言之，他们离开了东京。在那之前，她没有向身边的人介绍过香川广树，也没有提到自己会和他结婚。婚后，香川广树改姓为卷田。"

这样一来，世上就不存在"香川广树"了。

昴先生微笑道："杉村先生对案件果然已经司空见惯了。"

他这话很微妙，不知是褒是贬。

"我认为，在两人关系越来越亲密时，香川广树选择了坦白。"

就连公寓管理员都觉得两人关系亲密，他们开始考虑婚姻也是很自然的事。如此一来，必然会谈到见家长的话题。

"他没有说谎蒙混过关，而是选择交代事实。如果是伊织的那位广树先生，我也认为他会这么做。"

"嗯。"昴先生哼了一声，"我不认识当事人，也不好评价什么。不过我刚才也提到，在结婚前一年的九月，卷田典子向公司请了病假。"

当时她消瘦了不少。

"我猜，生病的原因会不会就是这个。"

"这样啊。"我用力点点头，"典子太太受到打击，烦恼了很久。"

"是不是很有可能？"昴先生不再托腮，直起身来，"那个时候，或许井上乔美也知道了这件事。毕竟卷田典子和她亲如姐妹。"

就算卷田典子去找井上乔美谈心，乃至与她分享这个秘密，也并不奇怪。

"卷田典子在忧虑中消瘦下来，最后还是没有跟香川广树分手，反而决定保护广树，帮他摆脱嫌疑的折磨。两人随后结婚，井上乔美为即将开启新生活的两人送上了祝福。"

那之后过了九年。卷田夫妇的餐馆生意兴隆，而井上乔美却被裁员，在即将迎来而立之年时失业了。

想考下资格证重新找工作，所以要去学习。她很需要学费。母亲很担心，劝她别抱有这种不切实际的梦想，但她说得很乐观。

——没事的。

"为了得到所需学费，九年前保守的秘密能派上用场。假设井上乔美将这种想法付诸行动，那么到目前为止，所有无法解释的地方不就都串联起来了吗？"

面对昴先生的提问，我沉默了。

"毕竟是女性，用恐吓这个词不太合适。她既然挽着卷田广树在大街上走，可能说是勒索比较合适。"

本质是一样的。

"这种事情有第一次就会有第二次。"昴先生断言，"勒索的人肯定会说'就这一次'。不过，人一旦尝到甜头，发现不费吹灰之力便能从别人身上要到钱，就会上瘾的。人性太脆弱了。"

"这也是在蛎壳事务所得来的经验吗？"

"没错。"他回答得毫不犹豫，"顺带一提，比我经验丰富得多的调查员也是一样的想法。"

"被勒索的人也一样脆弱吧，"我说，"明白这种事不可能只有一次，一直活在恐惧之中。"

"换成杉村先生遇到类似状况，您会怎么做？"

——就这一次。之后就是永远的秘密了。

我会相信勒索者的话吗？

不会。这不是相信不相信的问题，而是恐惧的问题。

"萦绕在少年广树身上的终归只是嫌疑，但事件的性质很严重。是纵火杀人，和偷东西、打架不在一个等级上。"昴先生的表情严肃起来，"要毁了伊织这家人气餐馆，一份嫌疑就足够了。"

年少时在自家纵火、害死母亲和妹妹，一个背负着这样嫌疑的人，用那双手打荞麦面、煮馎饦。如果是你，你会吃吗？

"勒索者只需要在电脑上打几句话、点几下鼠标，消息立刻就会轻松地传播出去。"

但被勒索的人将无处可逃，至今积累起来的一切都将化为泡影。

卷田夫妇的恐惧，这就是动机。

"双方之间有没有金钱往来？"

"还在调查。金融机构不是那么好对付的。不过，估计他们是用现金交易的。"

我伸手扶额。

卷田夫妇有想让乔美消失的动机，也有遭到背叛的怒火，这不难想象。

杀害乔美，藏起尸体，然后伪装成出轨私奔来骗过乔美的母亲，就可以高枕无忧了。

这个计划很完美。

乔美母亲的诉求，警方的确没听进去。如果乔美母亲就此放弃，没有找到蛎壳事务所，事情就会到此终结。

"我派调查员去盯着卷田馎饦店了。"昴先生说，"如果我们的推测正中靶心，卷田典子一定会和丈夫保持联系。"

因为卷田广树并没有抛弃她，他的离开另有原因。

"因此，就像杉村先生您最开始说过的那样，按照他们的计划，可能等过几年大家忘记这件事之后，卷田广树就会突然回到妻子身边。典子甚至可以悄悄离开卷田馎饦店，在另一个地方和广树开始新生活。"

卷田广树和卷田典子需要留心的，只有那个一直挂念着女儿在哪里、过得好不好的人，井上乔美那孤独的母亲。

"这种想法太天真了。"昴先生冷淡而斩钉截铁地说。

我在今多集团青空编辑部工作时，上司是一名女性，相当有个性。其他编辑同事看我总是遭遇各种突发事件都很同情，只有主编会说："杉村是吸引案件的体质。"

回到故乡，在夏芽市场担任领班后，我这种被诅咒的体质似乎没有改变。

"我明白情况了。那么您想让我做些什么呢？去探望典子太太，把这番推理告诉她？"

昴先生瞬间恢复到面无表情的状态。"就算是玩笑，您这么说也太无趣了。您去刺激她一下。町里的人都知道，您卷入过大案。她也知道。您已经习惯了各种案件，应对警察得心应手，而且在东京生活过很长时间，和我们这种出趟门都不用上锁的小地方的人比起来，对犯罪的感触是不同的。"

的确，我在结婚前，无论住在父母家还是姐姐家，出门时从来不锁大门。不过，如今姐姐家是会锁门的。即使在桑田町，时代也不复以往。现在说这些不过是浪费时间罢了。

"您这样的人，慰问她时稍微说两句'广树先生私奔的事总感觉有点奇怪啊'之类的话，卷田典子一定会大惊失色，一颗心悬起来。只要她采取行动，我们就找到了突破口。我们的调查员办不到这点，反而会令她提高警惕。"

我重重地叹了口气。

我想起来了。在卷田典子打开玄关处大门的瞬间，我闻到了氯气的味道。

尸体不会立刻发臭，但是血液会有味道，呕吐物也会有味道。

人死的时候并不会有多体面。

卷田夫妇那栋煞风景的房子背后就是墓地。山坡向下的斜面上立着许多墓碑。要藏起一具尸体，墓地是最好的场所。在以前被卷入的案子里，我遇到过这种手法。

"我在他们家遇到典子太太的时候，闻到了用来杀菌消毒的氯气味道。虽然不重，不过闻起来和夏天的泳池一样，不会有错。"

昴先生马上意识到我想表达的意思，目光犀利起来。"打扫了房间啊。看来她家就是案发现场。"

不行。我们干吗要插手这么深呢？

"等等，先冷静一下，这些不过是我们的推测。"

"是啊，这都是推理和假设。正因如此，才想要去一探究竟不是吗？更何况，您不觉得井上乔美的母亲很可怜吗？"

我真的是对这种话毫无抵抗力。

没有什么比免费的东西更贵了，这话说得没错。这就是饱尝一顿美味晚餐的代价。

"只要去见典子太太就行了，是吧？"

"对，只要去探望她就可以了。"

"没让我去挖他们家屋后的坟，还真是松了口气。"我讽刺道。

"公交劫持案那次，您不也做过类似的事吗？"

他知道得一清二楚，我连叹气都叹不出了。

"我需要什么时候去卷田馎饦店？"

蛎壳昴先生莞尔一笑，仿佛在显示自己也能露出这样的表情。"杉村先生什么时候方便？"

5

我什么时候方便其实并不重要。第二天一早，我刚去市场上班，就被中村店长叫住了："卷田馎饦店每周一歇业。去探病要带的东西我来准备。我也会打电话过去，告诉对方我们店的杉村会去探病。"店长和蛎壳家少爷的关系比我想象的还要亲近。

"我明白了。"我只能这么回答。

"蛎壳家的少爷好像很喜欢三郎先生啊，听说他还请你吃了海鲜饭？"

"是的。"

"那是他母亲手把手教他做的。少爷的母亲可是料理专家呢。"

我后来在网上搜索，原来昴先生的母亲出过好几本食谱。

就这样，八月三十一日星期一，我借来姐夫洼田先生的小轿车，一路开到甲斐市。早上看天气预报说，今天白天最高气温有三十四摄氏度，哪怕一动不动都会出一身汗。

卷田馎饦店是町里一家小餐馆，二层小楼的一层装成了店铺。门口挂着"今日歇业"的牌子，不过正门敞开着，挂起竹帘，正在通风。

我在店里和典子太太的母亲——卷田明子女士见了面。

"中村先生特别客气地打了电话过来。真的麻烦您了，还特地跑一趟。我先生这会儿出去了，只有我在，不好意思啊。"明子女士看起来就像老了二十岁的典子，比典子要富态上两圈。

"我才应该向您道歉，打扰到您了。"

"您就是杉村先生吗？"她端详着我的脸，深深鞠了一躬，"上次劳烦您照顾典子，我真不知该怎么道谢才好……"说到这里，她不禁哽咽。

无论事情真相如何，我十分能够体会这位母亲为女儿着想的心情。想到此行的目的，我不禁有些内疚。"当时无论是谁在场，都会那么做的。您快起来，先收下这些吧。我来帮您。"

中村店长让我带来不少东西，有土鸡蛋、新鲜鸡肉、一只手拎不动的大串巨峰葡萄、新鲜欲滴的梨、高番茄红素的有机西红柿。

收拾好东西，我在铺着白碎花坐垫的木椅上坐下。桌上的玻璃杯里倒好了凉麦茶。

"其实……"卷田馎饦店的卷田夫人满面忧愁地开口，"我女儿从上周三开始就住院了。主治医生说住院比较好。"

"身体状况还是不太好吗？"

"是的。虽然没有孕吐，不过她情绪一直不太好，完全没有食欲……"

孕吐？我震惊得哑口无言。

"再这么下去，对肚子里的孩子也不好，我和先生都很担心。住进医院总算能踏实一些。"

我背上泛起一阵冷汗。"她有身孕了吗？"

"已经五个月了。正常来说应该已经进入稳定期，能稍微放心些了，不过我女儿毕竟还遇到了那种事。"卷田夫人缩起身子，向我低下头，"今天早上我也给她打了电话，她说还不能会客。真的很抱歉。"

"您可别这么说，多多照顾好典子太太为重。"我回过神时，脸上已满是汗水，慌忙取出手帕擦拭。

卷田夫人慢慢说道："女儿和女婿说过，等店铺经营进入正轨，前景稳定下来之后再要孩子。"

——对不起啊，您二位想抱孙子，还得再多等等。

"但我和先生最近都很期待，觉得差不多是时候了。"

"伊织的生意的确很好。"

"多亏了大家照顾生意。"卷田夫人说，"然后……女儿是在五月底打电话过来的，说自己怀孕了。"

——爸妈久等了。终于可以让你们见到孙子了！

"我们高兴坏了，打算让她回家里来待产，她自己也这么想，所以我们马上联系了这边的妇产科。"

"这样啊……我完全没有发现。"

典子太太每次来夏芽市场或在伊织工作时，感觉都和平时没什么不同。

"因为她没有孕吐嘛。我当年也是这样，她听了还笑呢。"

——我遗传到了妈妈的优点。

"我还满心以为女婿……广树也很高兴。"卷田夫人垂下肩来，低着头，面上蒙了一层阴影，显得瘦削了不少。"究竟为什么会变成现在这样，我一点也想不明白。去问女儿，她也只是哭。"

我也低下头，不想让典子太太的母亲看到我此时的表情。

如果蛎壳家少爷和我提出的假设正确，广树大概正是因为对妻子怀孕感到欣喜，才不得不选择销声匿迹。

一个新生命即将诞生。为了这个孩子，必须要封印父亲黑暗的过去与背负的嫌疑。对于伊织荞麦店的卷田夫妇而言，以此为把柄前来勒索的井上乔美是一个巨大的隐患。

我再一次想到：这是关于恐惧的问题。

"我现在只希望女儿能平安生下小宝宝。"卷田夫人的嗓音有些沙哑，"说不定广树会醒悟过来，回到我女儿身边。只要女儿愿意原谅他，我还是希望他们能重归于好，一起抚养孩子。"

"我能理解您的心情。"我说。

"不过，我先生为此大发雷霆。"眼前这位母亲甚至想勉强挤出一个微笑，实在令人痛心。"他说要是广树还敢回来，就拿擀面杖打死他。"

今天典子太太的父亲不在，应该不是有事出门，而是想回避这个令他不快的话题。

卷田夫人起身走向柜台，回来时手上拿着一个信封。"您请看。"

收信人是"卷田良文先生 明子夫人"。

"这是典子回家后，广树寄给我和先生的。"

"我可以打开吗？"

"可以，您请。"

我用手帕擦了擦汗津津的掌心，取过信封。普通的白色信封上用圆珠笔写了收信人。里面有两张信纸，内容也是手写的，并不算长。

爸、妈：

　　做出这样的事情，我实在不知该如何道歉。

　　对典子，我也从心底觉得对不住她。

　　但我无法对自己说谎。

　　遇到我这样的人，请你们就当作是场灾难，然后忘掉吧。

　　对于即将出生的孩子而言也是一样，没有我这样的父亲会更好。

请多保重。这些年来多谢二位的关照。

没有注明日期，落款处只写了"广树"两个字。

第二张信纸是空白的。信封上的邮戳来自东京，是本月六号盖的。这一天也是井上乔美的母亲收到从新宿网咖发来的第三封邮件的日子。

"这的确是广树先生的字迹吗？"

在我读信的时候，卷田夫人已经哭得眼泪汪汪。她用指尖抹着眼角，点点头。"是的。女儿女婿还住在这里的时候，广树帮我们写过菜单。他的字有棱有角的，很有特点。这封信也是一样吧？"

诚如夫人所言。说起来，伊织的菜单也是手写的，的确和信中字迹有些相似。

"信封里还有一份签好字、盖好章的离婚协议书。"夫人眨了眨泛红的眼睛。

"不好意思问您这么私密的问题，难道广树先生没有入赘吗？"[①]

"没有。只是用了我们的姓。"

"这是他自己提出来的吗？"

"典子说自己将来要继承家业。广树也说没关系。"

我点头，用凉麦茶润了润嗓子。"广树先生向您介绍过自己的家人吗？"

卷田夫人的脸上第一次浮现出悲伤与愤怒之外的表情。"从来没有过。所以现在发生这种事，我们都不知道该去哪儿找人。"她的表情越发浓重，常年劳作的粗糙双手死死握紧，"广树说他中学

---

① 日本的入赘女婿也是家中养子，夫妻离婚时不仅要解除夫妻关系，还要与女方家族解除领养关系。广树只寄来离婚协议书，并未申请解除领养关系，故杉村有此问。

毕业后家里发生火灾，亲人全都去世了。"

和香川广树真实的经历稍有不同，经过了粉饰。

"因为父母留下的存款和保险金，他和亲戚发生纠纷，觉得很厌恶，就和他们断绝了关系，自己一个人生活。"

所以也没有举办婚礼。

"因为广树那边找不到人来参加婚礼。"

"典子太太也接受了吗？"

"她说轻松点也好。"

——不用为婆媳关系烦恼挺好的。

我终于理解了卷田夫人方才表情的含义。那是后悔。她在后悔自己不该听信那番说辞。女儿从东京带回来的，不是失去家人、无依无靠、孤苦伶仃的青年，而是一个摸不清底细的男人。她在后悔自己为什么没有起疑心。

"就像他自己说的那样，他的确有些钱。典子考取烹饪资格证的钱是他出的，广树自己也去上了驾校。"

"驾校？"

"他是在这里考的驾照，说在东京用不着。在我们这种地方，没车还是很麻烦的。"

在小地方生活，私家车就是代步工具。我在东京的时候，驾照考下来不过是摆设，可回乡后，哪怕去趟便利店都得开车。

"考下驾照之后，车子也是他自己掏钱买的。"

应该就是伊织的那台六座面包车。

"只有租下伊织时需要的担保金，是我和先生帮着出的。"

我沉默片刻，脑海中翻涌起无数想法。

"所以，他在经济上没给我们添过麻烦。"卷田夫人的声音越来越小，"看到女儿那么伤心难过，真觉得还不如遇到骗婚的呢。"她用手捂着脸，呻吟似的说，"人能干，性格也好，真的是个好女婿。我还一直以为他跟典子过得很好……没想到居然出轨了……"

她抽泣起来，我不知该怎么安慰。

"广树先生真是个笨蛋啊。"听了我的汇报，中村店长叹息道，"孩子可是上天赐予的宝物。他这个笨蛋、笨蛋、笨蛋，死脑筋的大笨蛋。"

我没能立刻前去斜阳庄，通过电话向蛎壳昴先生汇报了情况。

听我说完，少爷开口道："在这种状态下住院的话，卷田典子也没法采取行动了。"他一如既往地淡然。

"我也这么认为。"

"不过如此一来，香川广树就可能会去见她。他应该很担心典子和孩子。"

前提是我们的假设是正确的。

"我倒是有很多门路，但也不是万能的，警方的车牌识别系统我们是看不了的。"他的语气听起来很焦急，"因此，我们无法搜索目前最重要的线索，也就是卷田广树的车。他一旦换车，这条线索就断了。"

想说的话太难开口，我舌头有点打结："井、井上乔美的，那个遗、遗体呢？"

"那种玩意儿该出现的时候会突然出现，不出现的话怎么找也找不到。"

这取决于遗体被丢弃在哪里、怎么丢弃的，或是怎么隐藏的。这种程度的事我还是知道的。不过，"那种玩意儿"这个说法未免不太合适。

"目前我们只能等待事态发展，估计会花些时间。杉村先生您辛苦了，酬劳我会支付的。"

我完全没想过还会有酬劳。"只要您今后继续关照我们市场的生意就足够了。不过，蛎壳先生……"

我稍微犹豫片刻，就被他抢白道："既然已经把您牵扯进来了，之后有新消息会告知您的。"

"麻烦了。"

就这样，我回归了日常生活。

健太郎不知道在哪里把自己弄伤了，前腿缝了四针。我拍下它从宠物医院回来的视频发给桃子，桃子担心得哭了，我慌忙安慰她。和姐姐一起去临终医院探望父亲，在父亲的单人间里，姐姐和后到的嫂子吵了起来，我去劝架，结果两人都来埋怨我。最后被护理负责人骂了一顿，我们三个都臊红了脸。除了这两个小插曲外，日子过得平淡如水。

在这样的平淡中，一个念头忽然浮现在脑海中。在这个念头驱使下，我用电脑查找了一九九〇年香川家的那场火灾，还浏览了当时流传的关于香川家那个"问题少年"的各种信息。但这归根究底不过是偶然生出的念头，我没有继续深究。

到了九月中旬，桑田町的秋老虎依旧凶猛。不过早晚倒是好受了许多，做开门前的准备或是打扫停车场都很轻松。一天，我将垃圾收好倒掉，正要整理扫帚和簸箕时，插在裤子后兜的手机来了通电话，是蛎壳昴先生打来的。

他没道早安，上来就说："杉村先生，不好意思，今天要麻烦您请假了。"

"啊？"

"中村店长已经答应了，您不用担心。我要去东京，麻烦您帮我开车。"

我吓了一跳："发生什么事了吗？"

"嗯。"蛎壳家的少爷今早也一如既往地沉稳，"我们找到井上乔美了。"

此时我已不是惊讶，而是毛骨悚然。"那、那、那是……"

"您别慌。"昴先生说，"不是尸体，也不是幽灵。她还活着，活蹦乱跳的。"

我沿着中央高速公路一路向东行驶，昴先生不断通过手机和调查员联系。

"从七月三十号晚上开始，井上乔美一直住在山手线惠比寿站附近的短租公寓里。现在也老老实实待在那里。我的调查员现在和她在一块儿。乔美听说自己的母亲去找了警察、委托了调查公司，大吃一惊。"

我也惊讶得不行，完全不明所以，只好闷头开车。"是怎么找到她的？"

"她两天前在公寓附近的时装店刷了信用卡。那里的店员说经常在附近看到她，我们就在那里守株待兔。"

今天一大早，井上乔美去公寓门口的便利店买东西，被调查员拦住了。

"蛎壳事务所能查到信用卡的使用情况吗？"

"如果是储蓄卡就比较难了。"

真是心服口服。

目的地公寓是一栋整洁的五层小楼，一层开了间咖啡馆。窗边的桌旁面对面坐着两个女人。其中一人很年轻，正是照片里见过的井上乔美，我立刻认出了她。另一个上了年纪，和乔美长得很像。

"那是她母亲。"昴先生说，"毕竟是我们重要的委托人，为了方便撬开她的嘴，让她们先见一面比较好。"

蛎壳昴所长的手下正在公寓前等着。一直以来，蛎壳先生都只用"调查员"这个词，至于此人是独自负责此事，还是这次事件调查团队中的一员，我并不清楚。但不管是哪种情况，眼前这个人都丝毫不像个侦探，令人完全提不起兴致。他是个中年男子，穿着皱皱巴巴的西装和大而笨重的鞋子，看起来吊儿郎当，头发很稀疏。他礼貌地和我打招呼，然后对昴先生说："少爷辛苦了。"

看来他们不称昴先生为"所长"。

"车可以停在这里的停车场。"

"谢谢。"昴先生说。

"那我先带她母亲去事务所。"

"麻烦了。"

调查员先进了咖啡馆，不一会儿就和井上乔美的母亲一起出来了。我和昴先生随后走进店里。

我去市场上班时不会穿西装，不过今天穿了白色马球衫和卡其裤，还算正式。昴先生没打领带，穿着麻线外套和牛仔裤，挂着拐，左膝没有戴护具。

井上乔美应该已经听调查员说明了情况。看到我们走近，她从椅子上起身，表情僵硬。

"您请坐下吧。"昴先生说完，自己也坐了下来。在斜阳庄时也是如此，这种日常行动他并不需要别人帮助。

咖啡馆空荡荡的，没有别的客人。女服务员看起来颇为悠闲，我们向她点了冰咖啡。等待时，我们简短做了自我介绍。昴先生自称"此次调查的负责人"，介绍我为"一名员工"。

井上乔美已经换上了秋装，穿着树叶印花长袖衬衫和浅驼色迷你裙。

"井上小姐，"昴先生丝毫没有笑意，开口道，"请您重复一遍的确有些麻烦，不过还是请您把刚才对母亲说过的话，也对我们讲一遍。"

蛎壳昴先生为人疏离，却着实有些吸引人的气质，面对年轻女性更是如此。井上乔美看起来紧张，但并不害怕。刚才那个头发稀疏的中年大叔走了，换来一个看上去比自己年纪稍小的帅气男人，或许她是出于另一种原因而心跳加速吧。

"我做梦也没想到事情会闹得这么大。私奔都是骗人的。"她说，"都是卷田先生，呃，广树先生拜托我的，仅此而已。他要演一出戏，让我配合他。"

乔美和广树是七月三十日下午在新宿站碰面的。

"那之后，我就和之前商量好的一样来到这里。这间公寓的合同也是他帮我签的。房租提前付了整整两个月。"

她和广树就此分开，之后再没见过面。她多少有些过意不去，但并未太犹豫。

"那为什么没有联系母亲呢？"

"广树先生说，我就算编假话骗母亲，听起来也不像真的，所以由他来发邮件。"说到这里，她吐了吐舌头，"他说我撒不了能骗人的谎，看来他没说错。"

的确，无论从好或不好的方面来讲，她都不像是那种能编造复杂谎言的人。

"他以您的名义给您母亲发了邮件。"

"嗯，刚才那个头发很少的人也说了，但是好像没能瞒过妈妈。"

我开始同情起那位能干的调查员了，好歹把人家的名字记住啊。

"您的手机呢？"

"分开的时候被广树先生拿走了。"

——实在抱歉，但如果手机在你手上，乔美你会忍不住和母亲联系的吧？

"电话总可以打吧？"

"我记不住电话号码。"也许是因为昴先生面无表情，她求救似地看向我，"电话号码全都存在手机上，我记不住。大家不都是这样的吗？"

昴先生也看向我，我只好心不甘情不愿地表示同意："嗯，大概吧。"

井上乔美用十分不合时宜的轻浮语气忸怩道："是吧，大家都是这样的呢。"

昴先生显出极不愉快的神色。"我至少会在纸上记一份。"

我咳了一声，插话道："那您母亲工作的医院呢？医院电话还是能查到的吧。"

"那就是家小医院，而且里面有的人特别喜欢传闲话。要是我随便打电话过去，妈妈接电话时慌了神，马上就会被人传得阴阳怪气。"乔美嘟着嘴说完，又马上一本正经起来，"最重要的是，我和广树先生约定好了。离家出走的时候要装得更像私奔一些。小典可能会来找广树先生，所以两个月之内我不会回家，中间也绝对不能和母亲联系。"

——两个月后，典子也会放弃的。那时候乔美你就可以回家了，跟母亲道个歉，说自己被坏男人骗了就好。

井上乔美依然称卷田典子为"小典"。

昴先生说："您以前和卷田典子女士在同一家公司工作过，还是关系很好的朋友，对吧？"

她点头道："是的。"

"卷田典子有一个短期大学时就开始交往的恋人，也就是香川广树。"

她沉默地点头。

"香川广树在年少时曾蒙上不愿为人所知的嫌疑，这您也知道。为此事烦恼的典子没有告诉周围人，对父母也说不出口，唯独向您这个好朋友倾诉了一切。"

蛎壳家少爷的语气带上了挖苦的味道。井上乔美也听出来了，她缩了缩脖子。"我和小典还有广树先生是站在一边的。"

"曾经站在一边。"昴先生说，"应该是过去式。"

"可是……"

"今年三月，您被公司解雇，那之后您第一次拜访卷田夫妇是在什么时候？哦，对了，七月中旬，有认识广树先生的人看见您和他在甲府站附近挽着手走在一起。"

乔美的双颊微微泛起红潮。

"我和广树先生是很久没见的朋友。"她再次向我发出求救信号，"这有什么不对的吗？不过是听听朋友的请求，有那么过分吗？"

在我开口之前，昴先生说道："问题的关键不在这里。您之所以时隔九年又去找卷田夫妇，是想向他们讹钱。"

大概是猛地被人戳到痛处，乔美几乎惊跳起来，连句铺垫也没有，大声反驳道："我只是想找他们借钱而已！"

咖啡馆里空空荡荡，女服务员也去了后厨，不见人影。乔美却还是慌忙捂住嘴巴，放低了音量："我看过他们的网站，伊织这家店特别有人气，口碑也很不错。我觉得肯定很赚钱，所以……就借一点钱的话，肯定会通融的。"

在网络出现之前，社会应该比现在和平很多吧？听了乔美这种说辞，我不得不这么想。

"通融？话要看您怎么说。"

昴先生的语气冷得好似液氮，井上乔美彻底低下了头。

"那是什么时候的事？"我问道。

"应该是六月初。我给店里打电话，他们让我去家里。"

夫妻俩应该也察觉到了乔美的意图。

"他们到甲府站来接我，一起去了他们家。结果吓了一跳。"她说，"虽然家里收拾得很干净，但房子非常旧。"

"然后呢，卷田夫妇答应您要商量的事了吗？"

或许我的措辞比较委婉，乔美抬起头看向我。"他们说不能马上给答复。说自己也没有看起来那么宽裕，所以才租了这么老的房子……"她偷偷瞥了一眼昴先生的表情，马上低下头，"我回去的时候，广树先生一个人把我送到了甲府站。"

——之后就单独找我商量吧。瞒着典子比较好。

"那您照做了吗？"

"嗯。我也觉得这样沟通起来比较快。"

"所以才会时不时和他见面吗？"

出乎意料的是，井上乔美用力摇了摇头。"不是的。妈妈和刚才那位调查员也这么问，不过我和广树先生只有七月那一次单独见过面。"

就是被人看到的那一次。

"当时事情已经商量得差不多了，为了确认细节，才不得不见一面。"

顺便还挽了手，是因为事情谈成了，终于能和久违的老朋友和睦相处了吗？

"其他时候都是电话联系。他没法一个人跑出来太远，发邮件又可能被小典看到。"

"不过您当时出门很频繁吧？"

乔美像个小孩子似的鼓起脸颊。"我那是去见护理学校的朋友了，想问问如何重新入学，怎么考资格证，像我这种校外人士能不能申请助学贷款。找人商量了很多事，查了很多资料呢。我也去学校仔细参观过。真讨厌。"她开始耍性子，"妈妈也真的。我有那么不值得信任吗？"

如果她没有配合演这么一出戏，她母亲也不必多操那份心了。这个人根本不明白这个道理。

太孩子气了，我想。说是二十九岁，倒像十九岁。不过，也正因为这种什么事都不往深处想的性格，她九年前才能为小典和广树保守秘密，而九年后也能想到利用这一点去勒索他们。

"事情商量得差不多之后，和他见面确认细节……"蛎壳昴先生像在做确认般慢慢重复道，"什么事情商量得差不多了？"

"我都说了，演一出私奔的戏啊。"

"简单来说，就是他要和典子太太分手，没错吧？他为什么想要分手？"

也许是因为话题终于转移，不用再谈论自己的心理活动，乔美叹了口气，用吸管搅拌着冰咖啡。"他说很后悔和小典结婚。"

——这种生活不适合我。

"他说不想就这样在小地方开一家荞麦面馆过一辈子，想回东京。但小典很喜欢现在的生活，又绝对不会和自己离婚，所以只能离家出走。"

"这样的话，他自己痛痛快快走掉就行，没必要编排这么复杂的剧情。"

井上乔美露出嘲讽的眼神瞪着昴先生。"您是不知道那种小地方的居民，听说别人家夫妻要离婚，嘴巴究竟有多脏。"

我是知道的。虽然一直假装没听见，不过我确实经受着这些风言风语。而井上乔美又如何呢？她说得好像很了解似的，但恐怕只是把卷田广树跟她说的话复述了出来。

"老公跟情人跑了，这不是更会引人嚼舌根吗？"

昴先生的反驳合情合理，但乔美立刻开口回敬："这样一来就不是小典的错了。大家都会同情小典，认为广树先生是傻瓜，对妻子太狠心了。但如果广树先生只是离家出走的话，就变成小典被老公抛弃了。大家会议论说，广树先生是上门女婿，会不会是觉得抬不起头，受不了天天被老婆管才跑的。"

卷田广树说自己不想让典子遭到这些议论。

"他想让人觉得全都是他自己的错。"

——所以乔美，你帮帮我吧。

"然后，如果我照他说的做，他会给我一百万。"

当然，假装私奔、玩人间蒸发的两个月里，生活费和房租都要另算。

昴先生抱起双臂，靠在椅背上，看起来既像在思考，又像是惊讶得无言以对。

"那从七月底到现在，您都在这里做什么？"我问道。

她露出到目前为止最为天真单纯的笑容。"我去上学了。"

"啊？"

"我也找广树先生商量了一下今后该怎么办。他说我现在还想考护理学校是不可能的，让我放弃。"

——考个医疗助理怎么样？

"医疗助理不用获得国家资格，比护士轻松些，同样能在医院工作。"

乔美对母亲的工作抱有某种程度的憧憬，这个推测似乎是正确的。

"不过，医疗助理的辅导班有很多，水平高一点的还是很贵。得花五十万呢，还得买教材。"

所以她让广树提前支付了一半报酬用作学费，从八月初开始上课了。

"每周上四天课，是短期集中授课，考试也很多，光是学习就够我忙的了。"

昴先生放开双臂，问道："是因为提前支付的五十万不够用了，才刷了信用卡吗？"

"嗯？"

"您一直没有刷卡，为什么又突然用了呢？"

"你们连这个都查到了啊。"井上乔美似乎对面前的帅哥完全丧失了好感，小声嘀咕了一句"可真烦人"。"广树先生说了，在回家前最好不要用储蓄卡和信用卡，可能会被人顺着这个线索找到。"

真不愧是藏起乔美的手机、从网咖发邮件的人。

"不过，我觉得差不多可以了。"从家里带出来的衣服到底还是不够穿，而且也想买秋装了。她抱怨似的一条一条列出理由。"而且我觉得广树先生也太小题大做了。"

不，他这是谨慎。在发邮件的事情上，这份谨慎起了反作用。此外，这个同谋居然如此没有戒心，恐怕在他的预料之外。

听她说得这么毫无顾虑，我不禁越发在意，开口问道："您在参与这件事的时候，从没觉得害怕吗？"

"害怕？"

"您向卷田夫妇，后来是单独向广树先生提出这场并不光彩的金钱交易，而且他过去还有那种嫌疑，您难道不觉得害怕吗？"

"啊，您是这个意思啊。"她露出认真思考的表情，"听您这么一说，我的确是应该感到害怕。不过广树先生是个很温柔的人。以前也是。在听说他那些往事之前，我甚至还想过把他从小典那里抢过来呢。"

还真像这个女人会说出口的话。

"这次的事情，我感觉广树先生挺钻牛角尖的，他应该是真的想要逃离现在的生活。但我也没有因为这个感到害怕。"她耸耸肩，"他家的火灾就是单纯的失火吧。说白了，广树先生就是太倒霉了。如今婚姻也失败了。"

她事不关己的模样令人气不打一处来，但也正因如此，让人感觉这是她真实的想法。

昂先生问："他和您有男女关系吗？"

乔美扑哧一笑。"没有啊。"她迅速收起笑容，小声说道，"我觉得他并没有讨厌小典。他自己也说觉得对不起小典。他说这话的时候差点哭出来。"

这的确不像是凶残的人会做的事情。

"您原本打算两个月之后怎么回去面对母亲呢？"

对于这个带刺的问题，井上乔美马上恢复了战斗模式。"那是我和母亲之间的问题。这可是隐私。"

"您知道卷田广树现在在哪里吗？"

"不知道。"她加重了语气，"七月三十号在这里安顿下来之后，我就再也没见过他，也没联系过。"

"您要是撒谎，马上就会被我们看穿的。"昴先生语气平淡地威胁道，"这里有监控摄像头，还有工作人员。"

"我可没撒谎。我不知道广树先生在哪里。我们之后应该不会再见面了，他也是这么说的。"

"可是，报酬还剩一半没有支付啊。"我说，"还有五十万，您打算怎么拿到呢？"

"这个世界上，还有汇款这种东西啊。"乔美似乎连我也讨厌起来，咬牙切齿地说，"您不知道吗？顺便告诉您，还有快递这种东西呢。广树先生答应我，一定会在十月一号准时寄到我家，收件人是我。"

"您真的信吗？"

"不能信吗？"或许是因为激动，她的声音越来越尖，"我按他的计划做，没有遇到任何问题，现在好好地坐在这里，还能去上学，所以我相信他！"

她在赌气。她心里应该也有不安，或者是后悔。证据就是那游移不定的眼神。

"说不定我只是个烟幕弹，广树先生真的在别的地方有了情人。或者他后悔得不行，现在已经回到了小典身边。这都无所谓。无论如何，都跟我没关系了。"

昂先生冷静而直白地开口："卷田广树没有回到妻子身边，而您曾经的好朋友小典现在已经有了身孕。"

井上乔美的表情僵住了。"不会吧。"

昂先生没有回答，我替他开了口："是真的。已经五个月了，不过她现在身体不太好，还在住院。"

乔美双手捂着嘴，指尖颤抖着。"不，我不信，你们骗人。"她不停地摇头，"这些广树先生一句都没提过……我、我不知道。我要是知道的话绝对……我真的什么也不知道……"她脸上没了血色。

昂先生伸手取过在一旁的拐杖。"谢谢您对我们说了实话。作为回报，我忠告一句。"他拄着拐杖起身，居高临下地看着井上乔美，"赶快从这里搬走，回到母亲身边。以后再也不要动从朋友身上讹钱的念头。"

我们把她留在咖啡馆，走出了短租公寓。那名能干的（头发稀疏的）调查员已准备妥当，把昂先生的车开到了公寓门口。

"杉村先生。"昂先生面向前方，声音低沉地说，"我不喜欢那种人。"

这句话并不符合调查事务所所长的身份，和少爷的身份倒是极为相衬。

6

蛎壳事务所受理的这起案子告一段落，我的协助工作也结束了。不过，之前浮现的那个念头依旧横亘在我的心头。工作休息时、在姐姐家泡澡时、在临终关怀医院父亲沉睡的床边昏昏欲睡时、带着健太郎散步时，它一直在我脑海中盘旋。

我不知该如何是好，就这样度过了九月剩余的时光。幸好从周六十九号到二十三号是秋季小长假，又是市场大赚一笔的时候。繁忙的工作让我暂时远离了这件烦心事。

说起来，伊织整店出租，新的租户没有换掉广受好评的店名，也开了一家荞麦面店，趁着小长假开门营业，口碑却不太好。

之后一周的周一，也就是二十八日傍晚五点多，坂井副店长来找我。"蛎壳先生说想让你去送货。"斜阳庄是他负责的地方，我本来担心他会不高兴。"我听店长说了，你帮了蛎壳先生的忙是吧？"见我惊慌失措，副店长倒是满面笑容，"你帮我跟他说一声，下次再去找他教我打网球。拜托啦。"

"好的，一定转达。"

"今天送完后，就可以直接下班了。"

这不是给我的特殊优待，实在是因为蛎壳家对于夏芽市场而言是很特殊的客户。

到了斜阳庄，昴先生正穿着运动服，在客厅用超大的音量听着庄严的古典音乐。

"据说，摇滚乐的源头是莫扎特。"他看到我后说道，"送货辛苦了。能再帮我收拾一下吗？我去准备晚饭。"

"啊？不，这个……"

"今晚七点，卷田典子会打电话过来。"

我抱着的送货纸箱差点掉到地上。

"我本来想找她当面谈谈，但她还在住院，没法外出。就算我们一起去探病，恐怕也不会让我们进去。"

"典子太太的状态那么差吗？"

"据说已经稳定多了。肚子里的孩子发育得很好，可以放心了。"

"那太好了。"我把罐头码到架上，将袋装意面收进抽屉里。

"不过，上周小长假的时候，井上乔美和她母亲去看她，在病房里又是大哭又是下跪，闹得鸡犬不宁，把主治医生和护士给惹毛了。现在除了家人，医院不让任何人去探病。"我差点把一小瓶橄榄油弄掉，昴先生利落地单手接住，"所以我们只能电话联系。杉村先生，看来晚饭前要先来杯咖啡帮您振奋精神呢。"

井上乔美回到家，和母亲商量后，去向典子太太道歉了。

"其实她想早点去的，但小长假之前她母亲不好请假，她是这么找理由的。她自己心里也很乱吧，整个人看起来很消沉。"

"那她一个人去不就好了？"

"应该是害怕吧，那个女人内心就是个十几岁的小孩。"

我也这么认为。

"那场骚乱告一段落后，典子太太给我们事务所打来电话。"

——我想和之前见过井上乔美小姐的调查员聊一聊。

"然后呢，我手下的工作人员就联系我，告诉了我她的手机号，我马上回了电话。不过我觉得杉村先生也应该一起听听详情，所以跟她商量改日再谈。"

"谢谢。"

"不客气。正好典子太太需要稍微休息一下，我也希望您能一起听。"

之前他跟我约好，既然把我牵扯进这件事，之后的事态发展也都会告诉我。

昴先生继续说："典子太太听井上乔美辩解、道歉的时候，一句话也没说。"

没有责备，没有反驳，也没有质问她。

"她说，小美你没有做错什么，都是我丈夫的责任，你不用再介怀了。钱你收下就好，多保重。这件事就算了结了。"

但这并不是真正的结束，所以她才想要和调查员聊聊吧。

"蛎壳先生，"我说，"您不称呼她为'卷田典子'，而是叫'典子太太'啊。"

他挑起一边眉毛。"叫'卷田'的话，会搞不清说的是谁吧？"

"嗯，的确是。"

晚饭是日式料理。米饭里加了很多灰树花和野菜一起蒸，我靠在灶台边上，负责调整瓦锅的火候。

这次我们也没有边吃饭边聊案件。昴先生对出版童书的青空书房、集团宣传杂志《青空》，还有编辑这份工作都表现得很感兴趣，问了不少问题。我有机会回忆一番曾经的工作，也很愉快。

我把餐具放入洗碗机，擦净桌子。昴先生看向墙上的时钟，已经到晚上七点了。

这时，他的手机接到一通电话。

"我是蛎壳。"昴先生接起电话，道了声"晚上好"，"谢谢您打电话过来。应该会花上不少时间，您可以先挂断，我马上给您回过去……"

对面似乎是说没这个必要。

"好的。那我打开免提，您直接说就好。"

他把手机立在桌边。我俩面对面坐下。手机里传来一个微弱的女声。

"我是卷田典子。"

昴先生对我点点头。我稍微探出身，对着手机说："卷田太太，我是夏芽市场的杉村。"

我听到一句小声的"哎"。

"不好意思，是我和蛎壳先生一起在惠比寿的短租公寓会见井上乔美的。那个……我多少对东京比较熟悉。"

"是我请他帮忙的。"昴先生说，"杉村先生很担心您和您先生，也帮了我不少忙。"

"是吗……"她喃喃道，"杉村先生还来探望过我，对吧？我听母亲说了。梨子和巨峰葡萄都很好吃。大家都这么担心我，给大家添麻烦了，真的很抱歉。"

"您不用道歉。"昴先生的声音一如既往地淡然，却比平时添了几分柔和，"您现在感觉如何？"

"还好。到熄灯之前都没什么事。"

"如果中途觉得不舒服，您一定要赶紧按呼叫器，不用管我们。"

"好的。"

斜阳庄客厅里的温度一直很舒适，可我已经出了汗。

"那个……然后……"典子太太的声音微微颤抖，"我听小美说了调查的事……我想说的是……我想拜托你们一件事。不要再找我丈夫了。十月一号那天，小美一定会收到五十万日元的。我丈夫是那种言出必行的人。但是，请不要再找他了……"

"为什么呢？"昴先生语气平静地问。

"这次的事情……虽然是假装出来的私奔……"

"嗯。"

"但我全都知道，是我和丈夫两个人想出来的计划。利用小美是丈夫想出来的，但我也觉得这样她还能拿到钱，没什么不好的，我也是同罪。"

我看向昴先生，只见他盯着手机。

"我和丈夫打算离婚。不过，我们不想因此让身边的人……尤其是我的父母担心。不，我其实早就知道他们一定会担心的。"她气息有些紊乱，停顿了片刻，"我们决定离婚，但不想让人知道离婚的真正原因。所以，需要编造出一个理由来。"

昴先生沉默着，于是我开口问道："为什么要离婚呢？在我们这些外人看来，您二位真的很恩爱。"

典子太太微微一笑。"那就好。为了不让大家发觉，我和丈夫都费了好大心力呢。"

我仿佛被当头泼了一盆冷水。

"丈夫他……不想要孩子。"说完，她马上改口，"不，他曾经是想要的。刚结婚的时候我们说好了，等店铺经营进入正轨后就要孩子。可等到我真的怀孕后，他……不知怎的变得非常慌张，非常害怕。他开始说什么，自己没法当爸爸，没有资格当爸爸。"

昴先生对着手机问："是因为您丈夫过去背负过那个可怕的嫌疑吗？"

"是的。"她的回答慢了一拍。

"这句话的意思是说，导致您丈夫的母亲和妹妹死亡的火灾，是您丈夫的责任吗？还是说，他虽然是清白的，但毕竟曾经蒙上过嫌疑，所以才没法当爸爸呢？"昴先生这番话一字一句说得很慢，内容却十分直接。

汗水从我额头上滑下，昴先生的表情却纹丝不变。

"他没有跟我解释得这么清楚。"

大多数人都做不到的，只有蛎壳昴这样的人能做到。

"不过，之后我又和他争论了很多次，有一次他脸色苍白地大吼大叫。"

——我可是杀人凶手啊！杀人凶手怎么能抱自己的孩子呢？杀人凶手怎么可能去养一个孩子！

"我……实在是不知该说什么好。"典子太太停顿了片刻，似乎在调整呼吸，"那时候已经是夜里，丈夫从家里跑了出去。外面已经黑透了。"

第二天一早，她出去找人。

"丈夫在我家屋后的墓地里，穿着睡衣，抱着膝盖坐着，看起来就像个幽灵。那时候我才第一次意识到，啊，昨天晚上他吼着说出来的事情都是真的。"

香川广树是杀人凶手。在十四岁时他放火烧了自己的家，害死了母亲和妹妹，是他杀的人。

"他还明确地跟我说过，不准要这个孩子，让我去打掉。"

典子太太不愿意，拒绝了他。于是广树提出要离开。

——既然如此，我没办法继续和你在一起了。我一定会变成一个怪人的。说心里话，从很久以前我就感觉疲惫了。我明明不是一个正常人，却要假装正常，太累了，真的太累了，我已经受不了了。

"我已经决定要生下这个孩子，有时候也会想，如果花时间说服他，他会不会改变想法呢？但说实话，我也开始害怕了。"

——我一定会变成一个怪人的。

"我居然害怕起自己的丈夫，唉，我要撑不下去了。我还想过干脆逃回父母家去。不过事到如今，我没法再跟父母交代丈夫过去的经历，都已经瞒到现在了。"典子太太的声音哽咽了，"父母很喜欢我丈夫，把他当成亲儿子看待。因为他……他真的是一个很好的人。"

正因为一直以来守口如瓶，卷田典子才更无法主动开口坦白真相。她和丈夫在身边筑起一道高墙，以为这样是在保护自己，到最后却发现，这道墙建得太过牢固，已经无法从内部打破。

直到井上乔美这个不速之客来到他们面前。

"您发现自己怀孕是五月底，井上乔美找上门来是在六月初。"昴先生利落地得出结论，"也就是说，你们夫妇二人需要同时面对两个不为人知的问题。"

"是的。"

"您两位肯定激烈地争吵过很多次，度过了许多不眠之夜。"他缓了一口气，继续说，"你们真的很努力了。"他语气温柔，像是在安慰她。

典子太太似乎感受到了昴先生的心意，说话也乱了阵脚。"一、一开始的时候，丈夫说，"她带上了哭腔，却坚强地想要忍住哽咽，"他说自己来应付小美，随便应付应付，那个……"

"拉拢她，采取怀柔策略。"

"对，差不多就是这样。他说就这么打发乔美。我当时满脑子想的都是孩子的事，还有我们之间的争执。"

"那是自然。"

"不过，那个，怎么说呢？"说着，典子太太突然唤了我的名字，"杉村先生，对不起。"

"啊？"

"我和丈夫在店里都是另一副面孔，应该说，是在假装平静。结婚之后就一直是这样，我们有只属于彼此的秘密，所以在外人面前总会不由自主地演戏。这也成了我们之间的默契。"

我不由得默默点了点头，接着慌忙回了一句愚蠢的"这样啊"。

她轻轻笑了笑。"孩子也好，小美也好，在店里工作的时候，我们会把这些都抛开，好像一切都和过去一样。客人们都很喜欢我们这家店，市场的朋友们也都很友善。"

既然如此，找我们中的任何一个人求助不就好了吗？

"在店里工作时表现出来的开朗的确拯救了我，我丈夫应该也是一样。可我们一直在欺骗大家，对不起。"

"您不需要道歉的。"我的声音也开始颤抖。

"保守秘密就是这么一回事。"昴先生说，"和欺骗别人是不一样的。"

"是这样吗？"她小声说。

厨房里的冰箱传来声响，是自动制冰装置排冰的声音。

"我会生下这个孩子，丈夫会离开我，恢复单身。"典子太太继续说着，声音低如耳语，"我们做了这个决定，之后便开始制订各种计划。是我提出让丈夫假装出轨、和情人私奔的，因为这样大家会比较容易接受。"

——也是。这样大家都会觉得你可怜，会很照顾你的。

"然后，我们利用了小美。她出现的时机可以说是刚刚好。我并不恨她。"

"可是您都憔悴成那个样子了。"我忍不住开口。

"广树先生离开家，是那前一天晚上的事吗？"

"是的。"

"和你们计划的一样？"

"是的，没错。"

"那之后，您一个人一直流泪到了天亮吧？"

她没有立刻回答，可能又在哭泣了。

"我也没有一直哭，还做了大扫除。"她说，"大半夜的，我却像个傻子似的，把家里从里到外各个角落都打扫个遍。用了好多好多清洁剂、除锈剂，想把他的气息全都清除掉。"

我闻到的那股氯气，原来是因为这个。

"卷田太太。"昴先生说。

"我在。"

"我明白您的意思了。今后，我们不会再寻找卷田广树先生了，请您放心。"

典子太太沉默着。

"原本我们接到的委托也只是寻找井上乔美小姐，现在已经完成，之后没有我们出场的必要了。不过，作为今后工作的参考，还有两三个问题需要询问，您现在感觉还好吗？"

"我没事。"

昴先生还想问些什么呢？

"您和广树先生是在您上短期大学时认识的，当时你们住在同一间公寓的不同房间，没错吧？"

"是的，您还真是了解。"

"当时他从事的是什么工作？"

她回想了片刻。"挺多的。在附近的便利店打过工，还在连锁餐厅、弹子机房当过店员。"

"也就是说，他同时在做好几份这种类似兼职的工作，对吗？"

"是的，毕竟他没上过高中。"

"那在他对您交代过往经历之前，您就没觉得奇怪吗？"

"怎么说呢……那时候找不到稳定工作的人还挺多的。我自己也在担心短期大学毕业后找不到工作。"

的确，年轻人就业难的问题，虽然中间有过一些起伏，但的确是从那个时期开始的。

"他是什么时候把自己十四岁时的经历告诉您的？"

她立刻答道："我辞掉工作之前的那一年，应该是九月份的时候。那阵子我开始不自觉地提到我们两人未来的规划。"

——我有件事必须要告诉你。

"不过他说自己是清白的。他没有放火。母亲和妹妹走了之后，他也很痛苦、很难过，恨不得自己也一起死了。"典子重复这句话的时候，声音嘶哑了。"他明明可以骗我的，却没有隐瞒，全都坦白了。"

"您听完之后，还是很受打击吧？还向公司请了整整两周的假。"

"是的……确实是这样。"

我眼前浮现出她惊讶的表情。

"调查事务所可真厉害啊。"

昴先生依旧保持着自己的节奏。"可您最后还是没有和他分手，反而决定和他结婚，两人一起在您的老家开启新的人生。驱使您这么做最重要的理由是什么？"

只要结过婚的人都知道，这不是那么容易回答的问题。

"因为我喜欢广树。"卷田典子说道，"我喜欢他，信任他。在那之前的交往中，我觉得他是个好人，相信他是清白的，带走他母亲和妹妹的那场火灾是一次意外。可广树却被人怀疑，一直活得那么痛苦，甚至被亲生父亲抛弃，一直孤单一人。"

孤独、寂寞、无依无靠，得不到任何人的认可。

"我是发自真心地相信他。一起生活的这些年，一直信任着他。"

直到几个月之前，听到丈夫的那句嘶吼为止。

——我可是杀人凶手啊！

"我明白了。"昴先生说，"当时，井上乔美小姐阻止过你们结婚吗？"

"她不是那种人。"典子太太轻轻地笑了，可能只是听起来像是笑了，"我找她商量，她只是觉得吃惊，嘴上说着'不得了，这可不得了'。所以她没有告诉任何人，一直帮我们保守秘密。"

九年后，她企图用这个秘密来做一笔金钱交易。

"我想问的就是这些，谢谢您跟我们聊这么长时间。"

昴先生对我使眼色，我靠近手机。

"典子太太。"

"在。"

"请您好好保重身体。"

"我会的，谢谢您。"

"等您养好身体，如果有心情，还请带着孩子来夏芽市场看看，大家都会很开心的。"

"好的，我会的。"然而，在电话挂断之前，她却说："长久以来谢谢你们了，再会吧。"

手机转回待机界面，我和昴先生盯着手机，沉默了很久。

"杉村先生。"

我抬起头。

"即使她不拜托我，我原本也不打算追查卷田广树的下落。"他的眼神阴沉，宛如包裹着斜阳庄的夜幕，"因为，那个人从一开始就不存在。"

横亘在我内心深处的那个念头，再度蠢蠢欲动。

"请看这个。"昴先生拿起手机点了几下，"这是我派调查员去查到的，真是费了好一番周折。"

又是那名能干的（头发稀疏的）调查员耐心地去搜查了吧。

"香川广树在初中时就是问题少年，怎么找也找不到能算得上是朋友的人。他几乎没有参加过学校的社团活动，没参加过修学旅行，毕业相册里也没有他的照片。这张是入学典礼上的照片。这是十二岁的香川广树。"

我看向手机屏幕。

"看这个少年的长相，您能想象他在二十年之后，成为您所认识的那位伊织的店主吗？"

我盯着屏幕，摇了摇头。

"是吧。"昴先生说，"这两个人，根本就不是同一个人。"

7

我们同时揭晓答案。原来，昴先生和我想的一样。

在斜阳庄第一次听到广树先生的过往经历时，我是这样想的：父亲单方面断绝父子关系后，孤身一人的香川广树从过去的嫌疑中解脱出来。他遇到了卷田典子，和她坠入爱河，得到新生。如果不这么想，调查员查到的香川广树和我所熟知的卷田广树，这两个形象绝对无法重叠起来。

我当时打心底里这样想，认为除此以外没有其他可能性。因此，我希望那些骇人猜想最好是错的。

那之后，我又听说卷田典子怀有身孕，住了院。我听到她母亲的悲叹，看到了广树先生寄到卷田馎饦店的信。他为自己的任性妄为道歉，行文简洁却饱含深情。

从那时起，我开始一点点动摇。

香川家的火灾究竟是失火还是纵火，这一点暂且不提。当时年仅十四岁的香川广树一直让母亲头疼，一旦遇到不顺心的事情就大发脾气，一点也不疼爱妹妹，总是嫉妒她、欺负她……

我还认识另一个小时候曾有这种人格倾向的成年人，就是三年前大闹青空编辑部、持刀挟持我妻子的那个女人。

当时，我从她父亲那里听说了她少女时代的故事。她也是个暴躁的人，易怒，脾气怎么也压不住。她还有个哥哥，两人关系虽然很好，但哥哥结婚时，她因为嫉妒，不想让哥哥被别人抢走，便用一种极其残酷的方式破坏了婚礼。最终，她哥哥的新娘自杀了。

她的父母为人忠厚。作为父母，他们做出了各种努力，想要面对自己的问题女儿，但她却没有任何改变。她在来到我们青空编辑部之前就惹出过不少麻烦，最终犯下刑事案件。

那位女性当时大约二十五到三十岁，香川广树遇到卷田典子时应该更年轻些。而且他没有经历过那位女性受到的关怀，连高中都没上，一直闷在家里，之后便被父亲抛弃，一个人流落到社会上。

他真的能够改变吗……

我的心还在不断摇摆，这个念头也在我心底深处打了个结。在我们找到井上乔美、从她口中听说私奔只是演戏之后，这个结越结越大。

曾经的香川广树，之后经营伊织的广树先生，面对厚着脸皮前来勒索的井上乔美竟然没有大发雷霆，虽说利用了她，却也热心照顾她。面对乔美，他一次也不曾情绪失控，半点暴力行为的影子都没有。井上乔美并不害怕他，反而说他是个温柔的人，说他以前也是如此。

一个人能够改变得如此彻底吗……

这件事，是否应该从另一个角度来分析？

并不是香川广树这个人改变了，而是"香川广树"名下换了一个人。

在东京与卷田典子相识、坠入爱河的男子，虽然自称"香川广树"，实际上却是另外一个人。

蛎壳家的少爷和我想法一致。不过，他萌生这一念头的原因和我不同，并非灾难般的过往经历让他心生疑惑，而是因为调查员找到了香川广树的父亲，对方却拒绝看一眼广树先生如今的样子。

那位父亲似乎至今仍畏惧着香川广树。这样的话，难道不应该更加想要亲眼确认如今他在哪里、过着怎样的生活、长成了什么模样吗？他的父亲如此固执地拒绝确认照片，是否还有别的理由？是不是因为他的父亲心里清楚，已经没有确认照片的必要了呢？

昴先生说他隐隐有这种感觉，心里的疙瘩一直解不开，所以才让调查员去找香川广树少年时的照片。

之后，昴先生和我一起听了卷田典子的自白。此前两人一直悄悄过着自己幸福的小日子，但在典子怀孕之后，广树先生却突然开始恐惧，说自己没有当父亲的资格，情绪非常激动。

——我可是杀人凶手啊！杀人凶手怎么能抱自己的孩子呢？杀人凶手怎么可能去养一个孩子！

典子太太以为这段话指的是他在十四岁时纵火烧了自己的家，害死了母亲和妹妹。

但蛎壳昴先生的看法有所不同，我也认为这段话另有所指。

香川广树的父亲香川直树现居横滨市，在一家大型化学药品制造公司工作到退休，如今担任集团子公司的董事。

我们想找他很不容易。打电话到公司，还没讲明用意就被挂断。而我们也不愿破坏他现在的家庭，想尽量避免直接去家里找他。

在等待时机的过程中，日历已经翻到了十月。和母亲一起生活的井上乔美并没有收到剩下的五十万日元，而她当然也没有为此生气。

我继续在市场工作，也去探望过父亲，和他聊了几句。我当时吓了一跳，父亲原本昏昏沉沉地睡着，却突然醒过来，看到坐在一旁的我，便问道："三郎，遇到什么事了吗？脸色不太好啊。"

"您今天气色倒是很不错。"

父亲虚弱地笑笑："因为我已经没什么要操心的了。"

"我也没有啊。"

"是吗？"父亲说完，再次陷入沉睡。

即便身体再虚弱，分开生活的时间再久，父母终归是父母，是最了解孩子的人。这种感受沁入了我的骨髓。

快到月中，我接到了昴先生打来的电话。

"十七号星期六，可以见到香川先生。他会参加母公司在秩父的高尔夫球场举办的比赛，那之后可以和我们见面，条件是时间不能太长。杉村先生，能一起去秩父吗？"

"我可以和店长商量一下，请半天假。"

我跟中村店长说，我还得再给蛎壳家少爷当一回司机。他二话没说，当即答应了。

当天，我和昴先生都穿了西装，没打领带。他挂着一根和平时不一样的拐杖。

"还是得和衣服搭配一下。"

在车上，他给我解释了事情的来龙去脉。

"一直这么下去也解决不了问题，我就写了封信，附上照片，把情况全都告诉了对方。所以我们不用再重复说明至今为止发生的事情了。"

香川先生定下的见面地点是距离高尔夫球场两公里的一家河鱼料理店。在主屋外还有几间独立的侧屋。我们就在其中一间侧屋里见了面。香川先生似乎也是第一次来这里，却一副很熟稔的样子和女服务员沟通。他吩咐说我们要谈三十分钟事情，饭菜在那之后再上。

香川先生是位体态文雅的绅士，穿着高尔夫球衫，脸微微发红，可能在球场会所已经喝过两杯。

"收到的照片和信，我已经处理掉了。"他开口道，"我明白这样说有些不礼貌，不过还想请二位脱掉外套和衬衫，我想确认你们是否在录音。"

我和昴先生僵了两秒钟，便按照香川先生的要求做了。

"这样可以了吗？"

"谢谢。"

穿上衬衫和外套后，昴先生从西装内袋中取出两张照片，朝向香川先生摆在桌上。其中一张是从香川广树初中入学典礼照上裁下的，另一张是从桑田町夏日祭的合照上裁下的。两张都截取当事人的脸部，放大到同样尺寸。"这位是您的儿子广树。"他将手指放在校服男生那张照片的一角上，接着又移到广树先生的照片上，"这位是谁，您知道吗？"

香川先生看向两张照片，咬紧下唇。他的眼睛和香川广树很相似。"我不知道他的名字。"他叹了口气，语调低沉，"我也只见过他一面。那是在和儿子……和广树断绝关系大约一年以后。"

昴先生一直坚毅地抬着头，而我垂下了视线。

"一开始，他自称是广树的朋友，打电话到我当时工作的地方。电话里也听不明白具体发生了什么事，不过他提到了广树，我也很紧张，所以决定去见他。他是个相当可靠的年轻人，不过衣着打扮很简陋，看起来比我还要紧张。第一眼看上去，我就知道他和广树不一样，是会被广树当成猎物的那种人。"

那个年轻人一上来就对香川先生不住地道歉。

"他说谢谢我愿意见他，还说广树很详细地讲了我的情况。"香川先生把指尖放到伊织的广树先生的照片上，"这个人比广树大三岁，当时应该是二十一二岁。"

这样算来，他其实比典子太太年长五岁，他的外貌也的确给人这种感觉。

"他本来打算报上自己的名字，不过被我阻止了。我说我不想知道，你也不要告诉我，我已经不想和儿子惹出来的麻烦沾上一丁点关系了。"香川先生重重叹了口气，"简要来说，他把自己的户籍卖给了广树。说得再准确些，是他们两个互换了户籍，也因此从广树那里拿到了一笔钱，说有一百五十万。"说到这里，香川先生终于将眼神投向我们，"你们对这些很了解吧？这是市场价吗？"

昴先生立刻回答："买卖户籍倒不是什么稀奇事，但都是一桩生意一个价。现在大多是线上交易。"

"啊……现在什么都靠网络呢。"香川先生发出呻吟似的声音。

"话虽如此，事情也并没有那么简单。伪造户籍另当别论，如果是买卖或者交换，只拿到户籍是不可能完全成为另一个人的，因为护照和驾照上都有证件照。"

"啊，长相是没法交换的。"

"没错。因此，在买卖或交换户籍时，如果双方都没有护照和驾照，处于白纸状态，价格就会更高。而如果其中一方或双方已有这两样证件，就需要伪造或做点手脚，价格自然就低了。"

所以是一桩生意一个价。

"顶替广树身份的那名男子在结婚、成为'卷田广树'之后，才在山梨县的驾校考取驾照。这意味着真正的广树当年并没有驾照。"我补充道。

香川先生点了点头。"应该是吧。即便想考，那恶棍也不可能去驾校老老实实听教练训话。"

他的语气饱含恶意，没有人想得到这是在评价自己的亲骨肉。就算是我母亲，恐怕也要吓得拔腿就跑。

"我也不觉得他会有护照，无法想象广树会去国外旅游……"

"对了，卷田广树和卷田典子到现在也还没办护照。"

我已经放弃思考蛎壳事务所到底是如何获得这些信息的了。

香川先生拿起伊织的广树先生的照片，马上又放回桌上。"这个人说，他和广树是在弹子机房认识的。他是店员，广树每天都去店里，花钱如流水，肯定很引人注目。在他看来，广树应该算是老主顾。年岁也相近，慢慢关系就亲近起来。之后呢，广树主动交代了自己的情况。据说他还一脸饶有兴味的表情，想看对方会有什么反应。"

青空书房的那家伙也是如此……

"对方越老实，他就越强势。在学校的时候也是，哪怕面对老师也一样。在这一点上，广树看人的眼光准得可怕。"

——我一开始很同情他。

"那个人是这么说的。真是傻啊，这样一来他就逃不出广树的手掌心了。之后，他应该就任由那恶棍摆布了吧。"

"买卖户籍是谁先提出来的？"

"谁知道呢，详细情况我没有问。不过当时，他……"香川先生再度指向伊织的广树先生，"他的父亲似乎得了重病，需要很大一笔钱来支付手术费和治疗费。"

对他来说，一百五十万日元比它的面值要珍贵得多。

"而广树刚好有钱。"

"那是断绝父子关系的时候您分给他的。"昴先生说。

"没错。"香川先生丝毫没显出内疚的样子，"只要花一百五十万，就能在档案上成为另一个人，这对那家伙来说也是件美事吧。"

"但是这里面有一点我想不通。"昴先生说，"您家发生的火灾的确是一起悲剧，当时各路媒体大肆报道。广树当时不过十四岁，而且没有完全确定就是他放的火。那之后他没有必要继续受'香川广树'这个名字的束缚，甚至还想要改户籍……"

香川先生打断道："他是一直被束缚着的，他自己心里清楚。"

那是没有丝毫犹豫的断言。

"而且，广树应该是觉得能和别人交换户籍这件事本身就很有意思。他亲手杀死了家人，毁了一个家，父亲也逃掉了。但是如果能和别人交换户籍，就能得到新的家人。"

这句话，让蛎壳家的少爷无言以对。

香川先生的手一直放在伊织的广树先生的照片上。"这个人有一个重病的父亲、一个照顾父亲的母亲，还有两个妹妹。偏偏是妹妹啊。广树最喜欢的，就是折磨女孩子了。"面对无言的我们，香川先生喝了一口服务员备好的冰水，继续说道，"实际上，这个人也为此感到烦恼，觉得害怕，想找人商量该怎么办才好，所以才找到了我。因为广树开始纠缠他的妹妹了。"

我感到毛骨悚然，衬衫袖筒中的双臂起了鸡皮疙瘩。

"你们没有查到广树初中毕业之后做了些什么吧。我也并不是所有情况都了解，不过凡是掌握到的，我都四处奔走给抹掉了。"

"抹掉了？"昴先生的目光锐利起来，"这话是什么意思？"

"就是字面意思。那家伙曾经盯上过我们家附近的一个姑娘。我不知道他的行为究竟到了哪个地步，也不知道他犯过几次事，只知道其中一次，他当场拍下了被害人的照片。"

"为什么您会知道呢？"

香川先生的语气粗暴起来。"因为我在广树的房间里看到了那张照片。"

空气仿佛冻住了，能听到的只有香川先生的喘息声。

"所以……我啊，跟这个人说，"香川先生指着伊织的广树先生，"赶紧跑。妹妹们就别说了，连父母也带上一起跑。不这样做，是没法从广树的魔爪下保护家人的。"

但是，从户籍上同为血亲的男人手中逃脱，简直太难了。

"我告诉他，如果做不到，就只能拼上性命把广树赶走。除了这两条路以外，别无他法。不然就会沦落到我这个地步，眼睁睁地看着妻女被害。他回去的时候，比来时的脸色要苍白得多。那之后他做了什么，发生了什么，我都不知道，也不想知道。"香川先生深吸一口气，想要平复心情，"不过，从你们寄给我的信来看，他应该是选择了第二条路。"

他拼上性命，赶走了香川广树，把他从世上抹掉了。

——我可是杀人凶手啊！

这才是那句呐喊的真正含义。和香川广树互换身份的青年为了保护家人，杀害了香川广树。

在之后的人生当中，他一直背负着这个秘密，就连对妻子都没能坦白。

这个他原本打算带到坟墓里去的秘密，横亘在内心深处，不断折磨着他，侵蚀着他。在他爱着、也爱着他的卷田典子为了保护他而在两人周围筑起的高墙之中，他变得越来越脆弱。所以，在知道自己的骨肉即将降临这个世界的瞬间，他彻底崩溃了。

他不是一个正常人，因而无法假装正常。沾满血污的双手，再也无法抱起婴孩。

人会为了追求幸福而努力，但这个世上，不存在适合所有人的幸福；人会为了抵达乐园而拼命前行，但这个世上，不存在适合所有人的乐园。

即便是相爱的人，也会因为不同的追求渐行渐远。努力成空，幸福幻灭。纵使步履不停，乐园却永在彼岸。

香川先生说："我作为父亲应该做的事情，这个人替我做了。从这层意义上来说，是我对不起他。"

他的语气没有起伏，但我能感受到他的心情。他是真心感到愧疚，感到难过。

"不过，这个人如果让我家的广树……怎么说……消失了……"

之后立刻恢复自己原来的身份不就可以了吗？

"我不会去找儿子的，他应该也知道自己不用担心这一点。这样的话，他只要装作是'香川广树'，做好善后的事情，不就可以恢复原本的身份了吗？"

"没有那么容易。"昴先生说，"买卖户籍不只是买卖户籍誊本。如果没有拿到交易成功的证据，买家是不会付钱的。一般的商务交易也都是如此。"

香川先生皱眉道："那需要怎么做？"

"刚刚我也提到了，像这起案件的情况，双方都是一张白纸，交易非常简单。一般而言，买方会使用买来的身份办理一本护照。"

"一般而言？"我不由得脱口而出。

昴先生依旧淡然地继续道："因为护照是带有证件照的官方身份证明。"

长相是无法交换的。

"没有比这更好的证据了。而且护照和驾照不一样，只要准备好材料，马上就能办理。"

香川先生还是一脸厌恶，冷笑了一声。"但是不出国旅游的话，也用不到护照吧。他自己注意一点不就没事了。"

"那可是我国政府发行的身份识别证件。对于当事人而言固然重要，对于政府来说也是最重要的身份识别数据。"昴先生说完，看向伊织的广树先生的照片，"这个人很老实，做事谨小慎微，我们一般称这种人为善良的中产阶级。"

就是这样一个人，却为形势所迫杀了人。

"他甚至没有在自己餐馆的网站上放本人的照片。也许根本没有人还记得他的长相，即使有人记得也不一定会看到这个网站。就算看到了，由于名字不一样，或许只会觉得长得像罢了。可即便如此，他也因为害怕而不敢放上自己的照片。因为他有负罪感。"

可能暴露自己谎言与罪行的东西已成为社会上的公共数据。像他这样的人，会冒着风险选择恢复原本的身份吗？哪怕事情败露的可能性只有万分之一、十万分之一，他会冒此等风险把想要保护的家人牵扯进来吗？

昂先生抬起视线，看向香川先生。

"最起码，在您儿子用新身份获得的护照有效期内，他只能作为香川广树活下去。我是这么认为的。"

就在这个过程中，他遇到了卷田典子……

我突然想到，他向典子坦白香川广树曾有的嫌疑，或许并不仅仅出于诚实的品性，可能也希望典子因此和自己分手。他希望典子因为害怕而疏远自己。这样一来，他也能断了念想。

可他没想到的是，典子哪怕烦恼到消瘦下去，也没有失去对他的爱意。

——我明明不是一个正常人，却要假装正常。

所以他也只能选择这条路。

"真是广树做得出的事情。"香川先生眉头越皱越紧，唾了一口道，"连死了都不放过人家。"

像是劝告一般，昂先生低着嗓音回道："广树毕竟是您的儿子。"

香川先生丝毫没有动摇，他猛地瞪大充血的双眼，瞪着昂先生。"不，那是个魔鬼。"

在初中入学典礼的合照上，不知是阳光晃眼还是心情不好，那个少年露出一脸凶相。

无论是什么样的父母，终归还是父母，是最了解孩子的人。

那是个魔鬼。

"我也不是什么都没做。我看了书，找了专家。据说像广树那种情况，叫作反社会人格，出现的概率极其微小，不是任何人的错，也没有任何法子。"

"这个词不是可以随便用的。"蛎壳家少爷的脸上第一次露出分明的怒火，"对孩子就更不能下这种定义。"

"那你说，我究竟该怎么办才好？"香川先生攥紧拳头敲了下桌子。盛着冰水的玻璃杯晃了晃。他双眼被怒火烧红，面色却无比惨白。"我大概只能祈祷了。广树……恐怕早就化为一堆白骨了吧，希望他永远不被找到。还有，还有……"香川先生看向伊织的广树先生的照片，闭上双眼，仿佛真的在祈祷，"希望这个可怜的男人能够回到父母和妹妹身边，过上平静的生活。"

有些对不起那家料理店，我们没吃没喝就离开了。

天已经黑透了。从秩父通往山梨县方向的山路浸没在一片黑暗中。副驾驶座上昂先生的面孔映在侧窗上。

他看起来也像一个幽灵，像抱着双膝坐在屋后墓地里的广树先生，又像是衰弱的、哭肿了眼睛晕倒在我怀中的典子太太。

"蛎壳先生。您没事吧？"我问。

"大概吧。"他回答。

夜晚与山间的黑暗将我们连同车子一起包裹起来。

"他，也已经死了吧。"昂先生像在自言自语，"所以才没有把答应好要给井上乔美的五十万汇过去。"

我什么也不想说。

"他对自己的评价是错的。他是一个正常人。正因为是正常人，才无法忍受下去。"

那个曾是伊织店主的男人，那个能做出美味荞麦面、深爱着妻子、喜欢登山、喜欢摄影的温柔善良的男人。

昴先生说了声"不好意思"，打开了车上的音响。和他在斜阳庄听的音乐不同，音响中传出重金属摇滚乐。

我握着方向盘，昴先生靠在椅背上闭上眼，汽车的远光灯割开夜幕，向前驶去。我有一耳朵没一耳朵地听着震耳欲聋的重金属，几首歌过后，突然被一句歌词吸引了注意力。

"睡魔来了，所以在睡前祈祷吧。"这首歌以对孩子的口吻唱着。

睡魔，即沙男，是欧洲传说中的恶魔。他会在孩子们的眼睛里撒带有魔法的沙，使他们沉睡，带给他们美梦。但也有人说，他会将孩子们掠往黑暗的世界去，是一种捉小孩的鬼怪。

我年幼的孩子啊，在睡前祈祷吧。因为像沙子一样难以捉摸的恐怖恶魔就要来到。

连真名都不为人知的不幸男子，或许觉得对于即将出世的孩子来说，自己正如睡魔一般。

　　　　我即将入睡。
　　　　神啊，请保佑我。
　　　　如果我无法醒来，就这样死去，
　　　　请你带走我的灵魂。

我对重金属乐不是很了解。"这首歌叫什么名字？"
"是金属乐队的 Enter Sandman。"
我想，这就是他的挽歌。

我的父亲在当月底去世了，走得很平静。

灵前守夜和葬礼都很顺利。唯一的波折，就是麻美哭着睡着后得了中耳炎。

丧假结束后，我回到市场上班，大家都来安慰我。

中村店长说："我带你去我的秘密基地吧，在那里痛痛快快喝一顿。"

我感激地答应了邀请，没想到目的地却是斜阳庄。昴先生使出看家本领做了一顿美味佳肴，准备好葡萄酒，等我们来。

我们三人又吃又喝。其间，昴先生向店长讲述了事情的来龙去脉。

"我就当什么也没听到，少爷。"中村店长说，"所以你拿点比葡萄酒更烈的酒出来吧。"

之后，店长一个劲儿地往肚子里灌本不该用葡萄酒杯喝的格拉帕，深夜醉倒在了沙发上。

"杉村先生，您看起来愁眉苦脸的。"昴先生说。

我本以为他不爱喝酒，结果猜错了，他可是海量。所以平时才不怎么喝。

"是因为又被牵扯进案件里了吗？"

我摇了摇头。"我是在想，原来自己被诅咒得这么厉害，连在家乡都会招惹来案子。"这话有一半以上是认真的。因为这个心情不好也是真的。

蛎壳家的少爷没有笑。"这次的事情不是杉村先生的过错，但我能理解您的心情。"他笑了笑，"这样的话，干脆别逃了，试着直面这个什么破诅咒，如何？"

我惊讶地望着他。

"我不会邀请您来我这里工作。"他笑着，依旧十分从容，"比起来我的事务所当调查员，杉村先生更适合自由职业，当一名私家侦探。我这边每个月会给您派一定的工作来保障生活，也会提供帮助，您可以独立创业。"

我醉得很厉害。蛎壳事务所的年轻所长饶有兴致地观察着我。

"我以前有一次被牵扯进案件里……"

"嗯。"

"有两个可爱的女高中生对我说，杉村先生你可以当侦探的。"

"那两个女生应该和我很聊得来。"

我笑了。"在那起案件里，我也遇到了真正的私家侦探。他原来是警察，中途辞了职，开始当侦探谋生。"

"那还真少见。不过我这里也有调查员以前是当警察的。"

"是啊。那个人说，自己开始厌恶案件发生后再去收拾残局的工作了。今后，他想要尽力阻止罪恶发生。"

昴先生向我的杯中倒上葡萄酒。"这话说得真好。"

"是啊。我很尊敬他，不过他已经去世了。"

客厅里回响着年代久远的蓝调名曲，这是中村店长的喜好。

"可以让我考虑一下吗？"

昴先生点头。"您请便。到本月月底，我都会在这里。"

我很难想象他在东京的事务所中工作的样子，这也激发了我的好奇心。

中村店长小声打着鼾。昴先生斜了他一眼，苦笑道："杉村先生，您回头看一眼背后的书架，上面是不是有一个很眼熟的公司信封？"

书架上的书不多，我很快就找到了青空书房的淡蓝色信封。

"请看一下内容。"

里面有一本薄薄的书，类似绘本，书名是《快乐折纸》，上面写着"南阳一郎 著"。

"你们在惠比寿见过的，这是那个头发稀疏的调查员出的书。他可是位折纸大师呢。"

连所长都这样说他，调查员先生真是太可怜了。没想到他还有这样的爱好。

"他为小朋友创作折纸书，这已经是第二本了。说真的，这才是他的主业，调查员的工作只能算是副业。"

"啊……"

世间广阔，真是各种各样的人都有。

"调查杉村先生背景资料的人其实也是他。一般事后是不会让调查员和调查对象见面的，他应该也觉得不好意思吧。他说，虽然算不上弥补，可您要是愿意的话，请把这个送给令爱。"

"谢谢。"

书的第一页印着一只可爱的折纸雨蛙。

我只与一个人商量了这件事，那就是我的侄女麻美。

我们坐在她喜欢的那家咖啡馆里，隔着比萨吐司和果酱吐司商量着。

"不是挺好的吗？"侄女说，"要是叔叔回东京住，我也能经常去玩了。"

"这理由还真是自私啊。"

麻美咯咯地笑了起来。

"事情可没你想象得那么简单。首先，我才工作了不到半年就辞职，怎么跟中村店长和夏芽市场的同事们解释啊。"

"不就是个打工的吗？那个市场又不是没了叔叔就开不下去。"

太打击人了。

"受伤了？"

"有一点。"

"没想到叔叔还真是够天真的。"

你这话可真够不天真的。

"我呀……虽然只是感觉，一直觉得叔叔你不会在这里待太久。你总是有点心不在焉，或者说就好像有一半灵魂还留在东京。"

我自己完全没有意识到。

"我本来觉得你是因为离桃子太远，觉得有些寂寞，不过又觉得不只是这样。"

"我自己也不清楚。"

"那不是更应该回去找找答案吗？"侄女对着比萨吐司大快朵颐，说的话相当果决。"人生就是得向前走。要是不行，到时候再回来不就好了？叔叔无论去了哪儿，家乡永远都在这里呀。不过，那时候我可能已经离开家，在外面闯荡了。难道叔叔不想再去闯一闯吗？"

我扪心自问，然后得出了答案。

那之后，我的生活可谓瞬息万变。辞掉夏芽市场的工作后，我不断往返于东京和老家，为事务所选址，还要在蛎壳事务所接受基础培训（真的有培训课程）。父亲的骨灰也是在这期间安葬的。

母亲没有因为我的决定而发火，不过嘴巴毒这一点一如既往。"你这个人做什么都没有耐性，我早知道会这样。"

嫂子的欣喜一目了然，因而哥哥也对我表示支持。

姐姐和洼田先生很吃惊。洼田先生鼓励了我。姐姐则很在意这件事对健太郎的影响，倒不是担心我走后爱犬会感到寂寞。

"你带它去散步，给我省了不少事呢。"

家人的反应都个性十足，我自己也觉得这样就很好。

"名片上记得印'杉村侦探事务所'啊。"麻美说。

这可不是建议，而是命令。

"'调查事务所'这个说法不清不楚，还土得掉渣。叔叔你要当的可是私家侦探，那就要以'侦探'自称。"

所以，我就照办了。

分
身

1

“有点歪了吧？”我说。

“嗯，确实歪了。”诸井社长回应道。

“是吗……”巡回管理员田上小声说道。

竹中夫人轻轻拍了下田上肌肉紧实的后背。“亏你还爱运动呢，站没站相，当然看不出来。”

我们四个人并排站在我从竹中家租来用作住处兼事务所的老房子前。今天是二〇一一年五月十一日，刚过下午三点。

距离东日本大地震已过去整整两个月。下午两点四十六分正是当时发生地震的时间，我们四人跟着广播默哀了一分钟。接下来我们开始协商该如何处置这栋老房子，用竹中夫人的话说，这叫“下定决心，直面现实”。

竹中家拥有很多不动产，我租下的这栋老房子是竹中名下木造房屋中年头最久的。搬进来时，听说房龄已有四十年。趁这个机会，我好好打听了一番才知道，准确来说，这房子今年四月就有四十二岁了。签下租赁合同之后，我征得慷慨大方的房东允许，对内部装饰进行了些许改造，但没有修缮房屋外观，任谁都能看出这房子有些年头了。

这栋老房子如今向一侧歪着，原因自然是那天的九级大地震。

"对着的右手边这个角度看，像是整体往前倾了不少吧？"

"房子好像斜成了平行四边形。这应该算变形，不算倾斜吧。"

"不管是什么，都很危险啊。"

倾斜角度究竟有多大、向哪个方向倾斜的、是因房屋哪个部分的损坏造成的、最下层的地基是否下陷了……这些细节，要请专业人士来检查后才能知道。

"我去找了大松设计的人，那边说现在等着勘察的房屋有二十多栋，接到的委托其实比这还要多，他们优先受理了人口密集地区的委托。光是这样都忙得不可开交，顾不上休息。他们跟我说不好意思，我那儿的老房子实在顾不上。"竹中夫人抱起手臂"哼"了一声，"还说什么，那栋房子已经没有勘察的意义了，跟我一样已经骨质疏松了，亏它还能撑过那么长的主震和频繁的余震，跟它好好道个谢，说句辛苦了，然后赶紧拆了重建吧。哼，说得轻巧。"

"他们肯定觉得对于竹中家来说，眼睛都不眨就能再盖一栋，才这么说的。"诸井社长说。

"就算是我们家，把房子拆了重建也是好大一笔开销啊。"

竹中夫人全名竹中松子，今年正值古稀，一米四三的娇小身躯，头上的银发闪耀夺目。每次见面，她都化着淡妆。据我家斜对面柳家药房的柳夫人说，除了睡衣，竹中夫人所有衣服都是定制的。

——她倒不是因为有钱才那么奢侈，而是成衣没有她的尺码，毕竟身材跟个矮酒桶似的。

说完，她又找补了一句。

——你可别到处讲这话是我说的啊。我这可是在夸她。竹中夫人这个酒桶小而结实，里面装得满满的都是高级酒。虽然不知道是什么酒，不过肯定很高级。

竹中夫人用她那和身高配套的小脚踩在便道上，抬头看向我。"杉村先生，你就死心吧。维修这间屋子就是在浪费竹中家的钱。如果继续租给你，万一哪天前程似锦的私家侦探被出租屋给压死了，我家身为房东，这不是造孽吗？"

要同时面对花钱搬家和事务所从零开始这两大现实难题，我本应感到茫然无措，却不由得笑了出来。"前程似锦的私家侦探"这个形容太奇妙了。

田上应该和我想的一样，他一年到头都黑黝黝的脸上绽放出笑容。"可不是嘛，要是杉村先生的远大前途被老房子给压垮了，可就划不来了。"

"真是讨厌，你们两个笑什么笑？"

"对，这一点也不好笑。"诸井社长装得一本正经，眼睛却笑眯眯的。

"杉村先生已经做好心理准备了吧？"

田上的话让我多少有些沮丧，但我还是点点头。"只能这样了。"

地震之前，我就发现这栋房子又旧又破，修缮也只是权宜之计。支撑地板的横梁和立柱时常嘎吱作响；厨房和盥洗室有两处地板只要用力踩踏就会软塌塌地向下凹陷；二层和式房间的榻榻米，靠北一张的边角翘了起来，无法整平；楼梯的竖板和踏板之间裂开了缝隙，扶手一碰就晃。

那一天的那一刻，我正在老房子一层的办公区域用电脑。当时我在看桃子的学校定期发给家长的电子期刊。女儿在前妻身边，和前妻的父亲、兄长们一大家子热热闹闹地生活在一起。新学期将升上小学四年级①，到六月过完生日，就满十岁了。

刚产生震感时，我正在看新学年的日程安排。原来小学四年级才会开设校外课程，带孩子们去露营啊。就在想这些的时候，晃动突然变得猛烈。

我还坐在电脑椅上，五个万向轮动了起来，带着椅子左右滑动。

大地震啊，我稳住身体，心里觉得不对劲。地震怎么会左右摇晃这么久？

——这房子不会要塌了吧？

可饶了我吧！我刚闪过这个念头，窗玻璃便开始哗啦作响，整栋楼像打冷战似的剧烈摇晃起来。窗外一名穿着西服的男子走过，发出"啊"的一声蹲下身子。看来不是房子的问题，真的是地震。我抓起手机，奔出屋外，脚上还趿拉着拖鞋。

当初租下这栋老房子时，诸井社长相当严肃地忠告过我。

——照我感觉，这栋房子最多只能撑过五六级的地震。超过六级要赶紧逃出去。判定方法就是窗玻璃有没有响。

——隔壁的木工作坊虽然小，不过房子比较新，用的也不是筏板地基，是先打了摩擦桩再建的房子，抗震性能比较好。最好平时就跟人家搞好关系，真发生什么情况也能去借宿几天。

我听从了他的忠告，跑到隔壁尾岛木工制作所股份有限公司的大门口，看到尾岛社长正用手稳住办公桌冲我招手。

---

① 日本的中小学大多在四月初开始新学年。

"杉村先生，这边这边！"

有个女员工正躲在桌子底下。在里面的车间，有个穿着工作服的男人护着头，背靠着墙壁。

"就你一个人？客户呢？"

"没有客户。"

我穿过自动门进屋，门一直敞开着（后来听说，这种门上安装了系统，一旦感应到强震便会自动固定在开启状态）。混杂着电线摇晃的响动，斜对面柳家药房传来女人的尖叫声。我正打算出去，被尾岛社长抓住手肘拦了下来。

"等消停下来再说。"

玻璃的轰鸣声停了下来，晃动也渐趋微弱。不过，震动时间实在太长了。我活这么久，第一次遇到持续这么久的地震。

"还在摇，怎么回事？"社长一手抓住桌子，一手扶住柜子，语气听起来十分痛苦。

藏在桌下的女员工半带哭腔地说："震源太远了，肯定是东海大地震。"

社长对着屋里的车间怒骂："山田，你小子快开收音机！收音机！"

屋里立刻传出 NHK 播音员冷静的声音："发生地震，涩谷演播室亦有强烈震感，目前晃动已经减弱，请各位听众小心高空坠物，并检查火源……"

我跑到屋外，穿过马路，冲进柳家药房。药房里五彩斑斓，药柜上的商品撒落一地。

"柳夫人，您没事吧？"

"啊，杉村先生！"

柳夫人和一个上了年纪的女人从柜台探出头来，后者应该是碰巧在店里的顾客。两个人都躲在柜台下面，面无血色。

"这是关东大地震？"

"不知道。"

"不是的，不是的。"上了年纪的女人扯着柳夫人的袖子，"里屋的电视里说了，大阪也在震。"

药房的里屋就是柳家的客厅，电视上正在播放大阪演播室现场直播的午后新闻综合节目。

东京和大阪同时有震感的地震。我开始脊背发凉。女儿呢？前妻呢？曾经的岳父呢？母亲、哥哥和姐姐呢？他们有没有安全度过这一波地震？我脑子里一团乱麻，膝盖开始发软。

我一边和他们联系，一边让自己平复下来，鞋子也没换，直接在乱作一团的事务所里走来走去。尾岛社长借给我一顶安全头盔。书架上的东西全都被震落了，柜子的抽屉被震开，厨房里的餐具几乎全碎了，在夜市上一时兴起买来的仙人掌盆栽也摔碎了。头顶上不时还会掉灰，这顶黄色的头盔让我安心不少。

没过多久，我就放弃了收拾，也不在屋里继续兜圈子了。我开始死死盯着电视上的新闻，看着那起被称为千年一遇的天灾——大海啸的画面。

"啊，没有倒啊。"

门口传来说话声，我没有回头。那是睡莲的老板水田大造先生。

"这破房子还真够坚挺的。不过杉村先生，你还是赶快把要紧的东西收拾好，到我那儿去住几天吧。余震肯定也很强，待在这儿太危险了。"

"老板，先别担心余震了。你看这个，这可不得了了。"

"海啸啊，我知道，所以我从店里逃过来了。客人们都把电视围住了，我可不想看。"不想看，看不下去，绝对不看——他嘴里这么重复着，就像真的在逃亡一样，立马又不知跑到哪里去了。

老板在侘助所在的那栋新建公寓的三层租了一间房。承蒙他相邀，我暂时借住在他家。那之后，无论白天去事务所还是别的地方，晚上我都睡在老板家。

身为租客，我需要尽快和房东竹中家、房屋中介诸井社长三方碰头，好好商量一下这栋老房子还能不能住，要不要续约。然而三方都很忙，周围乱糟糟的环境也不允许我们碰面。结果直到地震后整整两个月，我们才终于凑在一起。

我不在的时候，田上会时不时回来看看房屋的情况。他说："不管是修是拆，都要尽早采取措施，不然这间屋子会一直因致命伤惨叫个不停。"

由于之前过于忧心，如今听到竹中夫人的英明决定，田上大概十分宽慰。

"问题在于，房屋重建后，房租肯定会上涨。"诸井社长回头看向我，"杉村先生，能努把力，负担涨价后的房租吗？"

"不能。"我立刻回答。

"真是诚实啊。"竹中夫人笑道。

"应该还有更根本的问题吧。"田上委婉地说，"虽然在社长面前说这些是班门弄斧，不过这个老房子，根本就是违章建筑吧？这儿明明是准工业用地，结果这栋二层楼把整块地皮都占了。"

诸井社长愣了一下，马上明白过来。"哦，的确。"

在准工业用地上建造住房，占地面积不能超过百分之六十。过去，前妻建自己的房子时，我从旁了解过这些信息。

"竹中夫人，当时是怎么拿下建筑许可的啊？"

"我哪知道，又不是我们家建的。"

听了这话，社长和田上异口同声发出惊叹。

"竹中夫人，这栋楼是连地皮一起买下来的吗？"

"是啊。我们家三十年前买下它的时候，还新得很呢。"

"为什么会买下来？"

"人情嘛。原屋主哭着求我们买下来的，他被贷款压得喘不过气来。"

社长和田上笑了笑，表示理解，我也深有同感。竹中夫妇的确处处照顾别人，一直以来在本地很有威望。

"既然不是您家建的，屋子损坏得这么厉害就可以理解了。如果找靠谱的工程队，选用上好的木料，木造住房起码有五十年寿命呢。你看法隆寺不都还好好的。"诸井社长说。

"可法隆寺不是住宅呀。"

田上干咳了两声。"不管怎么样，一旦拆掉，就没法建同样大小的住宅了。只能建一座小房子。"

"那就改成投币停车场吧，要不然就租给尾岛先生。"她指的是隔壁的尾岛木工制作所，"他经常抱怨说材料堆放场的租金太贵了。"

"那我先去找他探探口风？"

"也好，那就麻烦了。"

事情谈妥了当然好，可我该怎么办呢？就算还能继续赖在老板家，可没有事务所就很头疼了。

诸井社长用朗读书面文件般的口吻开了口："房屋因自然灾害损坏时，房东对租户的义务可以免除。"

"我知道。"所以也没法指望他们退还搬家费或者给我换套房子，只能自己想办法了。

"我们可以再帮你介绍房子啊。这种情况下费用可以便宜点。"

"不过，杉村先生开销很大吧？"

"要不这样吧，"竹中夫人踮起脚盯着我，"昌子搬出去之后，我家空出来一间房。田上知道的吧？最西边靠近青木家停车场那间。"

竹中家拥有尾上町内唯一一能称得上"宅邸"的房子，建在一块面积很大的凸字形地皮上。随着家里人数不断增多，房子不断扩建，如今结构已经十分复杂（房屋扩建时需要定制各种门窗，其中大部分都来自尾岛木工）。有几次我去他们家办事，里面简直像个迷宫。诸井社长也说自己每次去都会迷路。

从这一点来说，作为竹中家房屋巡回管理员兼专职跑腿员，田上当真了不起。

"啊，一层西侧走廊顶头那片区域吧？"

"没错。"

谈及私人住宅时，一般不会用"区域"这个词，而对于竹中家而言，这个词却最为贴切。诸井社长的话也证明了这一点。

"平房区最西侧有个带小厨房的地方，对吧？里面有一个六叠大的房间和一个四叠半大的房间，还有个阁楼？"

"那可不是阁楼，是只有那一块从西侧走廊嵌到了二层。昌子非要阁楼，才凑合加了楼梯改建的。"

"大家都叫它断头梯，要是脚一滑，就死定了。"田上说。

"你摔过两次，不是也没死吗？"

"我毕竟经常锻炼身体。"

田上拍了拍自己那连着大光头的厚实脖颈。的确，肌肉非常结实。

"哈哈。"我笑了两声，不知该说什么。

"反正空着也是空着，就按这儿的价格租给你。有一个挺小的玄关，还有门铃，可以当成独立的房子住。"

不仅有小厨房，据说还有个"像立起来的棺材似的淋浴间"。

田上又补充了一条重要事项："澡堂从下午三点开到晚上十一点，投币式洗衣房是二十四小时营业的。"

"但是把那个房间租出去，昌子小姐不介意吗？"

听诸井社长这样问，竹中夫人流露出明显的怒色。"不管她。那死丫头说她这次要破釜沉舟，从家里搬出去了。"

竹中家三代同堂，家庭成员众多。竹中夫妇、长子一家、长女一家、次子一家，还有尚未成家的三儿子和二女儿都住在一起。不过，照刚才那番话来看，恐怕要改成"都曾经住在一起"了。

昌子小姐是二女儿，我只见过一面。她二十五六岁，给人感觉很怕生。竹中家其他成员都很外向，长子和次子的太太也是如此，在这些人里，她显得格格不入。

"昌子小姐是什么时候搬走的？"诸井社长问。

"二月初吧。"

"她现在是和别人住在一起吗？"

"事到如今，你就别再说什么'别人'了。社长也清楚的吧？那小子就是个废物。昌子和他怎么都断不了，总是拖拖拉拉黏在一块儿。这次连我家老头子都发火了，逼问她究竟是选男人还是选父母……"

"于是昌子小姐就破釜沉舟了啊。"田上说，"地震后她也没回来吗？"

竹中夫人恶狠狠地横了田上一眼。"这跟地震有什么关系？"

"不，那个，地震之后，大家不都说要重视亲情嘛。"

"谁说的？"

"谁……全体国民啊。"

"那要这么说，我们家昌子怕是不能算作日本国民了，连个电话都没打回来过。"

田上"哇"地惊叹出声，诸井社长（不知为何）露出意味深长的表情，用手指擦了擦人中。

这时，一个温和的声音传来："在外面站着说话太辛苦了，要不要进来喝杯咖啡？"

说曹操，曹操到。向我们打招呼的是尾岛木工的尾岛社长。他站在自动门前，冲我们轻轻招手。

"我刚才好像听到有人提到尾岛。"

"没错，尾岛先生，隔壁要是变成空地，您愿意租下来吗？我给您算便宜点。"说着，竹中夫人便往尾岛木工制作所的门口走去，诸井社长跟在她身后。

"那边两位也一起吧。不过咖啡是用自来水泡的，不介意吧？"

福岛第一核电站事故导致放射性物质泄漏，东京的自来水也受到污染。自来水是否已经危险到不能喝的地步，还是没那么严重？所有人都担心自己会遭受内暴露，开始疑神疑鬼，惹出不少乱子。这种情况已经持续一个多月。一开始的慌乱过后，真假专家们跳出来各执一词，人们的担忧深藏心底，至今仍未散去。

"那就不客气了。"说完，田上用只有我能听到的声音说，"给孩子喝的其实都是买的天然水。"

"我家也是。"我小声回应道。

三天后，我搬到竹中家西侧的区域。田上和诸井社长手下的一名男员工开着小货车来搬东西，帮我省下了请搬家公司的费用。

　　万幸用来收传真的座机号码没有变。我原本就没挂"杉村侦探事务所"的招牌，至今接受或拒绝的所有委托都是经人介绍来的，就算搬了家也没什么影响。不过，比起住在老旧民宅里的私家侦探，在房东大宅子的角落租下一个房间的私家侦探显得更不靠谱吧？我担忧的，不过是我那几乎不存在的尊严问题。

　　我从侘助叫了一份午餐，老板亲自提着食盒送上门来。在我们享用烤鸡肉三明治时，老板四处打量起我的这间新事务所兼新家来。

　　"这里铺的都是木地板，不用再担心闹螨虫了。"

　　"那真是谢天谢地。"

　　"哇，这个淋浴间和更衣室的柜子差不多大。杉村先生，万一找到对象，也没法鸳鸯戏水呀。"

　　除我以外的两个家伙满脸坏笑。他们笑的是"万一"这个词。

　　"哎？这是杉村先生的吗？"让老板惊讶的是一座发条式带摆报时挂钟。

　　"不，是之前那栋老房子里的。我很喜欢，就求了竹中夫人，把它带过来了。"

　　"这钟没在走啊。"

　　报时挂钟的背面铭有"制造　田中钟表店　昭和三十年四月吉日"的字样。这座钟年头老得和那栋房子有一拼，却一直走得很准。它停在了三月十一日，指针定格在两点四十六分。

　　"原来是因为地震停掉的。"

　　"对。到底寿终正寝了。"

　　"你不打算修吗？"

"能修这种古旧钟表的手艺人，不下点功夫哪儿找得着啊。而且我打算让它保持现状，感觉这样更有意义。"这下，他们三人都一脸莫名其妙。我只好解释道："估计接下来有很长一段时间，我都会接到与地震有关的委托。"

"原来如此。"田上感叹道，"毕竟世道变了。"

"嗯。"我点头点得轻松，心情却多少有些复杂。地震过后，这个社会上的变与不变、本应变而未能变、本不愿变却被迫改变的一切——像我这样的侦探，必须要面对在这些混沌中诞生的扭曲与对立，处理这些扭曲与对立所引发的案件。

这话不是我原创的，而是蛎壳事务所的蛎壳所长在地震后第五天召集全体员工和签约调查员开会时说的话。

讲话结束后，蛎壳所长征集志愿者前往灾区开展援助。我也举了手，但没被选为深入灾区的志愿者，而是留在东京，负责分拣并寄送首都圈各地送来的援助物资。

——现在我们并不了解核电站事故的真实情况，我没法负起让杉村先生去灾区的责任。你的孩子还太小，你也没有大型卡车的驾驶执照，在运送物资方面帮不上忙。

他的指示十分明确。

我被派到东京湾边上的仓库，在一家非营利组织内全权负责相关工作，蛎壳所长和这个组织的代表是老交情了。

送来的救援物资五花八门，有些的确是能派上用场的紧缺物资，有些则让人怀疑是捐赠者打着捐赠旗号丢给我们的垃圾。我有时会为人们的善意感到温暖，有时也不禁想要诅咒愚蠢的人类。

等到通信手段部分恢复后，我们又多了一项任务：配合灾区提出的各项需求来调配相应物资。这家非营利组织是本地开展志愿救援活动的窗口，在情况逐渐稳定后，物资登记、与灾区自治组织负责人沟通等事务性工作也急剧增多。我开始协理事务性工作，这导致我自己的事务所这两个月完全没有营业额。地震刚发生不久，我还当了一阵尾上町町内会防盗负责人，负责在町里巡逻，帮助独居老人收拾屋子、购买物资。除此以外，我几乎没管过当地的事（为此，我还被柳夫人批评了）。

我是个无牵无挂的单身汉，如果没有桃子，我应该会参加其他志愿活动。或者，如果我现在仍有自己的家庭，可能会优先陪在妻女身边，而不是参加援助活动。

"这种时候的'可能'没有任何意义，只要去做力所能及的事情就好。"蛎壳所长是这么说的。

蛎壳事务所在地震后迅速开设了专门网站，向有亲人在灾区的人提供确认人员是否平安的信息服务。这属于公司业务（虽然定价比较便宜），由公司的专职调查员负责，牵头的负责人是网络狂魔木田小朋友。不过，通过网络沟通难免会有交流不到位的情况，有时也需要和委托人见面。我也帮忙处理了其中几件委托。凡是我参与的委托，委托人的亲人都平安无事，让我这个调查者得到了很大慰藉。

吃过午餐又收拾了一会儿，新家终于在四点左右整理完毕。

"杉村先生在哪里睡觉呢？"

"在六叠大那个房间的沙发床上。"

我原本打算睡在阁楼，但的确没胆量在半梦半醒间去爬那个断头梯。幸好大房间里有个很大的壁橱，各种日用品都放得进去。这个房间平时是事务所，下班之后就可以当成卧室。

"阁楼我就用来当储藏室了。"

"一定要小心那楼梯啊。"不光田上，连诸井社长的员工都这样叮嘱。

当天晚上，我在老板家中（而非佗助店内）饱餐了一顿，老板做了最拿手的什锦火锅。

"澡堂没开门的时候，要是觉得棺材里淋浴太憋屈，可以来我家冲澡啊。"

"谢谢。"

"杉村侦探事务所重新开业了。希望在你饿死之前，早点有委托人上门。"老板喝着葡萄酒微微一笑，说不定他是真心在为我祝福。可能老天爷也听到了他的祝愿。

"可能"没有任何意义。然而就在两天后，事务所迎来了第一个委托人。

2

这名少女一身黑色。针织帽、连帽外套、外套里的针织衫、牛仔裤、运动鞋、挎在左肩上沉甸甸的帆布背包，还有从针织帽中垂到下巴的头发，都是黑色。

不仅如此，她身上的所有东西还有一个共同特征——破旧。外套的衣襟处已经褪色，运动鞋破破烂烂，鞋带也皱皱巴巴的。

她看起来疲惫不堪，非常瘦，标准尺寸的外套在她身上显得又肥又大。脸色也不好，没化妆，眉毛很淡，嘴唇没有血色，干得起了皮。

我听到门铃声，开门看到她站在门口时，脑海内划过从兜售报纸到新兴宗教传教士等种种可能,唯独没想到她会是委托人。此刻我刚拆开纸箱,正在收拾箱子里的东西,手上满是脏污,穿着运动服,脖子上搭着一条毛巾。

她对我点头行礼。"请问是杉村先生吗?"她的声音好似夏末垂死的蚊子。下午三点多,朝东的玄关已经背阴,如今也并非寒冷的季节,她却像被太阳晃了眼,又像被寒气刺激到一般眯着双眼。

我连忙用毛巾擦擦脸。"是的,我是杉村。"

她的眼睛眯得更小了。"相泽干生同学告诉我,他认识一个不错的私家侦探,所以过来拜访。"她的声音同那干涸的嘴唇一样缺乏水分,"有事情想找您商量,您能听我讲讲吗?"

我在原地怔了两秒。"这样啊,请进吧。"

她脱下运动鞋,穿上我并齐摆好的拖鞋。她光着脚,趾甲很长。

"坐在那里吧,请随意。"

访客沙发暂时搁在一处,我还没想好是否要一直放在那儿。沙发后堆着没拆开的纸箱。

"不好意思啊,才搬过来不久,还没收拾好。"

少女坐到沙发上,摘下针织帽。她留着简单的波波头。头发有些损伤,没什么光泽,耳朵后面、后脑勺和脖子附近的头发翘得很有个性。

她将背包放在腿上,拉开拉链把针织帽塞了进去,再将拉链拉好。她似乎有些介意背包旧得没了形,于是轻轻提了提正面的箱型外袋,整整形状,将背包在膝盖上摆好,接着十分爱惜地抱住了背包。我下意识地观察着她这一连串动作,总感觉其中蕴含着某种莫名的严谨。

少女抬起头,对上我的视线。我亲切地笑了笑,在她对面坐下。

"你是相泽干生同学的朋友吗？"

她无视我的问题，小声说："他告诉我的是以前的地址。"

"啊，那是肯定，他不知道我搬家了。"

"然后那房子特别破，门口还贴了张纸，写着'禁止入内'。"

"吓到你了吧。"

"然后有个大妈从斜对面的药房里出来，说杉村先生搬家了，然后告诉了我这个地址。"

幸好药房的柳夫人有副热心肠。

"然后，你要不要去问问相泽同学？"

看来这个小姑娘的口头禅是"然后"。

"问什么？"

"我的身份。"

"你是他的同学？"

"我可上不起那么贵的高中。"少女拉开背包拉链，在里面翻找着，"不过相泽同学很稳重，是个好人，在小伙伴当中最受欢迎。"

相泽干生这个孩子，是我在地震之前一项调查工作中认识的。他是一位男性委托人的次子，当时上高一，迎来新学期之后应该已经升入高二。

那次调查后，我们的关系变得还算不错。我自认为已经得到了他的些许信赖，如今看来，这不是我自作多情。毕竟他还把自己的小伙伴介绍过来了。

"然后，这个。"少女取出一本深蓝色封皮的手册。她眼神空洞，把手伸向我的姿势有些僵硬，这并非出于急切或紧张的心情，只是单纯的冒失与固执罢了。

"学生手册？"

"我没有其他能证明身份的东西。"

"那容我看一眼。"我留意着不要碰到她的手，接过学生手册。

学生手册深蓝色的封面上印有细体烫金字——"东京都立朝川高等学校学生手册·校规集"。

"第一页有名字和证件照。"

我翻开手册。的确如她所说，证件照下方"类别·年级"处贴着一张贴纸，写着"文科学分制　二年级　伊知明日菜"。

"你叫伊知明日菜，是吧？"

"是的。"

"我不太了解如今高中的制度，这个文科学分制是……"

"自己选修想学的课程，只要学分满了就能毕业。"

"跟大学一样啊。"

"没错。"

"文科包括大学里那些专业吗？"

"分得没有那么细，而且成绩不好是上不了理科的。"

类别和年级可以通过换贴纸更新，但证件照应该一直是入学时拍摄的那张。照片里的伊知明日菜比现在头发更长，表情更明亮，脸颊似乎也更圆润一些。

"谢谢。"我把学生手册还给她，"伊知同学和相泽同学一样稳重呢。"

明日菜没有回应，把学生手册装回背包。这鼓鼓囊囊的背包是否装着她所有珍贵的宝物呢？

"所以，我认为你能够理解我的意思，就直说了。很抱歉，我不能接受未成年人的调查委托。不仅是我，我想大多数调查事务所和侦探社都是一样的。"

明日菜耳语般小声说道："钱我能付得起。"

"这不是钱的问题，是职业操守问题。"

明日菜空洞的眼神中浮现出些许不耐烦。

"不过，我也不会因为无法接受委托就请你打道回府。如果伊知同学你有什么烦恼，我可以听你倾诉。了解情况之后，我也可以帮你一起想到底该怎么办。如果你的烦恼更适合与学校或家人商量的话……"

"跟妈妈说了也没用。"明日菜冷冷地说。她的语气强硬起来，干巴巴的嗓音带上了嘶哑。

我故意沉默了五秒钟，一动也没动。

明日菜轻哼一声，抬起眼睛，她干裂的嘴唇看起来很疼。"我是单亲，小时候妈妈就和爸爸分开了，一个人把我带大。"她说着说着，声音越来越小，最后小得像蚊子一般，而语气却十分干脆。"她也从没打算再婚。去年秋天，她交了个男朋友。不过是瞒着我。"

"但是被你发现了？"

"是的。要说我怎么会发现，说来话长……"

"那这一点我过一会儿再问。之后呢？"

明日菜缓了口气，顿了一下，改用陈述的语气："那个人……和妈妈交往的人，在地震之后就失踪了。在那前一天，他好像说过要去东北，说不定在地震中去世了。不过妈妈什么也没做，所以我打算自己找他。"

"稍等一下。"我站起身，从办公桌上取来便笺纸和圆珠笔。明日菜保持着同一个姿势和表情，纹丝不动。我翻开便笺，写下今天的日期，以及"咨询者 伊知明日菜 都立朝川高中二年级"。"我可以记笔记吗？"

明日菜确认过便笺上的姓名后，点点头。

"这不代表我会接下你的委托。如果想确认可能位于灾区的人是否安全，还有一个比找我更合适的方法。"我想到的是蛎壳事务所的特别网站，以及几个经常往返于灾区的非政府组织成员。"我可以帮你联系开展相关咨询和调查工作的机构，所以还要请你跟我讲一讲具体情况，这样会推进得更加顺利。"

"我明白了。"明日菜并紧膝盖，把背包抱得更紧些，向我这边凑了凑。

"首先，我想问一下，失踪人士的姓名是……"

"昭见丰。"

姓昭见，名丰。

"你知道他的住址或工作地点吗？"

"他在市谷车站附近开了家杂货店。"明日菜再次打开背包，取出一个票夹，"是这家店。"她从车票月卡背后抽出一张名片。名片是彩印的，非常漂亮，可能是刚收到没多久，也可能是保存得很用心，还是硬挺挺的——"轻古董 AKIMI　昭见丰"。

"古董店啊。"

明日菜摇摇头。"卖的都不是什么高级古董，是些便宜货，像电影海报、老玩具，还有徽章之类的。"

"我明白了，是经营古旧小百货的商店。"

所以才是"轻"古董。

"他经常去各地扫货，国内国外都去。"

"那他地震前一天去东北也是吗？"

"嗯，应该是去进货了。"

我翻到名片背面，上面写着"'AKIMI 通讯'请浏览"，后面是一串网址。

"这是那家店的博客。"

"咱们来看看吧。"我把笔记本电脑拿到桌上，输入网址。网页上出现了"AKIMI 通讯"的大标题，还有一张很大的图片，上面是色彩缤纷、大小形状各异的罐子。这些罐子不是罐头，而是装曲奇、仙贝一类点心的罐子。

AKIMI 通讯 本月推荐 空罐天堂

我滚动鼠标，屏幕上立刻显示下一张图片。是一名染着栗色头发、戴着波士顿框型眼镜的中年男子，他双手捧着一个色彩鲜艳的四方形扁平罐子，满面笑容。图片说明是这样写的："英国亨特利－帕尔默公司的饼干罐。本品于一八七〇年制造。前年收购于伦敦的古董店。以该公司送货车为主题绘制的版画十分精美。"

我快速浏览了前后文，发现连装饼干的空罐子都有作为古董买卖的价值。昭见先生称之为"所有人都能轻易开始的收藏"，大力推荐。

"每个月他都会推荐一种商品。"明日菜说，"之前我看的时候是百事可乐的瓶盖。"

"这也能当收藏品？"

"有时会出一些期间限定的瓶盖，设计不一样。"

AKIMI 通讯从二〇〇九年四月开始，每月月初更新一次。过去的每一期都能在网站上看到。"空罐天堂"是最新一期，更新时间是三月三日上午十一点三十分。更新到此终止，网站上没有四月和五月的内容。

"这个戴眼镜的人就是昭见先生吧？"

"对。"

"名片上没有他的职务。"

"这家店就是昭见先生的，所以他应该算是店长或社长吧。"

店铺地址只写了"市谷足立大厦一层"，没有分店。博客上介绍了几样店里销售的轻古董，但没有开设线上销售业务。

博客里没有昭见先生的工作记录或日记。有一处"AKIMI访客簿"，顾客和博客读者可以在此留言，但已经关闭，现在既无法留言，也无法查看之前的留言。

"你知道这家店现在是什么情况吗？"

"店没开，不过有打工的人在，说是在等店长回来。"

"年轻人？"

"看起来像是大学生。"

如果昭见先生从地震之后就下落不明，那已经过去两个月了。明明还有自己的生活，居然在拿不到薪水的情况下来看店，这个打工的人还真是相当尽职。

"昭见先生的家人呢？"

"松永哥说他有个哥哥。啊，松永哥就是那个打工的人。"

"昭见先生没有妻子和孩子吗？"

"没有。应该说，是他说没有。"明日菜措辞十分严谨，"他说的到底是不是真的，我也不知道。妈妈在这方面很傻的。"

我思考片刻，将这句话理解为"我妈妈性格有些马虎，连对方有没有家庭都没弄清楚（或者对方故意不让她弄清楚），就开始交往了"。明日菜的语气非常冲，我这种理解应该没什么问题。

"你见过昭见先生吗？"

明日菜沉默地点了点头。

"关系还好吗？是和妈妈一起，三个人见的面吗？"

"怎么可能。"她立刻斩钉截铁地回应。

"那也就意味着，你和昭见先生的关系并不算亲近。"

她再度无言地点头。

"但你还是想要确认昭见先生是否平安，甚至跑来委托我这样的侦探。是因为担心妈妈吗？"

明日菜看着电脑屏幕。"每天都在哭。"她的眼神十分锐利，"一直哭一直哭，我都要烦死了。"

没什么不对劲的地方。在港湾仓库和我一起工作的成员当中，也有女性成员在工作中会触景生情，忽然落泪。我没详细追问过。看到了什么、和谁交流了什么或是听到了什么声音，这些微小的契机都会触发心中累积的痛苦。

"十一号那天从早一直哭到晚，连工作都请假了。"

五月十一日，所有的电视节目和报纸上全部是关于地震和海啸的话题和影像。

"你妈妈是因为不知道昭见先生究竟在哪儿、现在怎么样，太担心才掉眼泪的吧？"

"现在已经说不上什么担心不担心了吧。肯定早就死了。松永哥也说自己已经放弃了。"她吐出这一句话后，严肃地抬起头，"要是还活着，他不可能不管自己的店。只有妈妈那个傻瓜还一直放不下。"她的用词变得随意起来。这并非是对我敞开了心扉，像她这么大的孩子，在开口说难以启齿或不愿提及的事情时，还做不到字斟句酌地友善表达。

"这样的话，你去找松永先生试试看呢？"

"找他做什么？"

"说你很担心昭见先生，请他帮你联系昭见先生的哥哥。如果是血亲，也许会更了解情况。"

明日菜板起脸。

"你和松永先生认识的吧？只要告诉他你妈妈和昭见先生的关系，他也会理解你的担忧。"

明日菜噘起下嘴唇，扁着嘴角。"你也太笨了。"

"嗯？"

她直接开口骂我，用满是轻蔑的眼神瞪着我。"要是这么简单，我早就照做了。"话音刚落，她又牙疼似的皱起脸来，"抱歉，我说话太难听了。"她用力磨着牙。

"不用在意，我刚才的建议也的确有点傻。但是，会找到我这种事务所的人啊，一般都是心里着急、生气或害怕，总之情绪很紧绷。我有时也会多少故意装装傻。"

明日菜皱着脸，一直不说话。笔记本电脑的屏幕暗了下来。

"来杯咖啡吧。"

我站起身，走向小厨房。侘助的老板为了替我庆祝新事务所开张，送来一台"瞬间就能把水烧开的电热水壶"作为礼物，多亏了他，我才能迅速冲好速溶咖啡。

我将冒着热气的咖啡端上桌。明日菜没有伸手，我自己先喝了起来。说实在话，这个话题真的需要配一杯热咖啡。

"就算你提，打工的松永先生也不会当回事吗？"

明日菜点头，表情更痛苦了，像是牙疼得更厉害了似的。

"他对我妈妈印象不好。"

"是吗？"

"因为是店里的员工，所以他表现得很热情。不过那都是表面上装出来的。"

我放下咖啡杯，在便笺上写下"店员松永"，画了个圈。"松永先生知道你妈妈和昭见先生在交往？"

"知道。"

"但他并不认可？"

"对。之前还一脸意味深长地说，社长家里很富有，他可是少爷，和我们这种人不是一个世界的。"明日菜发出来到事务所之后的第一声轻叹，"地震两天后，因为昭见先生的手机一直打不通，妈妈去了他店里。"

"你也一起去了吗？"

"妈妈一个人去的。不过，她告诉我她要去 AKIMI。"

"这样啊。之后呢？"

"回到家她又哭起来。我问她有没有问到有关昭见先生的消息。"

——已经没法子了。

"接着还是一直哭。所以我第二天马上跑到店里去了，当时松永哥一直盯着电视。"

松永正在看福岛第一核电站事故的报道。我那时候也一样，一有空就会看。

"他说，明日菜啊，你们家要是在西日本有亲戚，还是赶紧逃过去吧。"

——社长回来之前我都得待在这儿。我跟社长的哥哥约好了，要看好这家店。

"我就说，我和妈妈都很担心昭见先生。"

——别说社长，连我们都自身难保啦。东京要被炸飞了。

"根本没法沟通。可我那时候脑子里也是一团糨糊，担心东京会不会真的被核爆炸给炸没了。"

那之后过了十天，春分之后的周末小长假结束了，核电站事故的形势依旧严峻，但明日菜开始觉得，东京暂时不会被"炸飞"，于是又去了一趟AKIMI。

"然后，松永哥一副若无其事的样子。"

——真是多亏了自卫队那么拼命地救灾啊。

"昭见先生呢？"

"说是他哥哥去找了，但一点音信都没有。"

——估计是没戏了吧。

"我说，我妈妈很担心他，一直在哭，我想多了解点情况，和昭见先生的哥哥沟通一下。结果他那张脸简直臭得不行。"

——你这也太给人家添堵了吧。

"所以，他不仅不告诉我昭见先生哥哥的联系方式，还说昭见先生的事情已经跟我们没关系了。"明日菜喘着粗气一口气说完，咽了口唾沫，又补充了一句，"他还说，我妈妈从社长那儿要的钱，他不会告诉社长哥哥的，别再来纠缠了。"她又咽了口唾沫，气息依旧粗重。

"你妈妈真的找昭见先生要过钱吗？"

"我不知道，不过既然松永哥这么说，我想应该没错，但不知道钱是他给的还是借的。"

不论是哪种情况，说出"别再来纠缠"这种话都很没礼貌。把担忧昭见丰安危的伊知母女当成讹钱的无赖，也难怪明日菜会气得直喘气。

情况大致清楚了。

"好，我明白了。"我说，"我试着查一查，看昭见丰先生是否平安无事。"

明日菜愣住了。她露出目前为止最为自然的表情，这样看还是挺可爱的。"你不是不接受未成年人的委托吗？"

"我并没有接受你的委托，而是在意一家有趣的轻古董商店老板是否平安才想要调查。这不算工作，所以没有截止日期，我不保证一定能查出什么结果，但也不收你的手续费，怎么样？"

明日菜的眼神眼看着尖锐起来。"我最讨厌这样了。"她的语气像是淬了毒，"装出一副亲切的样子，把人家当傻子。"

"伊知同学的嘴巴真是很毒啊。"

她像是被人当头泼了一盆冷水似的露出怯态。

"我还不太了解你，怎么会把你当傻子呢？介绍你来我这里的相泽干生同学，我多少还是了解的。我既不想不给他面子，也不能违背自己的职业操守。这就是个妥协方案，仅此而已。"

她把胸前的背包抱得更紧了一些。我眼前的这名少女，表情像是落水的人抓住了救命稻草一般。她怨恨着落水的自己，为此愤怒不已。

"刚刚还没来得及问，你是怎么认识干生的呢？既然高中不一样，那是小学或者初中同学吗？"我温和地说。

"是朋友的朋友。"明日菜的声音又变回了一开始那种濒死蚊子似的嗡嗡声，"是 LINE 上面的好友。"

"见过面吗？"

她来找我商量的这件事，不是什么能够在手机上随便告诉朋友的朋友的事情，无论是通过 LINE 还是邮件。

"和朋友一起见过。"明日菜的声音小得几乎要消失了。她全身上下都在向我表达着同一个意思：不要再往下追问了。

"这样。总而言之，我不能让干生失望。应该说，我必须得好好表现才行。"我冲她笑笑，"我会尽全力的。伊知同学不用再到处跑了，等我消息就好。你是学生，今天应该是放了学才来我这里的吧？"

"是的。接下来要去打工。"她说自己在新宿站南口的快餐店打工。

"每天都打工吗？"

"从五点到九点。周六日都是八个小时，根据排班时间段会有变化。"

这不是完全没时间享受女高中生该有的生活了吗？

我给了她一张名片，又交换了彼此的电子邮箱。

"能告诉我你的住址吗？"

"为什么？"

如果这是正式的工作，我就能好好教育教育她，这个社会没有那么简单，就算有手机能够随时联络，提供住址也是必要的。

"不告诉我住址的话，如果你没法回复我的消息，或是我想找你的时候，就只能去你的学校了。"

明日菜不情愿地在我递上的便笺上写下自己的住址。那是小田急线沿线的居民区。

"这地方交通挺方便的啊。"

"只有每站都停的慢车才在这站停，很不方便，而且公寓也很老。"

"我之前的那个事务所房龄也超过四十年了。被地震给震歪了，我才搬来了这里。"

明日菜毫不掩饰地瞪大眼睛。"我家附近也有特别破的老房子，一点事也没有啊。"

"那可能是我运气太差了吧。"昨天晚上，我嫌去澡堂太麻烦，在"棺材"里洗澡时才刚刚这么感慨过。

看着便笺纸，明日菜突然想起什么似的，表情严肃起来。"那个……关于调查的事，对其他人……"

"我不会告诉别人你来找过我，会好好保守秘密的。"这样行动起来也更方便。"但我需要和你妈妈以及松永先生见面，到时候你也要假装什么都不知道哦。"

"我明白了。"

"对了，你妈妈叫什么名字？"

她重新拿起圆珠笔，写下"伊知千鹤子"。"伊知千鹤子，有点不好念。我老是想，妈妈的父母到底是怎么想的。"

"妈妈的父母"，而不是"我的外公外婆"。从这一点，我多少能窥探到这个女高中生的成长环境。

明日菜戴好针织帽，背起背包。我陪她一直走到大道上。

"这间宅子可真了不得。"

竹中家的宅子，无论从面积、昂贵的观感，还是拼凑加盖构成的奇特外观来说，都非常了不得。

"我租下的只是角落里的一间房。这宅子里面可是跟迷宫一样呢。"

明日菜走路的姿势有些不自然。"我说话太难听了，不好意思。"她深深地低下头。

我目送她一步步走远，终于发现她走路姿势不自然的原因。她的两只运动鞋外侧被磨得很厉害，鞋底已经歪了。

——但不知道钱是他给的还是借的。

自己的女儿在上学的同时还要辛苦打工，难道明日菜的母亲没用那些钱给女儿买一双新鞋吗？

3

从 JR 市谷站往四谷站走上大约五分钟，就到了足立大厦。

这是一栋老旧的三层杂居楼，内里很深。AKIMI 的店面位于大楼正面，卷帘门关着。门口没有招牌或者标识，但卷帘门上用油漆喷着字，能看出这家店就是 AKIMI。

从今天起你也能当收藏家　广纳世界古董的商店 AKIMI
营业时间：上午十点到晚上八点，每周四休息

过了一夜，今天是五月十七日星期二，上午十点多。

昨天伊知明日菜走后，我翻了翻 AKIMI 通讯过往的推送，一直看到太阳下山。没想到内容还挺有意思。同时我有两个发现。第一个发现是昭见丰先生推荐的轻古董收藏不仅门槛低，还是一种很有趣的爱好。

能成为轻古董的物件，在我们身边比比皆是。昭见先生商业逻辑的独特之处，就在于他并不是以物品的金钱价值，甚至也不是以稀有性作为卖点。他认为只要你有兴趣，决定好要收集什么物品，以收罗这样物品为目标，每一天都能过得很开心。

"纸制品类"包括在书店买新书时赠送的书签，印有餐厅名的

杯垫、筷套，澡堂和温泉的门票票根，应有尽有；"盖子类"有健康饮料、碗装泡面的盖子等；"盒子类"收藏品并非杂七杂八的纸箱、木箱，而是盛放长崎蛋糕的包装盒。这些藏品的确都唾手可得，也不需要什么本钱。

　　收藏轻古董，绝不要梦想有一天大赚一笔。和其他人你争我比、牵肠挂肚的，很不解风情哦。

看到这段话，我不禁感叹，好久没见到"不解风情"这个词了。

第二个发现是昭见丰先生似乎做过杂志撰稿人一类的工作。在文章中时常能见到"我过去写专栏的时候""这是以前在为杂志采风的地方发现的"这样的记述，行文十分老练易读。

昭见这个姓氏相当少见，考虑到他曾经从事过文字工作，这也可能是笔名。想到这点，我在网上搜索了一下，在图书领域没有找到署名为"昭见丰"的作者。如果想要找杂志上刊登的文章，还需要锁定大致时间和杂志类型，不然很难检索。于是我决定必要时去找木田小朋友帮忙。之后，我就开始单纯欣赏网站上各类轻古董的图片。结果我昨天不仅没能收拾完屋子，还在澡堂临关门前才飞奔了进去。

玩轻古董不能想着赚钱。因此，倡导轻古董收藏的 AKIMI 虽然在宣传上说是什么"世界级"，也不过是家小店铺。老旧的足立大厦外墙已经发黑，卷帘门里面如果是车库，顶多能放下两辆小面包车。

我冲里面喊了一声"请问有人吗"，然后敲了敲卷帘门，没人应声。

卷帘门右侧的墙壁上，挂着个半切开的马口铁水桶似的东西。水桶侧面用油性马克笔手写着"AKIMI"字样。我用手指试着掀起半圆形的盖子，很轻易就能打开。如果这用来当邮箱，多少有些不够谨慎。

我环顾四周，附近全是大厦和各类店铺。楼对面有一家连锁打印店。两侧的建筑看起来都是写字楼，但眼下没什么人进出。

我戳在原地，心想接下来怎么办。

"啊，不好意思。"一个瘦瘦高高的青年小跑过来。他穿着 T 恤衫和牛仔裤，蹬着一双树脂凉鞋，背着一个迷彩背包，破旧得和明日菜的黑色背包有一拼。"您要来 AKIMI 吗？"

我点头打了个招呼，说："今天不开门吗？"

"是的。现在有点，那个……"青年与我保持一定距离，微微弯着腰，眼神中带着打量，"那个，请问您是……"

我今早没有穿运动服出门，而是打扮成了上班族的样子。"说自己是顾客会不会脸皮太厚了，我还什么都没买呢。"说着，我冲他笑了笑，"前年年底我从这儿路过，觉得这家店挺有意思，就进去看了一圈，想给女儿挑一份圣诞礼物。"

"啊，原来是这样。"

"当时遇到了昭见先生，和他聊了聊，还挺开心的。你是……店员吗？"

青年点点头。"我是从去年四月开始在这儿打工的。"

"那我来的时候肯定没见过你。我之后一直在看博客，就是那个 AKIMI 通讯。不过最近是不是没更新？"

"是的。"

"有点好奇是怎么了。今天正好要来附近办事，就顺道过来看一看。"

"这样啊。"打工青年应了一声，视线落到脚边，明显有些张皇，"现在，那个，店里不太方便。"

"关门了吗？"

"是的。应该说，那个……"

我悄声问："莫非昭见先生生病了，所以才没办法更新博客？"

打工青年抬起头，很过意不去似的缩缩脑袋，说："其实，他下落不明好一阵子了。"

我有些夸张地叫出了声："什么？怎么回事？"

"因为地震。"

我死死盯着他，他也看着我。

"不会吧，昭见先生难道去了那边？"

"是的。"

"进货吗？"

"是啊，不过昭见先生在没有特定计划的时候，也经常说走就走，到各处旅行。如果在目的地发现什么好东西，就买回来。"

打工青年也称呼他为"昭见先生"，而非"社长"或"店长"。

"那这次也是碰巧？"

"是的。"

我伸手扶额，僵住不动好一阵子。"这也太不巧了。"

"是啊。"

"他什么时候去的？"

"不太确定。因为十号正好是周四，店里不开门，我没见到他。"说着，打工青年擦了擦人中，"不过他打电话给我，说要出去玩几天，让我帮着照看店里两三天。"

"他给你打电话的时候，人在哪里？"

青年又擦了擦人中，手指停在人中上，声音有些含混不清："我没问……"

"唉，毕竟他经常这样，你没问也很正常。昭见先生当时说了自己要去东北吗？"

"他说感觉那儿有好东西在等着他。这种情况常有。"

"好东西啊……"我喃喃道，皱起眉头，"话说回来，下落不明只是还没取得联络而已，说不定他平安无事呢。别放弃希望，打起精神来吧。"我拍拍青年的肩。

青年依旧佝偻着背，低下头来。"谢谢您。"

"店就暂时这么关着？"

"目前是这样，不过还要付房租。"

"啊，这里是租来的啊。"

"是的，所以我在收拾。"

青年把背包拉到面前，从侧兜取出一串钥匙。钥匙圈上丁零当啷地挂着一大把，他用其中一把打开卷帘门上的锁，一下子抬起门。卷帘门背后是一面玻璃，透过单边开的玻璃门可以看到店内的景象。

陈列商品的货架几乎空了。店面只有大约三坪，瓦楞纸箱和纸盒高高堆起，显得空间更加逼仄。打包用的半透明气泡膜，也就是泡沫纸，成卷立在店门口的橱窗前。

"只有你一个人在收拾吗？"

"对，也没什么重的东西。"

"这要送到哪儿保管呢？"

"仓库。对了……要是您有什么想要的，我帮您找找吧。"

我双手往前推了推，表示婉拒。"没事，不用在意我。现在你应该也不能擅自出售店里的东西，我真的只是顺路过来看看。"

青年用另一把钥匙打开店门。门上写着"拉"，他却推开了门。门被纸箱挡住，只能打开一半。

店内深处有一块可以脱鞋走上去的地方。没有门，但有一道拱形的出入口，地面比店里高三十厘米左右，前面散落着几双拖鞋。可能是休息区，也可能是昭见先生的住处。

青年回头看向我，我只好顺势把视线移向近处。泡沫纸旁边的纸箱上用黑字写着"明信片"。昭见先生在网站中提到"我手上有五千多张印有东京塔的明信片"。这也就意味着，世界上光是印有东京塔的明信片就有五千多种。

"昭见先生的家人也很担心吧？"

"是的。"

"他的妻子和孩子……"

"他是单身。"

"那亲人呢？"

"他哥哥在名古屋。我现在就是听他哥哥的安排在工作。"

"他哥哥也姓昭见吗？"

"是啊。"

"这个姓挺少见的，我还以为是笔名呢。那你忙吧，打扰了。"我正要离开，接着又转身回来。青年拎着背包，正准备进入店面内部那块区域。我拉开门，对他说："那个，不好意思。"

青年的表情比我想象的还要惊讶一些。

"也许是多管闲事了，我觉得你可以把博客充分利用起来。"

"啊？"

"肯定还有很多像我一样的人，在等着昭见先生更新通讯。可以把访客簿重新开放，告诉大家现在的状况，还可以收集信息，怎么样？地震那天晚上，推特不是也发挥了挺大的作用吗？这种情况下，网络的力量可是很强大的。"

青年伸出下巴点点头。"我之前一直是这么做的。"

"哎？"

"很多顾客担心昭见先生，这当然很好，不过留言太多，留言区乱作一团，还有人发些乱七八糟的东西，反而让人更摸不清楚状况，所以我半个月前把留言区关掉了。"

原来如此。

"这样啊。那我还真是多管闲事了，不好意思。"我挥挥手，离开了 AKIMI。

"我倒觉得这件事没杉村先生你想得那么可疑。"我从 JR 市谷站的月台打了通电话，木田小朋友立马接通。他听我说完前后脉络，如此回答道。

"想让正常用电脑的普通人去收集消息，确认某个人是否平安，太强人所难了。事情会越弄越复杂，而且就像那个打工小哥说的一样，那些不明真假的信息，反而会让拼命寻找家人朋友的人被折腾得晕头转向，疲于奔命。"

原来如此。

"我也不是怀疑那个打工小哥，只是好奇他为什么不有效利用访客簿而已。"

"我们先说好啊，杉村先生你最好不要轻举妄动，免得到时候局面无法收拾。还是通过我们的网站来委托找人吧。"

"我和昭见先生的亲属见过面之后会提交委托。还有一件事想麻烦你。"

如果在名古屋范围内搜索"昭见",应该很快就能出结果。

"我这辈子可从来没这么忙过。"

"交给你信任的手下去查也可以,拜托你尽快帮我安排一下。"

我快速结束通话,搭上了驶入月台的电车。先回事务所把东西都收拾好吧。如果今天运气足够好,说不定能在伊知明日菜的母亲傍晚下班回家的路上与她偶遇,就像刚才一下就联系上木田小朋友一样。

我的运气的确够好。

"田中公寓"看起来根本就是隔热板和外墙板材搭起来的简易住房,而且已经老化得相当严重。明日菜说这是公寓,其实更像是二层的排屋(或者说是杂居简易楼),有一号到五号五个房间。伊知家是三号室。我从最近的车站跟着楼牌号一路穿过住宅区找到这里,正好看到三号室门前有一个女人提着沉甸甸的超市购物袋正要开门。

"不好意思,请问您是伊知千鹤子女士吗?"

女人回过头。她素面朝天,头发简单盘在脑后,其中的白发十分显眼,穿着朴素的外套和黑裤子。她应该就是穿这身衣服上班的。

她看上去困倦而疲惫,脸颊瘦削,上衣圆领处的锁骨很突兀。女儿不过高二,她应该最多也只有五十多岁,可看起来却比七十多岁的竹中夫人还要苍老,整个人毫无生气。

"抱歉打扰,我是做这个的。"我递上新鲜出炉的事务所名片,低头行礼,"关于昭见丰先生的事情,我想来向您打听一二。不好意思在晚饭时间叨扰。"

应该是昭见丰的名字起了作用，伊知千鹤子面上的惊讶之色随即消散。"找到他了吗？昭见先生没事吗？"

除了前妻，我从未被女人紧紧抓住过，现在却觉得她马上就要扑上来了。

我感到心情沉痛。地震之后，这样的问话在以灾区为首的日本各地被重复了无数次，现在这个瞬间大概也在被许多人重复着。找到了吗？人没事吧？

"很遗憾，现在还不清楚。"

她的表情瞬间失去了生气，仿佛眼看着就要失去灵魂。

"是吗……"

"敝姓杉村。名片上也写了，我是经营侦探事务所的。收到昭见丰先生家人的委托，在调查他的去向。"

伊知千鹤子重新审视我的名片，把装满食品和饮料的购物袋放在脚边。"侦探事务所？"

"是的。"

"但是在东京找也没什么意义吧。"

"的确如您所说，可灾区面积太大，没有线索直接找也只是浪费时间而已。所以我整理了一下思路，打算先找昭见先生的熟人、朋友来了解情况，锁定一些他可能会去的地方，再重新找一遍。"

"啊……"她缓缓点头，像在表示认同。靠近了看，她的五官和明日菜很相似，没什么生气的感觉也很像。这恐怕不是遗传，而是生活所迫。

"伊知女士，您是昭见先生的朋友吧？"

"您是从谁那里听说我的……"她问道，随即又赶在我开口前抢道，"是松永先生吗？"

"您说的是 AKIMI 的店员吧。我并不是听他说的，而是听昭见先生的家人说的。"

我这个谎说得很冒险，幸好她表现出了我期待的反应。

"是他在名古屋的哥哥吗？"

我露出略带亲切的笑容，没有回答这个问题。"我听松永先生提到了您女儿。"

她对这话的反应大致在意料之内，但比我想象的更强烈。"松永先生吗？他说我女儿什么了？是怎么说的？"她脸色唰地变了，如果她再有活力一些，我便可以用上"血色尽褪"这个词。她自己似乎也意识到了这一点，转过身去。"在这儿说话不太方便，您请进。"

她打开门，我走进屋内。在门口狭小的一片水泥地上，倒着一双夏天穿的凉鞋，应该是所谓的穆勒鞋，我猜是明日菜的。穆勒鞋的鞋跟磨得厉害，整双鞋都变形了，看起来很丑陋。

"家里有点乱……"伊知千鹤子道着歉，将穆勒鞋并好放在一旁，脱下黑色一脚蹬，摆在穆勒鞋边上。接着，她打开小鞋柜的柜门，取出一双拖鞋。

"不会占用您很长时间，我站在这里就好。"

"这样啊，不好意思。"

"您别客气，怪我突然上门打扰。不介意的话，您可以先收拾买回来的东西。"

这间屋子小到不进屋就能一览无余。开门即是狭窄的厨房兼餐厅。没有墙，也没地方挂帘子一类的东西遮挡视线。我甚至一眼就看到餐桌的一条桌腿不太稳固，上面绑了布条来固定。

伊知千鹤子慌忙收拾着购物袋里的东西。我面向墙壁，用余光看着她的身影。冰箱里堆着大大小小的保鲜盒，仿佛装满了母女二人拮据的生活。

说到拮据，那么小的鞋柜里都能放得下访客拖鞋，说明母女俩鞋子不多。明日菜上学和打工时穿的可能是那双黑色运动鞋，去离家近的地方应该会穿这双穆勒鞋吧。

收拾完毕，伊知千鹤子走向小小的电视柜，从下方抽屉中取出一样东西。"这个是去年年底收到的，不知道有没有用……"

是一张印有秋田竿灯节照片的明信片。

"请给我看一下。"

我翻到背面，明信片上的笔迹虽称不上一手好字，也算工工整整。蓝黑色墨迹，邮戳上的日期是去年十二月十八日。

伊知千鹤子女士：

  我在这里找到了不错的东西。寄一张给你。照片里是昭和四十五年夏天的竿灯节。

昭见

"他说这是他落脚的旅馆商店里没卖出去的旧明信片。"怪不得这张五个月前刚寄出的明信片已经泛了黄。"他告诉我，已经寄过的明信片也是有收藏价值的。"

"是因为寄过之后，它就有了自己的历史吧？"

伊知千鹤子轻轻点头。"他那次也是一时兴起就去了秋田。旅馆的老板娘年纪很大，还纳闷年底这么忙的时候，这位房客到底是做什么的才会有空来。"

单从明信片上的文字来看，不过是轻古董店经营者寄给顾客的问候语。但伊知千鹤子的解说中饱含温柔的怀念之情，字里行间都渗透着暖意与亲切。

"昭见先生经常这样出门旅行吗？"

"应该是的。"说罢，伊知千鹤子不知为何尴尬地垂下视线，"我只了解最近一年的情况……松永先生或昭见先生的哥哥也许能告诉您更多事。"

我把明信片还给她。"抱歉突然问您这么私密的问题，请问您和昭见先生是怎么认识的呢？"

伊知千鹤子一直低着头，她的视线落在后跟磨破了的一脚蹬和变了形的穆勒鞋上。"昭见先生的亲人对我的事知道多少呢？我听他说和哥哥的关系很不错。"她沉默片刻，犹豫了一阵继续道，"肯定是松永先生告的状吧。"

我不置可否。"告状"这个词让我很在意。

"归根究底，女儿做出那种事，我这个做母亲的也有责任。我真心觉得不能太过依赖昭见先生，给他添麻烦。地震之后去店里，也只是因为担心。"她的声音越来越小，母女俩在这一点上也很相似。

"不好意思，我不是很明白您的意思。"我平静地说，歪了歪脑袋，"昭见先生的家人只告诉我，伊知女士是他很亲近的朋友。想请问一下，是发生过什么纠葛吗？"

伊知千鹤子抬起头，非常震惊。我则露出（自以为露出）一副"虽然不了解情况，但你不老实交代刚刚提到的情况，我就不会放弃"的表情。

我这样做的确有效。

"去年暑假，我女儿……那时她已经是高中生了，偷了昭见先生店里的东西。"

哦？看来明日菜对我有所隐瞒。

"她偷了几样首饰，被昭见先生抓到了。"

"然后他来联系您了吗？"

"是的。我当时还在工作，没法马上赶过去。要是他决定报警，我也无话可说，但他没有那样做。他把我女儿扣在店里，让她帮着做了些杂事，等我赶过去。"

这就是他们的邂逅。

"不知道您清不清楚，我们家是单亲家庭，在经济上只能勉强糊口。但我女儿不是会随随便便拿人家东西的孩子，我当时完全无法相信她会去偷。不过，这个年纪的孩子很叛逆，我也不敢肯定她就一定做不出来。"

那天，伊知千鹤子一个劲儿地道歉，把女儿带回了家。

"我女儿就是不肯认错，也不讲理由，一直板着脸。我觉得她有点不对劲。"

伊知千鹤子心里一直放不下这个疑问。为了了解更详细的情况，她几天后再度前往 AKIMI。

"然后，昭见先生他……"

这位母亲也很爱用"然后"。

"他觉得我女儿本人并不想偷东西，也许是被朋友逼的。我惊讶得说不出话来。"

"您女儿对昭见先生这么说的？"

"不，她没有明确说出口。但昭见先生说，她在店里转悠，或者说是物色目标时，有好几个孩子在外面窥探店里的动静。"

这很可疑。

"我女儿的态度……怎么说呢，完全暴露了，行动非常可疑。

而且，她被抓住时一声不吭，根本没有反抗，更没想逃跑。"

——我就突然觉得，这个女孩应该根本不想偷东西。被抓住反而松了口气。

——您女儿是不是被坏孩子唆使，或者是被霸凌了呢？

"在您女儿被抓之后，那些孩子有什么反应呢？"

"说是一下子就都跑散了。"

越发可疑了。

"昭见先生说，如果我女儿再去他店里，会尽量帮我问问情况。店长这么亲切，我心里也宽慰多了。"

她咬咬牙直接逼问女儿，女儿红着眼圈坦白了。

"她没告诉我那些朋友的名字，只说那段时间他们开始……欺负她，逼她去偷东西。"

"她这是受到了周围不良少年的怂恿啊。"

伊知千鹤子点点头。"她向我保证不会再有第二次，而且会和那些朋友绝交。正好是在暑假，也不会和他们在学校里见面。"

表面上看的确如此，不过像这种小团体，即使在校外也有相当强的影响力，有时还会有年长的人参与进来，绝不能大意。

"那之后您女儿怎么样了？"

"就偷过那么一次。她自己也说没事了。"

伊知千鹤子说得很肯定，但因不安而紧锁的眉头没有舒展过。我回想起明日菜来到事务所时的阴郁表情，心中升起一股不安。这恐怕是一件需要解开、解决甚至解毒的事。

"她现在打工也很努力。"伊知千鹤子继续说道，"还去过好几次 AKIMI，和昭见先生的关系也变亲近了。"

"所以身为母亲的您也……"

这位母亲再次转过身去。"说来不好意思，这个……和女儿的事情是两码事。"

我登门拜访并不是为了为难她、使她羞愧。"很抱歉，提起了令您不快的回忆。如此说来，您和昭见先生是去年夏天开始来往的？"

"对。女儿惹出那件事是在八月初。"

"昭见先生出去旅行时，您与他同行过吗？"

"这怎么可能！"她不再羞愧，而是羞涩起来。这两者的区别很细微，但只要看到她现在的样子，任谁都能分辨出来。

"除了这张明信片，他在旅行时给您发过消息，或者打来过电话吗？"

她几乎不假思索地答道："有过好几次吧。说吃到了很好吃的东西，就给我寄了一份。"

中年男女之间令人会心一笑的温馨交往。

"您还记得当时他去了哪里吗？"

"嗯……"这次她想了想，"有一次是博多。博多人偶以前是很昂贵的高级货，现在没什么人气了。不过他说这种工艺品非常有价值，不买太可惜了，一口气买了好几个。"

这些人偶现在应该正埋没在松永正在收拾的库存中。

"然后就是京都、大阪……"她小声说着，摇摇头，"他会往各个地方跑。曾经还觉得高铁便当的包装纸会成为有趣的收藏，特地跑去坐特快列车和新干线。"

"他每到休息日就会出门吗？"

"这我就不了解了，我也有工作。"她像是突然回到了现实，眼神犀利起来，"我们和年轻人不一样，不会一直聊个不停。"

两人开始交往还不到一年，女方还有一个正值青春期的女儿。

"地震前最后一次见面还是在二月，三月里只发过邮件……"

即便是在东京，人们的生活也被地震一分为二，有很多人觉得三月十一日之前的事情已经非常久远，回忆起来很不真实。这也是无可奈何的事。

"我在服装店工作，一到换季就会很忙，经常加班，休息日也总要工作。说实话，我当时都没有精力把心思放在昭见先生身上。"

事到如今，她一定很后悔吧。

伊织千鹤子紧紧咬住嘴唇。"如果再多联系一次，问清楚他究竟打算去哪里，如今也算是一条有用的线索了。"

"您不要胡思乱想，这场天灾是谁都预料不到的。"

我简短道了别，走出门。我仿佛能看到伊知千鹤子独自坐在坏了一条腿的桌子前，手肘支在桌板上，双手捂住脸庞的模样。

4

接下来，我打算去见昭见先生的哥哥。

我答应明日菜不会把委托的事告诉别人，因此这次不能采取过于直接的手段。也就是说，我不能找松永讲清事情原委，然后问出昭见先生哥哥的联系方式。可如果再编瞎话去套话，一定会引起这位 AKIMI 忠诚看门人的怀疑。

最终，我决定这一周默默等待"这辈子可从来没这么忙过"的木田小朋友帮我找到线索。同时，我找了非政府组织中对灾区现状比较了解的熟人问了情况，对方说需要确定昭见丰先生地震时身在何处，至少要知道是在哪个县，否则很难找到人。

"人在避难所或医院的话，当事人大概率会联系家人。就算受了重伤动弹不得，只要意识清醒，也可以托人帮忙联络。"

因此，即便找到昭见先生，他也很可能已经是一具等待亲属确认身份的遗体，甚至可能连遗体都找不到。在灾区，成千上万人都在海啸过后的废墟中不断寻找着家人的尸骨。

我的新事务所兼新家已经收拾停当，就这么干等着也很无聊。于是我接受了蛎壳事务所恰好在此时派来的一份工作。我需要把一家倒闭的保险中介所将近二十年间的文件全部细查一遍，再分类整理，这很考验毅力。听说文件装了十几个纸箱，我决定去蛎壳事务所办公，顺便看看木田小朋友的进度。他要是心情好，我还可以催催他。

我一直通过一个名叫小鹿的女员工和蛎壳事务所联系工作。她个子不高，胖乎乎的，给人印象很不错。

——我是联络员小鹿，是事务所业务对接窗口专员，请多指教！

初次见面时，她只简明扼要地打了招呼，名字、年龄、经历全都成谜。从外表看，她年纪和我差不多；左手无名指戴着金戒指，应该是已婚人士。除此以外，她毫无破绽，再得不到其他信息，是个极为干练的员工。

蛎壳事务所占据了西新桥一栋建筑的第三层，楼不大，是座崭新的智能楼宇。为了避免访客和员工混杂在一起，空间布局得十分精妙。像我这种外包型调查员能够进入的区域很有限。小鹿女士带我进入一个隔间，里面堆满形状、类型各异的纸箱，看上去有新有旧。

"这份工作没有明确的截止日期，不过请您尽量在一周内完成。"

"这家中介没有使用专门的文件保管箱吗？"

"应该是的。"小鹿女士摸了一下旁边"圆K芝士小吃"的箱子盖，接着吹了下指尖，"全都是灰，您需要口罩吗？"

"麻烦了。"

之后，我开始与箱子上紧贴的胶带搏斗。

"您早。"折纸大师调查员南先生探头进来。在我开事务所之后，这还是第一次见到他。"我听小鹿说杉村先生来了。请用这个。"他说着给了我一片独立包装的一次性口罩。

"谢谢。托您的福，我工作还算顺利。"

"不过看样子您现在很需要帮忙啊，这工作量可不小。"

上了年头的箱子，一打开就散发出霉味，还有灰尘扑面而来。保险中介所的母公司原本打算把这些文件全都烧掉或溶掉，蛎壳所长却将其打包买下，答应将信息全部整理并数字化后返还。当然，我们需要对内容保密。

南先生颇为认同地说："我明白了，数字化是木田小朋友的专长，文件的话就数杉村先生是专家。"

这是什么时候传开的说法？

"我可不是文件专家。"

"您做过编辑，肯定比我们要懂行。少爷……不对，所长也是在杉村先生加入后，才开始发展这类业务的吧。"

如果是这样也太恐怖了。我在灰尘面前很脆弱，一不小心就会犯过敏性鼻炎。

"南先生现在在做什么？"

"我在等着换盯梢的班。在叫到我之前都很闲。"

他在和别人搭班监视某个人。在蛎壳事务所，监视工作每隔五小时一换班。人的注意力最多只能维持五小时，所长故有此规定。

南先生帮我一起取出一捆捆文件，机械性地按照年度分类码放。

"根据内容大致可以分为四类，合同、收支账本、外勤人员日报月报，以及发生纠纷时的调查报告。"

"对于侦探来说，需要了解的是调查报告吧。"

"所长大概也是这么想的，可以当作个案研究。"

话是这么说，把所有文件打包买下也够有魄力的。

"不管是什么中介，肯定都会遇到那么一两个棘手的客户。如果发现有谁总是出现在医疗保险或者人身伤害险的调查名单中，把这个人的相关调查摘出来按时间排序，估计会发现有趣的东西。"

"南先生，您这不是比我熟练得多嘛。"

"杉村侦探事务所近况如何？"

"我也在等消息呢。"我告诉他，我正在寻找一个地震后失踪的人。

南先生脸上浮现出阴云。"真是可怜。可如果不到当地去，找起来很难吧。"

"的确是这样，但我不知道地震时他在哪里，只知道在地震前一天，他说要去东北。"

南先生眨眨眼，发出"哈"的一声，然后摸了一把头发稀疏的圆脑袋。"杉村先生，我可能多管闲事了。不过我觉得，这件事最好把和地震相关的……该怎么说呢，把情感波动的部分先放在一边。别忘了，要把它单纯作为一起失踪案件来调查。"说完，他忽然害羞起来，忸忸怩怩地说了一句"那我就先走了"，便走出了隔间。

面对前所未有的灾难带来的悲剧，要将情感波动的部分先放在一边。

虽然不清楚具体应该怎么做，但我仍旧把这句话记在了心里。

二十一日星期六一早，就像是在催促我去新桥的事务所上班似的，我的手机收到一封邮件，是木田小朋友发来的。

　　昭见电工股份有限公司
　　生产冷冻食品及软罐头用大型机械制造维修商
　　董事长　昭见寿先生

邮件还附上了公司的网址作为参考。我点开网址，首页是对企业的宣传介绍，放有昭见社长的照片。如果把他的棕发染成深色，再摘掉眼镜，和昭见丰先生长得十分相像。

不仅如此，在"社长办公室"专栏中，还登有昭见社长写的文章。我慢慢往前翻，在三月底更新的内容里发现了这样一句话。

　　在东京经营杂货店的舍弟也在前往东北旅行时遇上灾害，至今安危不明。

肯定没错。不愧是木田小朋友。

昭见电工的客户有七成以上是中部、近畿地区的企业，公司目前也在为灾区提供人员和技术支持，帮助修缮、重建因海啸受到污损的罐头工厂和鱼类加工厂。

　　身为从事制造业的企业家，为灾区重建贡献一份力量是我应尽的义务。同时，舍弟深爱东北这片土地，时时造访。我这样做，他大概也会感到喜悦，这是我作为哥哥的心意。

昭见兄弟的关系很好。打工小哥说，AKIMI 关门后他就是听店长哥哥的安排在工作，现在我可以理解了。

我给昭见电工打去电话，语音提示称周末公司休息。这家公司也做维修业务，我以为会有二十四小时客服热线，但在网站上没有找到。

与其没头苍蝇似的乱转，不如赶在本周内把文件整理完。整理中并没有发现什么高明的保险金诈骗案，工作已做完八成，就差最后一鼓作气了。

蛎壳事务所全年无休，基本每天都有人在，所以周末两天我都勤勤恳恳地跑来上班，终于在周日午后完成了所有工作。

大厦外是周日冷清的办公街。我在车站旁的咖啡店吃午饭时，突然想到可以去一趟 AKIMI。店里收拾的速度应该很快，各种商品大概都搬到库房去了，说不定铺子已经搬空了。

这样一来，我也可以不用在意打工小哥的目光，在附近好好打听一番。附近的人也许在三月十一日之前碰巧和昭见丰先生聊过天，听他提到"我最近要去某地"。这种可能性趋近于零，但不是完全没有。

我并非直觉很准的人，更不是什么千里眼，但幸运女神今天十分眷顾我。

我到了 AKIMI，有人正抬起卷帘门从店里出来。是两名身着西装的男子，其中一个看上去和昨天网站上的照片一模一样。

两人在楼前打过招呼，其中一人走进店里，另外一人向我这边走来。在他与我擦肩而过的瞬间，我仔细观察了他的长相。

不会有错。

"不好意思，"我在他身后开口，"请问您是昭见丰先生的兄长昭见寿先生吗？"

他身着做工精致的西装，穿着皮鞋，没打领带，手拎皮包泛着漂亮的年代光泽。他转过身，没有丝毫惊讶。"是的，我是。"他回答，声音低沉有磁性。

"很抱歉冒昧叫住您。"我周到地行礼，递上名片，"敝姓杉村。最近有昭见丰先生的熟人委托我寻找他的下落。我正打算联系您呢。"

这对兄弟长相相似，但年龄有些差距。昭见社长白发更多，眼角和嘴角有明显的皱纹，看起来苍老而疲惫，这恐怕是长期操劳的结果。

"侦探事务所？"他反复比对名片和我的面孔，"您说的熟人该不会是松永吧？"

"松永先生是昭见丰先生雇的员工吧？不是他委托我的。"

"这样的话……"昭见社长微眯起眼睛，"就是舍弟交往的那名女子了。我记得是姓伊知。"

原来他知道伊知千鹤子。

"伊知千鹤子女士很担心他。"

"是吗？我没见过她。"他低语道，思索着什么，"现在见面也没什么意义了。我已经向警方提交过寻人申请，但完全无法确认舍弟安危。方便的话，您帮我转告她吧。"

他把名片退还给我。这时候最好不要惹他不快，我收回名片。

"您今天是来解除店铺合同吗？"

"是的，来做交接，我是担保人。"

店里那名男子应该是房地产中介公司或者大楼物业的负责人。

"昭见先生您亲自来是……"

"毕竟是亲弟弟的事情。"他瞥了一眼手表,"抱歉,我得走了。"

"您是要回名古屋吧。我叫出租车送您去东京站可好?路上能允许我再问几个问题吗?"

昭见社长这才正眼看我。被企业老板打量这件事,我经验颇丰。不要用力过猛,不要过于卑微,最好拿出看电视新闻时的表情。

这样做似乎很奏效。虽然表情绝对称不上和颜悦色,但对方相当郑重地说道:"这附近有家老咖啡馆。我上次来是两年前,可能已经倒闭了,我们去看看吧。"

那家店还在正常营业。店里播放着古典音乐,是一家很有格调的咖啡专营店。

"要是为了弟弟,哪怕只是一根稻草,我也想紧紧抓住。"昭见社长开口道,"我当时很快找到了 AKIMI 的顾客通讯录。弟弟至今为止所有采购过的对象,凡是住在灾区的,我全都联系过。"

地震和海啸之后,修复通信网络(虽然仅有一部分得以修复)、恢复和灾区的通信花了很长一段时间。有时候好不容易联系上,却已经与亲朋好友相隔两世。

"很遗憾没有任何收获。至少我联系上的人都说他不在那里。"

"您什么时候去的灾区?"

"四月底。倒不是专程去找弟弟,主要是在仙台临时开了间事务所……"

"是为了支援重建灾区工厂吧,我在贵公司官网上看到了。"

"当时公路铁路交通都中断了,很多事没法按照计划推进,不过我想从力所能及处做起。"他没有喝咖啡,满面苦涩地看向窗外,喃喃道,"弟弟做着自由随性的买卖,一直过得很幸福,我这个哥哥也只好由他去了。但是，我还是无论如何都想找到他。"

"请容我确认一下。您弟弟在东北遭遇地震的事情，您是当天就知道了吗？"

"是的。虽说震源在三陆冲，不过东京受灾也很严重。我夫人看到新闻后告诉了我，我立刻给 AKIMI 打了电话。当时……是兼职打理店面的那个小伙子告诉我的。"

"就是松永先生吧。"

昭见丰先生的电话能打通，但只有"您所拨打的电话已关机或暂时无法接通"的语音提示。

"过了几天，连打都打不通了。"

"地震后，您第一次来 AKIMI 是什么时候？"

"十六号下午。我本想再早些来，不过您还记得吗？十二号天没亮，长野就发生了六点七级地震，那之后静冈也震了。"

的确如此，我竟然完全忘掉了。

"所以我夫人很担心，害怕不知何时何地又会有大地震。福岛第一核电站事故的形势也越来越严峻，她恳求我别离开家。"

夫人的心情完全可以理解。

"十六号我坐上新干线之前，我们还吵了一架。但不管怎样，我都想来 AKIMI 看一眼，最后还是撇下她出了门。"

那次，昭见社长第一次见到松永先生。

"我感觉他非常可靠。明明自己也很不安，却反过来安慰我。"

——昭见先生运气很好，肯定不会有事。

"他说店里的事情不能随便糊弄，里里外外都照顾得周全。我就先简单核对了营业额。"

账本上的数据和现金、店铺名下的账户余额，一个零头都不差。

"我弟弟应该也很信任松永。不光大门和柜台的钥匙，连保险柜钥匙也交给他保管。那个保险柜倒是不大，很简陋，里面只收着店铺租赁合同和保险相关文件。"

昭见店长原本就没有在手头留很多现金的习惯，只有在进货等必要的时候才会取出一笔来用。

"我弟弟虽然行事随性，但在这些方面很谨慎，电脑上的库存清单也整理得非常清晰。"

"这些您都是听松永先生说的吗？"

"是的。他做事有条理，我很欣赏，是个值得信赖的店员。"

"所以我决定暂时把店面交给他照看。最主要是希望有个人能留在店里，方便随时联系。"

至于是否要开门营业，昭见社长交由松永先生自行判断。

"但是，开了门也几乎没什么生意……毕竟当时整个社会还乱作一团，几乎没什么人去电影院，职业棒球能不能正常开赛都很成问题。"

"是因为电力供应不上了吧。"

整个东日本地区都处于慌乱之中。

"根本没人会到 AKIMI 这种纯粹用来满足兴趣爱好的店里消费。到了三月底，我决定关门。弟弟恐怕凶多吉少了……"昭见社长顿了顿，撇撇嘴，继续道，"我已经做好了心理准备。"

我沉默着点了点头。

社长缓缓喝了一口冰水。"松永说，偶尔有熟客过来，他们都会打听下店长的情况，我很感激。"

"AKIMI 开了博客吧？"

"我也一并交给松永了。他在博客里发出店长可能遭遇地震的消息，很多人留言，其中也有性质恶劣的假消息，让他非常生气。"

"现在已经关掉了。"

"是我交代他的，既然这么乱，就关掉吧。"

和我从松永那里听到的消息基本吻合。

"您弟弟是住在店里吗？"

"对。他说这样比较方便。"

果然，店深处的那片空间是用来居住的。

"我每两三年会来见一次弟弟，基本也住在那儿。不过那不是卧室，睡起来很挤，很不自在。"

"您弟弟经常会突然出门旅行吗？"

"是的。他也常回老家，但基本都是旅行途中顺便回来瞧瞧。"

"不仅休息日，只要起了念头就随时出门吗？"

"有人帮忙看店，他也没那么多顾虑吧。在松永之前，他还雇过一个打算参加司法考试的年轻人。说是年轻人，那时候也已经三十多了。最后还是放弃考试，另外找了工作。松永就是他的继任者。"昭见社长对 AKIMI 的情况了如指掌，"现在这个样子，我倒是很庆幸弟弟是个无牵无挂的单身汉。打工的店员再怎么努力工作，把工钱结清就好了。但有了家室就没那么简单了。"

现在这么说还太早，您弟弟可能还活着——这话我没说出口。昭见社长的侧脸上表情严肃，能够隔绝一切乐观的想象。他这个哥哥已历经无数次失望，如今只想通过断念来平复自己的心情。

"虽然对伊知女士感到很抱歉，但既然弟弟已经走了，我们昭见家也不会再对她有任何表示。请帮我转告，希望她能理解。"昭见社长以为我的委托人是伊知千鹤子，这句话说得意味深长。

"表示是指……"

他再次看向我。"弟弟原本打算和伊知女士结婚。她应该也跟您说过吧？"没等我回答，他继续道，"我们一直很反对。同居也好，事实婚姻也好，他想怎么做都行，但唯独不可以登记结婚。这可是他第一次结婚，而对方不仅是二婚，还带着孩子。结婚之后全是麻烦事。这件事从一开始就是天方夜谭。"一口气说这么多，他似乎有些过意不去，立刻补上一句，"我们家是家族企业，弟弟是股东之一……"

我对这种事深有体会，十分了解资本家们面对家庭成员以恋爱之名带回家中的外人，特别是来路不明的外人，有着怎样的眼光。"我明白您的意思。伊知千鹤子女士的确在和您弟弟交往，不过她目前尚未考虑过结婚。"

昭见社长瞪大了眼睛。"弟弟可是满心想着婚事啊。他甚至还跟我们提到了对方的女儿，说那个姑娘的高中不太好，想让她转学。"

昭见丰先生没提到明日菜偷窃一事，我也没必要多此一举。

"伊知女士没想这么深。昭见丰先生的各位亲人想必有很多顾虑，我深表理解。伊知千鹤子和她女儿过着俭朴的生活，她担心昭见丰先生的安危，也不过出于和他的亲密关系，并非有所企图。这一点，还希望您能够理解。"

昭见社长的眼神闪烁。"这样啊。"他喝了一口快要凉透的咖啡，用力咽下去，仿佛咽下了什么比药丸更大的东西，"弟弟他……会拿兴趣当主业，所以才一直像个孩子似的长不大。"

有一个褒义词可以形容这样的男人——永远的少年。

"人到中年还为恋爱上头，不考虑对方的感受和立场，自顾自地往前冲。也可能因为我们反对，他反而更加认真起来。"昭见社长苦笑一声，"说什么自己当不了企业家，又是家中次子，让我们

310

别管他那么多。考上东京的大学后，他就没回过家，一会儿干干这，一会儿做做那，没个常性。不过他从父母那儿继承了一大笔遗产，在生活上应该没什么困难。"

过去，人们将这种人称作"高等游民"。这个阶层的确很适合以古董为爱好，哪怕玩的是些不值钱的轻古董。

"我不了解实际情况，对伊知女士一直怀有这种负面印象，实在抱歉。"

昭见社长这种地位的人愿为细枝末节低头认错，可真是少见。

"冒昧问一下，刚才退还给您的名片可以还给我吗？如果了解到什么情况，我会联系您的。方便的话，也请转告伊知女士。"他的视线落在我递出的名片上，"调查费用应该不便宜，对伊知女士来说是一笔负担吧。"

"这次工作比较特殊。因为和地震有关，我们这些生意人也想帮忙做些志愿工作。"

昭见社长眨了下眼睛，似乎在一瞬间对我重新评估了一番，不知道他给我打了几分。"他毕竟是我唯一的弟弟，我原本想全部亲力亲为，可悲的是我无法做到。之后应该会由我手下的员工来联系您，还请见谅。"

"我明白了。不好意思，还有最后一个问题。松永先生已经离职了吗？"

"是的。刚才把钥匙交还给房屋中介后，他才离开的。"

看来我和他错过了。

"不好意思，如果您知道他的住址或联系方式，方便告诉我吗？还有些事情没有问他。"看昭见社长露出诧异的神色，我只得苦笑道，"松永先生似乎不太喜欢伊知女士和她的女儿。尤其是女儿，她几次去找松永先生打听昭见丰先生的消息，松永先生总是不理不睬。所以我也不好直接与他接触。"

"哦？这我还是头一回听说。我没有和松永提起过伊知女士……"昭见社长说。

这样看来，松永对明日菜的态度并非出自昭见社长（及其家人）的意思。

"不过，从弟弟那里听来的情况，松永对伊知女士的女儿……"昭见先生顿了片刻，歪歪脑袋，"应该是很有好感的。"

这倒是一条有趣的情报。

"昭见丰先生具体是怎么说的呢？"

"嗯……也没有说得很详细。只是过年回家时说店里打工的年轻人对伊知女士的女儿有意思，仅此而已。"

这种事也不是不可能。

"弟弟也是在那时候，第一次提到想和伊知女士结婚。"

过年时家人亲戚全都聚在一起，昭见丰先生这番话可谓一石激起千层浪。

"我们父母的忌日都在四月。父亲去世已经十三年，母亲是七年。他突然说做法事时想带伊知女士来，介绍给大家认识，弄得家里闹翻了天。"

"他当时说松永先生对伊知女士的女儿有意思，是顺嘴一提吗？"

"嗯。他说那个姑娘虽然内向但很可爱，然后就提到了此事。"

的确，伊知明日菜与其说是内向，不如说是阴沉，还会不假思索地说出当下的想法（她也承认自己"说话太难听"），也许容易被当成阴险的女生。

——这孩子在社会上容易吃亏啊。

在我看来，这一句话就可以概括她。

"我也不知道松永的联系方式。"

即便干得再好，也不过是个打工的。况且他并非昭见社长的员工，只是弟弟雇来的小青年。

"我手下代我处理此事的人也许知道他的手机号，但恐怕也不方便直接告诉您。也没必要再问他什么了吧？"

"您说得也是，请不用在意。"

昭见社长在听到我说"松永对伊知母女印象不好"时会有什么反应呢？我想知道的仅此而已，目的已经达成。

我把手伸向账单，昭见社长伸手压住，说："您方才说自己是作为志愿者来调查的。"

"是的。"

"您这样做有什么缘由吗？您也有家人在灾区吗？"

"不是的。我的措辞的确不够严谨。"

"我并不是想要责备您才这么问的。"昭见社长摇头道，"接下来的很长一段时间，这个国家都会迷失掉前进的方向。罗盘失灵，船身千疮百孔，在机械室还发生了核电站事故这么一场火灾。在这种状态下，我们只能继续在海上漂泊。"

我们全都置身危船之上。

"今天还在正常生活，明天却不知会发生什么。即便如此，我也必须守护好我的公司、家人和员工。今天动身来东京前，我已经决定好，这是最后一次为弟弟的事抛开一切。"

我沉默着点头。

昭见社长喝了一口冰水，忽然抬起眼睛。"抱歉突然问您古怪的问题，您听说过'Doppelgänger'吗？"

"啊？"

"这是个德语词，日语似乎译作'分身'，是指出现另一个与自己一模一样的人，据说是不祥之兆。"

啊，我听说过。"这是一种神秘现象，经常被用作文学作品的创作素材。之所以被看作不祥之兆，是因为传说看到分身的人很快就会死去，对吧？"

"看来您更了解一些。"昭见社长反倒有些不知所措起来。

"我在从事这份工作之前做过编辑。"

"您的工作领域跨界还真远。"

"嗯，发生过不少事情。"

"其实……"昭见社长摸摸鼻梁，"我们的父亲有过遇到分身的经历。他从公司回到家，看到自己正坐在玄关脱鞋。"

昭见先生的父亲震惊地愣在门口，分身却优哉游哉地走进家中。

"他慌忙追过去，分身却消失了。父亲大闹一番，母亲差点叫救护车来。"

三天后，昭见兄弟的父亲——时任昭见电工社长因脑出血猝死。

"葬礼上，母亲提到此事，弟弟嘴里冒出一句话……"

——父亲看到了 Doppelgänger。

"他很爱读书，对杂学和文学方面的知识很了解。"

从他曾经做过撰稿人的经历来看，这并不稀奇。

"就因为这件事，他经常说，'我们都继承了父亲的血统，我和哥哥在临死前也会看到 Doppelgänger 的'。我倒是对此嗤之以鼻。哪有这种道理？尤其是这次，发生了突如其来的天灾，有那么多人在地震中丧生，我更不相信他的说法了。"

"的确如此。"我说，"分身应该是某种象征，或者说寓言吧。"

人无法预知自己的死亡，这是人心中最大的恐惧。为了缓解这种恐惧，人们希望找到某种解释，就会编造寓言。

"对，分身这玩意儿不是物理现象。"昭见社长一脸严肃，"父亲看到的分身应该是幻觉，也许是脑出血的前兆。不过我会不自觉地想，弟弟身上是不是也发生过类似的前兆。哪怕不是 Doppelgänger，会不会有过其他类似预兆的信号，比如'不要去北方'。又或许，Doppelgänger 真的出现在他面前。他追着自己的分身，随之动身远行。"

昭见社长闭上眼睛，舒了一口气。"抱歉，给您讲了这些无聊的事情。"

走出咖啡店，我们道了别。我目送昭见社长搭出租离去后，回到足立大厦，卷帘门上已经贴上了"旺铺出租"的字样。

我不愿通过电话向伊知明日菜说明此事，想要当面告知，于是周一一早联系了她，她再次来到事务所。这正好是她放学后到打工前的时间。和初次一样，她仍旧一身黑色打扮，珍重地抱紧走形的背包，坐姿也没变。

"之后如果有什么消息，昭见先生的哥哥会联系我。你心里一定还是很难受，不过现在和之前不一样，不再是毫无指望地干等了，请你再忍耐一段时间。"

明日菜不说话，咬紧下唇。

"你妈妈那边也由我来转告吧。"

我盯着一言不发的明日菜，发现她的衣服和之前见面时稍有不同。仍是黑色的连帽外套，上次那件衣襟处已经泛白，而这件相对新一些，码数也更大，在她身上松松垮垮的。

"关于这件事，还有其他需要我调查的吗？"

苍白的面容，紧锁的眉头。她皱着脸，猛地弯下身。我以为她突然身体不适，结果并不是。

"谢谢您。"她向我道谢。

"不客气，我也没帮上什么忙。"

明日菜仍旧低着头，乱蓬蓬的头发垂下，挡住了她的脸。她悄声说："然后，昭见先生……和他哥哥商量过了啊。"

关于母亲。

"原来他真的打算结婚啊。"

"他的哥哥是听昭见先生这样说的。倒也不算是商量，只是告诉对方打算结婚。"

"妈妈是怎么跟杉村先生说的？提到这件事了吗？"

"没有，结婚的事半点都没提起过。她反倒问我昭见先生的家人对她有多少了解。"

明日菜微微抬起头，一只眼睛透过垂落的刘海缝隙看我。"然后，她跟你说了我偷东西的事？"

"嗯。"我简洁应道。

明日菜缓缓起身，抱紧背包。"就是因为对这件事心虚，即便被求婚，妈妈也不会答应的，绝对不会。昭见先生那样有钱人家的少爷是不会明白的。他做什么都随心所欲，估计根本就没想过求婚会被拒绝，还在自顾自兴奋。昭见先生这样做，跟捡一只流浪猫回家照顾有什么区别？"

这女孩的个性真的很容易吃亏，我再次这样想。

"关于昭见丰先生和你妈妈的关系，我不做评价。但他对你十分关照，希望你不要忘记这一点。"

"就算他报警说我偷东西，我也不在乎。"

"可昭见先生并不想这样做，你妈妈也很感激他的善良。我是这么认为的。"

明日菜瞪着我，猛地抓起背包，站起身。这时，我忽然看到背包的方形外兜里透出一个小小的红色光点。背包已经很旧了，原本的质地也相当单薄。

"承蒙您关照了。"她话说得客气，语气却相当刻薄，"不要钱的吧？之后再找我，我也不会给钱的。"

我没有理睬，这令她更不甘心。她气得浑身发抖，哼了一声，离开了事务所。

她究竟身处一个怎样的圈子？有一帮狐朋狗友，还被强迫偷窃。这令我很在意。有一瞬间，我不禁想联系相泽干生，却又在下一秒放弃了这个念头。掺和进这件事的未成年人有一个就足够了。当时我问过明日菜，她和干生是不是朋友，从她的反应来看，干生大概并不能完全解开我的疑惑。

可那究竟是什么呢？那一点小小的红光，看起来不像手机。不管是电量低的提醒还是来电显示，手机都不会像那样发光。青春期少女可能会放在背包外兜里的物品，还有什么会像那样发光吗？

没错，在发光，是那种亮法。而且我感觉对那种红色光点还很熟悉，见过很多次，或者说好像见过很多次……

这时，咚咚的敲门声传来，我回过头。

响声并非来自我房间玄关处的房门，而是从与竹中家拼凑宅邸相连的内侧屋门传来的。不知是谁在敲。

签下租房合同时，我和竹中夫人约好，这扇屋门由他们从对面锁上。我是个年近不惑的单身汉，不介意那么多，但对方未必如此。

尤其竹中家还住着长女，以及长子和次子的两位夫人，还有年幼的孩子们。我觉得光是和毫无瓜葛的男人住在同一屋檐下，就已经让他们不适了，倘若这个男人还在家中各处来去自如，怕是要加剧他们对我的厌恶。

有人从竹中家那边敲响了这扇门，不仅如此——

"喂……打扰啦。"一个颇为欢快的粗哑嗓音传来。

"不好意思，我这边打不开门。"

"我知道，请问我现在方便打开吗？"

我回了句"您请"，猜到了对方是谁，是竹中家的三儿子。

在租下之前那处老房子时，我曾被竹中夫人引见给竹中全家。那是个三代同堂的大家庭，长子和次子的长相、身量相仿，各自的妻子苗条貌美，属于同一类型的美人。长女和次女则与两个儿媳不同，圆脸，身材丰腴，长相也颇为相似。我到现在都没记全他们的名字和相貌。

只有一个人例外，给我留下了深刻印象，就是面前的老三。他父亲竹中先生管他叫"嬉皮士"，母亲竹中夫人称他为"浪人"。他是个宛如从《逍遥骑士》《五支歌》这种新好莱坞电影中走出来的复古长发青年。每次见到，他总是穿着 T 恤衫和皱巴巴的牛仔裤。他就读于一所校区位于东京的私立美术大学，听说已经留级了好几回。在竹中家一角的客厅（非贵宾用）墙上，装饰有他绘制的令人莫名其妙的抽象画，可以说他是画家的苗子。

"您好，我是冬马。"竹中冬马，不知什么缘故，家人都叫他"托尼"。"不好意思，我觉得从外面绕就来不及了。"

一开口就如此令人摸不着头脑。

"什么来不及？"

"不是刚刚从这里出去的吗？那个一身黑的女孩。"他指的是伊知明日菜。"美术大学有挺多女生会打扮成那样，我就多看了她几眼。她从这里出去后，在前面那个拐角站住了，表情是这样的。"托尼瘦得过了头，个子也高，起码有一米八。他用双手捂住细长身子上面那张瘦长的脸。"我看她好像在哭，觉得还是告诉杉村先生比较好。那个女孩是委托人吧？"

我心中不禁有些混乱，许多思绪交织在一起：令我印象深刻，但仅仅打过一次招呼的托尼居然如此热心肠；为伊知明日菜的哭感到意外；不愿在我面前哭的确符合她的性格……

"她可能还在拐角，需要我去看看吗？"

"啊，不用，我去吧。"

我立刻出了门，赶到托尼所说的地方，明日菜不在。我向远处张望，依然看不到她的身影。

"她走了。"回房间后我告诉托尼，他似乎很失望，耸起的肩头低低落下。

"哎呀……要是再早些告诉您就好了。委托人哭着回去，对侦探的生意来说可不太好吧。"

"啊，这也不一定，每件委托的情况不一样。"

也许是我表情中的言外之意过于明显，托尼慌忙摆摆手道："我可不是在监视您，只是碰巧望向窗外而已。我的房间在二层，正巧朝这边，而且正巧还闲得没事干。昌姐原先住在这儿的时候，我也经常给她通风报信，'你男朋友来了'之类的。从大道上往我家走的那条巷子，我在房间看得一清二楚。"

竹中家的次女竹中昌子是他的二姐，浪人托尼是五个孩子中最小的。以竹中家的经济实力，他在美术大学留级多少回都无所谓。

而次女昌子小姐，据顺风耳柳家药房的柳夫人说："大学也退学了，没正经上过班，只会在家啃老，没什么出息，"

我隐隐感觉到，昌子和冬马在竹中家被视为边缘人。或者说，他们自愿成为这样的边缘人。托尼称呼自己的二姐为昌姐，看来两人关系不错。

听他提到昌子小姐，我忽然想起一件事。说起来，被竹中夫人称为"废物"的昌子小姐的男友竟然可以出入这个房间。不过我想问的不是这个。

"冬马先生，地震之后您见过昌子小姐吗？"

一起检查旧房子时，竹中夫人曾很生气地呵斥"地震后昌子连个电话也没打回来过"。我当时没太在意，但在接受寻找昭见丰的委托后，却意识到这个情况有些不妙。莫非竹中昌子不是不想打电话，而是无法打来电话。

然而，托尼简单明了地答道："见过。昨天我们刚在大学附近一起吃了午饭。"

啊，我真是瞎操心。

"那就好。我听夫人说，地震之后昌子小姐没和家里联系过。"

托尼用他那天真无邪的沙哑嗓音笑道："昌姐搬走时还放过狠话，说就算家里有人死了她也不会回来参加葬礼。九级地震当然不会联系啦。"

听他这样说，我不禁又担心起别的事来。"她和家里的关系就那么差吗？"

"是啊，不过这也不是一天两天了。"托尼似乎完全没放在心上，"我家的创始号、一号、二号都和昌姐关系不好，大姐和她别说是相处了，根本就是不共戴天。"

"创始号？"

"就是我老爸啦。一号是我大哥，二号是二哥。嫂子们不是被称为竹中儿媳一号、二号嘛，我就借用这种叫法了。"

这么说来，代号应该是长子结婚后出现的，真是新鲜。

"哦对了，老妈的绰号是'BIG MOM'，因为我和昌姐都很爱看《海贼王》。"

我开始头晕了。

"大姐就是简单的'大姐'，偶尔也会叫她'恶魔'。"

家家有本难念的经。不过他能满不在乎地讲出来，我也不必为此担忧。

"杉村先生也别再对我用尊称啦，叫我托尼就好。"他笑着说。

"这我可有点不好意思开口，叫你冬马可以吗？"

"啊，也可以。"

"能告诉我大家为什么叫你托尼吗？"

"我很崇拜一位智利的现代画家，叫安东尼奥·奥利韦拉。在日本没什么名气，也卖不出价钱。毕竟他的人物画只画尸体。简单说，他就是个变态。"

我很庆幸，这个若无其事宣称自己崇拜变态的托尼有着天真无邪的笑容。

"但你不画尸体吧？"

"我画啊，没在家里挂出来而已。杉村先生想看吗？"

"嗯……有机会再看吧。"

"随时找我，我的画室就在楼上。"

顺着断头梯上去，就能找到托尼的房间。

"您人真好，还会关心昌姐的情况，怪不得 BIG MOM 那么关照您。"

竹中夫人很关照我吗？应该是吧。

"听说您离过一次婚……"

"嗯。有一个女儿，今年春天已经上小学四年级了，和我前妻一起生活。"

"地震的时候还好吗？"

那天，等大地不再晃动后，我马上回老房子给前妻打了电话。万幸电话立刻接通了，她和桃子都在家中，也就是在她父亲的宅邸，平安无事。

我前妻的父亲今多嘉亲已经退休，以前是金融界巨头。他在世田谷有一栋宽敞坚固的大宅子，还有经验丰富的用人陪在身边，完全无须担忧。

"正常来说，那时候她应该在学校。不过那天刚巧开了面向新生家长的说明会，只有上午有课。"

漫长而恐怖的晃动、其后关于这场惨剧的新闻影像、时时响起的紧急地震快报、纠缠不休的余震……那段时间，桃子在我能想到最安全的环境中度过了这一切。这是桃子的幸运，也是我的救赎。

"那还真是幸运啊。我侄女、外甥他们都在学校，去接他们可费了好一番功夫。"

"毕竟东京的交通设施都瘫痪了。"

"堵得非常厉害。"

那之后，核电站事故的形势日益严峻，前妻和女儿离开了东京一阵子。她们在暑假时常去的轻井泽的酒店住了一阵，三月底才回来。期间，我每天都通过视频电话和桃子联系。

——爸爸也过来嘛。

她哭着这么说，我心里很难受。要对她说"爸爸没事的"这种毫无根据的话，让我心痛不已。

"那天你在哪里？"

"我刚好在学校。学弟学妹正在绘制的壁画草稿倒了，大家乱作一团。"托尼歪了歪脑袋，"我说要去灾区当志愿者，创始号不知为什么大发雷霆。我就改口说要去画画……"

"肯定更生气了吧？"

"他破口大骂，'都这时候了，净说些蠢话'。"托尼挠了挠长发，"我想尽快去画福岛第一核电站。连一幅画都没留下，核电站会死不瞑目的。"

"死不瞑目？"

"嗯。我猜核电站肯定也想说，我已经很努力不引发事故了，最后还是坏掉了，对不起大家。"

他指的并非在核电站工作的人们，而是将核电站拟人化。这番话在我听来，和几位专家所说的"应当祭奠福岛第一核电站"有相似之处。

"啊，不好意思打扰您了，那我先走啦。"

托尼瘦长的身影消失在门后，接着传来房门上锁的声音。我感到伊知明日菜留下的灰暗气息已被托尼中和。

嬉皮士也好，浪人也好，变态画家追随者也好，总之竹中冬马是个不错的家伙，我心想。

通过这次交流熟识起来的托尼，竟在一周内意外派上了大用场。

"有人在监视？"

托尼一本正经地点头。

"监视我？"我指着自己鼻尖。

"没错。准确地说，是有人在监视杉村侦探事务所。"

"谁在监视？"

"几个年轻人。"他表情愈加严肃，"我说的'年轻人'，是 NHK 播音员提到'世界杯日本队比赛当晚，涩谷区有年轻人聚众闹事的可能，警视厅正对此加强警备'时所指的'年轻人'。"

我明白了，他不是在开玩笑。

"啊，我应该也算 NHK 或者警视厅眼中的'年轻人'吧。说得再具体一点，他们虽然没有穿校服，但肯定是高中生。"据他说，监视我的有一男一女两人，都染着棕色头发，看着很不好惹。尤其那个女孩，很像陪酒女。

就现状来看，会接近这间事务所的青少年要么是伊知明日菜，要么是将她介绍来的相泽干生，要么是他们的"朋友"。如果托尼对监视二人组的印象准确，他们很可能就是强迫明日菜偷窃的"狐朋狗友"。

"什么时候开始的？"

"我发现的时候是前天傍晚。昨天也是从下午五点左右开始的。男生躲在电线杆背后偷看。女生则是在门口的道路上走来走去，或是暂时离开一阵，又马上回到男生身边。简而言之，就是一直在附近徘徊。她绕着我家走了一圈，目瞪口呆。应该是房子建得太古怪，吓到她了。"

"你也在观察对方吗？"

"我家窗户多嘛，这种时候就很方便。"

我们在事务所碰面，时间是五月二十七日星期五，下午三点多。我手头有蛎壳事务所交办的工作，一大早就出了门，刚刚才回来。

"今天也会来吗？"

"要是来了，我们要主动出击吗？"

没想到托尼还挺好战。

"我们还是迂回作战，温和地交涉吧。"

"也就是趁其不备抓住他们，对吧？"

也不必如此直白。

"温柔一点，绅士一点。这很难吗？"

"他们俩要是来监视，我就打电话给您。杉村先生要是开门往外露出脑袋，那个男生应该会逃跑的。"

"为什么这么说？"

"我昨天从窗子探出脑袋，他就逃跑了。"

原来已经尝试过了。

"男生会拐进右侧的巷子逃向大道，我先绕过去堵他。杉村先生您追过来前后夹击。"

"那个女生怎么办？"

"要么见死不救跑掉，要么一起追上来，看他们俩的关系了。"

"我知道了。记得要绅士点。"

就这样，我们的夹击作战于当日傍晚五点二十五分开始，轻而易举地大获全胜。在各自逃窜前，他们俩正鬼鬼祟祟躲在电线杆背后，刚开始装出一副"我们才没在监视"的模样，便被我们一网打尽……不对，是展开了和平对话。在发现两人身影时，托尼给我的暗号是"猛鹰突击"。我真的不能笑。

"你们找杉村侦探事务所有什么事吗？我就是杉村。"我温和地开口。

男生恶狠狠地冲我嚷道："你干什么！"他长相端正，气质却很不像样。如今的年轻人有四成都是这样。

"啊，你要对我做什么！"女生喊完，反而离我越来越近。

近看才发现，他们的确属于青少年，但不像初中生那样稚嫩，应该都是高中生。

像她这个年纪的女孩，居然已经彻底掌握了"男人最受不了女生撒娇"这一可悲事实。她心里很清楚，对付我这种大叔，还有勉强算是年轻人的邋遢托尼来说，名为"女人"的武器极为有效。或者说，她有这样的信心。从她的举止、姿态中可以看出，她的信心是经过亲身验证的。

"我们不会伤害你们。"我投降似的微微举起双手，"不过这几天你们一直在窥探我的事务所，我以为你们有事找我。"

两人面面相觑。从眼神交流中可以看出，主导权掌握在女孩手中，我便向她发问："你们是相泽干生的朋友吧？"

女孩化着精致的裸妆，假睫毛却浓密得极不协调。她瞪大眼睛，紧紧盯着我。"你怎么知道？"

"因为是侦探。"

做出回应的不是我，是托尼。

女孩厌烦地瞥了托尼一眼，靠到男孩身边，握住他的手。"那你要好好接待，我们可是客人。"

女孩这声"客人"，让我脑海中立刻浮现出陪酒俱乐部的情景。托尼的描述给我留下了深刻印象。"客人，是什么意思？"

两人眼中流露出这个年纪的孩子独有的傲慢，仿佛在说"你们这帮糟老头子的企图，我们早就看穿了"。

"我们是委托人。"男孩开口道。

5

虽然心中有一定胜算，不过主动说出相泽干生的名字，的确是在给他们"下套"。幸好我赌对了。这一对小情侣终于卸下心防，话多了起来。

"侦探大叔，你听干生提起过我们呀？"

"那你倒是记得说一声，事务所已经搬家了啊。"

这一次，告诉他们事务所新址的是尾岛木工的员工。

"那个阿姨挺热情的，还给我们画了地图。她有点胖。"

他们关系亲密，称呼彼此为"直人""香里奈"，可等我询问姓名、身份时，两人却莫名警惕起来。

"你想找家长、找学校？"

"你们是担心这个，才在事务所附近犹犹豫豫不敢进来吗？"

"我们可是一开始就发现你们了。"托尼扬扬自得。

香里奈毫不掩饰地冲他翻了个白眼。"这家伙不是侦探吧？"

"我可是助手，优秀的得力助手。"托尼得意起来。

"我不会接受未成年人的委托，但你们如果有烦恼，可以为你们出出主意。"

"这不就是接受委托吗？"

两个人七嘴八舌讲述了事情经过。

直人和香里奈是高中二年级学生，和相泽干生同校。直人和相泽干生关系不错，香里奈是直人的女朋友。

"我和干生都参加了室内足球俱乐部，香里奈是我们的经理。"

以俱乐部成员为核心，扩展到朋友的朋友、朋友的朋友的朋友，最终形成了一个包括外校学生在内的团体。

"圈子里的人一直都是一起玩的……"

如今的青少年能够利用手机轻易避开监护人的耳目，自在地相互联络。他们也不缺聚众玩乐的地方，便利店、家庭餐厅、快餐店都是活动据点。

"差不多两个月前，有人说遇到了跟踪狂。"

团体中一名少女被上大学的前男友纠缠，对方疯狂发消息、打电话骚扰她，令她不厌其烦。

"这不就是跟踪狂吗？我们跟她说，最好去报警。"

但那名少女不愿意，觉得警察都不靠谱，还担心报警反而会刺激到对方。

"毕竟发生过很多不幸的先例。"

"是吧？千生就告诉她，雇个私家侦探就好了，说自己认识一个靠谱的侦探。"

"跟踪狂的事后来解决了吗？"

"嗯，好像死灰复燃了。"

"你是指……她和前男友复合了？"

"对。"

这故事听来实属无奈，但我也因此知道，相泽干生为何会向伙伴们提起我的名字。伊知明日菜应该也是小团体的一员，在那时知道了我这家事务所。

直人和香里奈大概做梦也没想到我会认识明日菜。与此同时，我嗅到了扑面而来的可疑气息。这两人肯定是强迫明日菜在 AKIMI 偷窃的"狐朋狗友"。

——欺负她，逼她去偷东西。

她的母亲伊知千鹤子这么说过。

去年八月初，AKIMI偷窃未遂事件发生后，明日菜答应母亲会和这帮朋友绝交，但似乎未能如愿。她知道两个月前的跟踪狂事件，那么至少在那时，她还没和这帮好友断绝来往，或者说，没能和他们断绝来往。

关于明日菜的情况，我必须对直人和香里奈守口如瓶，保持友好的"侦探"面孔。

"原来如此，这么说你们找到相泽同学推荐的侦探事务所，也有委托吗？"

"没错，所以我们特意向干生确认了一遍地址。"

"到了之后，看到那破破烂烂的歪房子，吓了我们一跳，担心住在这里的侦探真的靠谱吗？"

"事先打个电话不就行了？"托尼插了句嘴，直人和香里奈又白了他一眼。

"他们是想看看侦探长什么样子吧，而且重要的事电话里也很难讲清。"我和颜悦色地说，"那么，你们找我有什么事呢？"

直人看了看香里奈的脸色，香里奈噘起嘴巴。

"上周六……"

"不是啦，是周日。"

"是二十二号。"直人说，"明日菜的排班时间换了，我们不是等了她一个小时嘛。"

他们提到了明日菜。

香里奈的眼神变得比瞪托尼时还要凶。"别说那么多废话。"

托尼一脸坏笑。

"我们去找朋友玩，回家路上，有个奇怪的男人找我们搭话。"

"在哪里？"

"新宿的车站附近。"

应该是车站南口的快餐店附近吧，伊知明日菜就在那里打工。

"那个人你们不认识吗？"

"对。"

他们在点头回答前顿了一拍。

"那个男人做了什么？"

"他问我们……直人当时也在，不过他问的是我，问我要不要打工。"

"打什么工？"

"他有名牌首饰想卖。有专门收购这些的商店，你知道吗？"

"在电视广告上看到过。"

这种商店并非当铺，广义上应该属于二手商店一类，专门买卖高价的名牌商品，有一些规模比较大的还会开连锁店。

"他说自己一个人去卖会被怀疑，想让我陪他一起去。那些店看到年轻女孩，不会多问的。"

"而且香里奈好好化了妆的话，看起来就像大学生似的。"直人又多嘴了，当然被女朋友瞪了一眼。

我思考了几秒。"那个人看起来像是学生还是已经工作了？"

"应该不是学生，但也不像上班族。看起来挺穷的，牛仔裤脏兮兮的。"

"大概多大年纪？"

"比侦探先生要年轻得多。"

"这样啊，那你们是怎么回应的？"

香里奈瞥了直人一眼。直人闹别扭似的低着头，没有理会女朋友的眼神。

香里奈轻轻叹口气："拒绝了呀，听起来太可疑了。"

"你的选择很明智。"我刻意说得很夸张，"这种可疑的事情一定要拒绝。幸好你没答应。"

托尼收起坏笑，反复看着两个小朋友和我的表情。在这位未来画家的眼中，究竟是谁的表情更让他感兴趣，更值得观察呢？

"如果只是这样，你和直人没什么需要担心的吧？"

香里奈的假睫毛忽闪忽闪，睫毛膏刷得浓密细致。

"所以不只这些吧？"

香里奈不动声色，直人却有所反应。他用鞋尖踢着地面，流露出无法掩饰的慌乱。

"那个奇怪的男人不光是拜托帮忙，是不是还威胁你们了？"

如果不是这样，我难以想象他们会寻求私家侦探的帮助。

直人抬起头，他的眉毛也细细修整过。"你怎么知道？"

"因为是侦探。"这次，我自己说出这句话。

"那人其实也不是什么陌生人，你们认识的吧？"

直人用力摇头，像是要甩掉落在头上的虫子。"不对。我们真的不认识。只是见过面，算不上认识，也不知道他叫什么名字。"

"是朋友的熟人。"香里奈说。我听到她筑起的大坝、围墙或者说是铠甲传出开裂的声音。

"朋友在那个人的店里偷过东西，我们以为当场道过歉就没事了，结果他威胁说要把这事讲出去，告诉学校。那她也太可怜了。搞不好会被停学，甚至被开除呢。我们得帮她。"

我决定亮出一张牌。"你们说的'朋友'就是刚才直人提到的明日菜吧？"

小情侣对视片刻,交流了一阵眼神后，一起承认道:"是的。""也是圈子里的人。"

"她是朋友的朋友的朋友，关系不算很近，但她太可怜了。"

就像屋子里那台老旧的电暖气缓慢升温一样，我渐渐不快起来。他们在骗我，在篡改事实。伊知明日菜不是自愿去偷窃的，是你们逼她做的。你们偷换概念，装成好孩子。

"那个男人为什么不去威胁实际偷了东西的明日菜同学，而要威胁你们呢？"

直人和香里奈都僵住了,没有回答。他们俩习惯于向大人撒谎，但没有成熟到被怀疑时能够巧妙圆谎的程度。

"不管怎样，你们雇私家侦探，是想把那个奇怪的人赶跑吧？"

香里奈点点头。

"相泽干生知道这件事的具体情况吗？"

"和干生没关系。"直人立刻否定,"找他问侦探事务所的时候，他问过我们发生了什么，我们说想要做社会调查，糊弄过去了。干生很讨厌这种事。"

"的确，我所了解的相泽同学，应该很反感有人欺负不起眼又不受欢迎的女生。"

香里奈扬起眉毛。"是明日菜太自以为是了，丑成那样还敢整天瞧不起人。"

她没有反驳说自己并未欺负明日菜，而是在为欺负别人找借口。

托尼惊讶地眨眨眼，小声说:"你发起火来倒是丑得可以。"

香里奈气得脸都歪了。托尼说得没错，这个女孩一点也不可爱。

"如果只是想赶走那个人，去找父母商量不就好了吗？"

直人的表情像是在怀疑我脑子是不是出了问题。

"害怕被父母骂？"

"那当然了。"

"只是因为这个？感觉另有隐情啊。"托尼向前探出身子，"我比侦探先生年轻，与你们年龄更接近，一下就感觉到了。"

"你变态啊！"香里奈破口大骂，直人则有些难为情地扭怩起来。

"还有别的理由吧？"

"那家伙说，会把钱分给我们。"

"你怎么把这个都说出来了？"香里奈涨红了脸。

"因、因为……"

你们俩回去以后要是分手，我可不负责。不过还是分手吧，对彼此都好。

"他说，卖掉首饰拿到钱之后，会分给我们。"

"所以想要雇个侦探，调查一下对方到底什么来头，对吧？"

"要是我们也有了他的把柄，就能放心些。"

这可谓井蛙之言，不过合乎逻辑。

"那个男人说会把钱分给你们，有没有提出以其他条件作为交换？"

"他让我们别再欺负敲诈明日菜了。"

我激动得差点拍大腿。威胁这对小情侣的人，知道去年暑假发生在 AKIMI 的偷窃未遂事件，认识明日菜，恐怕还在了解伊知明日菜的过程中记住了直人和香里奈的长相。同时，这个人还打算保护明日菜。他是谁？可能的对象并不多，我必须慎之又慎。

"冬马。"我唤了一声。

托尼吓了一跳，像是被人在面前拍了一巴掌。"什么？"

"你会画肖像吗？"这里准确的台词应该是"根据目击者证词绘制嫌疑人画像"。

"我没有尝试过，不过应该没问题。"

托尼不到一小时就画好了肖像。他向香里奈和直人询问对方的容貌特征，画几笔，给两人确认，一点点调整，最终完成。

这张脸我有印象。和肖像中的男人四目相对，我脑海中浮现出一个可怕的想法。

"这个男人想卖掉的名牌首饰，你们看见了吗？"我问。

香里奈点点头。"他看起来真的很穷，不像是有名贵首饰的人，我说我不信，他就给我们看了。"

"他从夹克口袋拿出首饰盒，向我们显摆。"直人说。

他随身携带着首饰，不这样做恐怕很不放心。因为那是"证物"。

"你先别说那首饰是什么，让我猜猜看。是不是钻戒？"

"哇！"

不光那对小情侣，连托尼都深感佩服。

"对，有好大一颗钻石，是皮尔兹莱①设计的戒指。"香里奈回答。

皮尔兹莱是意大利高级珠宝品牌，和宝格丽、蒂芙尼一样深受女性欢迎。如果真如香里奈所说，那个品牌的钻戒随随便便都要几百万日元。

"盒子是皮尔兹莱的，可我不确定戒指是不是真的。"

"百分百是真的。"

"这都能知道？杉村先生真是千里眼啊。"

---

① 此品牌疑为作者虚构。

没有没有。别说是千里眼了，我根本就是个傻瓜。

昭见社长说过，他弟弟原本打算和伊知女士结婚。四月举行法事时，昭见家的亲戚们都会参加，他打算在那时正式将伊知千鹤子介绍给家人。

已经下定决心的男人，在那之前一般会做些什么呢？

确认对方的心意，求婚并寻求答复。

在这种时候，有一样东西虽非必需，可如果提前准备好，会十分浪漫。

男人在确定女方会接受自己的求婚时，有极大概率会提前备好那样东西——戒指。

昭见丰今年过年时在家中宣布打算结婚，之后便为伊知千鹤子购买了戒指，那是一枚皮尔兹莱的钻戒。他很富有，买下这样一枚戒指可谓轻而易举。求婚前，他一直悄悄将戒指收在身边。但他没能压抑住激动的心情，将戒指展示给了一个每天都在自己身边的人。也有可能是无意间被对方撞见，便顺口说出实情。这是个惊喜，于是他要求那人对千鹤子和明日菜保密。

这些只是我的猜测，但绝非毫无根据。不这样思考，就无法解释为什么皮尔兹莱的戒指如今会在这个人手中。

为何会在托尼画中的这个人手中。

在 AKIMI 打工的松永先生。

"这是我以前去 AKIMI 的时候拿到的。"我说今后可能会有来往，想提前打声招呼，伊知千鹤子便给了我松永的名片。名片是松永自己做的，昭见丰先生当时还笑话他"小题大做"。彩印的名片印有 AKIMI 的商标，令人庆幸的是，上面还印有他的私人号码。

虽然晚了些，但总算知道了松永的全名，接下来只要交给木田小朋友就好。

"只要查清这个人的底细就行了吧？"

"通话记录我也想要，最好是从三月初到现在的。"

"GPS 定位呢？"

"如果有出过远门的迹象，告诉我就好。"

"这是个什么人啊？要发木马软件的话，必须得编一封他肯定会打开的邮件才行。"

名片是松永自掏腰包印制的，分发对象应该都是 AKIMI 的顾客。

"他是在轻古董商店工作的年轻人。如果是顾客发来的邮件，他一定会点开。那家店的博客还能看到，可以作为参考。"

"明白。"木田小朋友抬眼看我，"收费可不便宜哦，心里有数吗？"

"我做好心理准备了。"就算收费高，我也必须揭开谜团。昂贵的戒指究竟是"结果"，还是"动机"？

松永是在昭见丰先生在地震中下落不明之后，才偷走了戒指吗？还是说，他为了偷走戒指，或偷走戒指一事败露，于是将昭见丰先生杀害，伪装成在地震中失踪？

事到如今，我忽然想起南先生在蛎壳事务所给我的那句建议。

——把与地震相关的、引起人情绪波动的部分先放在一边。别忘了，要把它单纯作为一起失踪案件来调查。

我应该更早些品味这句话的含义。

从这起事件中剔除与地震有关的因素，只考虑昭见丰这位富有的经营者突然失踪的事，那么首先最应该怀疑的，就是最后见到他的人。那个人声称，昭见先生说要出去玩两三天，但没有任何证据佐证这句话，显得愈加可疑。

前所未有的天灾，成了他最好的掩体。

当然，还有其他因素为松永提供了便利。昭见丰先生没有在手头留存大量现金的习惯。昭见社长从松永手中取回保险柜钥匙和存折时，只顾着感慨松永办事有条理，完全没在意商品、备用品和存款有没有丢失或减少。

什么都没丢，什么都没被偷。昭见丰先生和松永之间也没有矛盾，至少没有引起身边伊知千鹤子及明日菜的注意。万一昭见丰先生遭遇不测，AKIMI关店，松永也会失业，得不到任何好处。

所以，谁都没有怀疑过他。

我应当怀疑他的，我可是个侦探啊。实在太丢人了。更让我羞愧的是，我忍不住开始祈祷，希望这枚戒指是"结果"，而非"动机"。

我请香里奈和直人把卖戒指的事拖到下周六。我让他们告诉松永，这事倒也可以答应，不过工作日没时间。六月四号周六下午可以一起去新宿的二手店，碰头地点会提前告诉他。

说起来不好听，但我此时真是庆幸香里奈擅长（或者说相当有自信）应付男人。松永欣然接受了她提出的要求。

让受自己威胁的女高中生掌握了主导权。他为何会如此软弱？因为他孤独，缺乏与人交往的经验。根据木田小朋友查到的结果，松永的手机通话记录几乎一片空白。地震前的联系人中，除了偶有交流的明日菜，几乎全是昭见丰先生。地震以后，他开始和昭见丰先生的哥哥昭见社长（公司的秘书室）联系，时常还会与似乎是AKIMI顾客的人联络。应该是有客人看到博客后担心昭见丰先生，所以拨通了松永名片上的号码。

此外，有一条记录引起了我的注意。

三月十四日晚上七点多，松永给 AKIMI 附近的租车行打了电话。

我向昭见社长确认得知，他弟弟没有私家车，认为住在东京没必要开车。运送货物时，距离近的话打车，远的话会寄快递，需要小心搬运的物品，则会请专门运送艺术品的物流公司送货。

"AKIMI 关张，把打包好的商品搬出时，也请了那家公司。"

三月十四日晚上，松永究竟为何要租车呢？

两天后的三月十六日，昭见社长在地震后第一次来到东京，到访 AKIMI。由于夫人担心余震和诱发地震，他来得晚了些，原本可能会更早到。

松永是想在有外人进入 AKIMI、进入店长的生活空间之前，从里面搬出些什么吗？

不能慢吞吞地等下去了，我动身前往名古屋与昭见社长见了面。听我讲完来龙去脉，他脸上顿时血色全无。他的模样实在令人心痛，我不禁内疚起来。

"我的工作，是让他承认自己偷了戒指。"

其余是警察的工作，轻举妄动反而有可能降低即将现身的证物的可信度。

"我想弄清楚昭见丰先生是在哪家皮尔兹莱购买的戒指，您有头绪吗？"

皮尔兹莱的分店不多，一家一家找也会有结果。我这样问不过想试试运气。

"我应该知道。"

几年前，昭见社长想送夫人珠宝首饰作为生日礼物，便询问正巧回到老家的弟弟。弟弟向他推荐了皮尔兹莱。

"我说让秘书去买，他说那样对嫂子太没诚意了。"

弟弟为哥哥挑好礼物，并告诉他在市内某家大型商场里有皮尔兹莱的直营店。

"我后来才听说，我夫人也经常去那家店。"

社长将夫人从家里请来，我们一行三人去了那家直营店。多亏有夫人在，进展很顺利，了解到不少细节。昭见丰先生今年一月五日购买了一枚原创设计的戒指，镶嵌有零点七克拉、产自俄罗斯的钻石，并委托店家调整戒指尺寸。月底三十日再次到店，取走了戒指。戒指售价三百五十万日元，当场刷卡结算。

他应该是在回老家过完新年后下的订单，取货的话……

"一月底，阿丰回过家啊。"昭见社长夫人还记得，"他说来参加展会，顺便回家，当天就回东京了。"

在皮尔兹莱这种高档品牌店里，购买价值高达三百五十万日元的原创设计钻戒，店家都会留下顾客记录，以便后续保养。戒指上的俄罗斯产钻石附有鉴定证书，我们查到了证书编号。

"我也一起去，这样比较快。"

我和昭见社长坐上新干线，社长赶往 AKIMI 所在辖区警察局，他曾在这里报警说弟弟失踪了，这一次则报警说戒指失窃。昂贵的戒指失窃后，昭见丰失踪案又添上了另一层色彩。按理说，如此便足够了，但昭见社长还是向负责的警员补充道："事已至此，舍弟是否真是因为地震失踪，就没把握确定了。"

他这样说也是听从我的建议，我认为目前仅提出疑问即可。

"谢谢您。"

"不用客气，我也觉得他很可疑，不想贸然行事，把这个人放跑。"社长的脸上，悲痛比愤怒更加鲜明，"我原以为这个年轻人工作认真负责，是值得信赖的。弟弟应该也……没做过遭他记恨的事。弟弟的性格真的很好。他眼里只有自己的兴趣爱好，不懂经营的苦处难处。经常想得很天真，但也因此待人十分友善。"

松永也一直对昭见社长说，店长对自己有多好，嘴里全是感谢的话。

关于松永，木田小朋友查到的越多，我的心越往下沉。他出生在东京的老街区，父亲在他五岁时去世。母亲再婚两次，都以离婚告终，目前住址不明。最后一个可以确定的住址是位于埼玉县的公寓，但前去确认时，里面住的却是别人。在那之前，他母亲住在东京某地的公寓里，在附近打探一番后得知，松永也在此住过一阵子。当时他还是初中生，和母亲以及可能是母亲第一任再婚对象的人住在一起。

"他整天和父母大吵大嚷，他父亲动不动就吼：'你个废物，给我滚出去！'"

这样的一家人，的确会让人印象深刻。住在附近的房东也记得，松永虽然考上了高中，但很快就辍学了。"因为这个，他们家又大吵一架，之后就再没见过他们家儿子。大概真的离家出走了吧。"

在那以后松永经历了什么，最终来到 AKIMI 呢？能够确定的是，他如今已经二十六岁，并非伊知明日菜以为的，或者他自己（有可能）想让人以为的那样，是大学生或大学毕业生。

六月三日下午，也许觉得我整理保险中介文件的工作做得还不错，蛎壳事务所又交给我一项类似的工作。据联络员小鹿女士说，这次的文件来自一间美发沙龙。受雇的店长从洗发水这类消耗品的供货商手上吃回扣，事情败露后刚被开除。这位店长毫无业务能力，账本记录得一塌糊涂。

"没问题，我来做吧。"我挂掉电话，抬起头，和伊知明日菜四目相对。

"我敲过门了，你没回应。"她依旧是熟悉的一身黑色，肩上挂着磨得破破烂烂的背包。"就算你是侦探，不锁门也太大意了吧。"

我请她进屋，泡了咖啡。"你喜欢黑色的衣服吗？"

"因为方便。"明日菜回答，"脏了破了也不显眼。"她不知为何有些心神不定，"那个……昭见先生那边有什么新消息吗？"

"目前还没有。"我回答。

我叮嘱香里奈和直人，不要把松永的事情告诉任何人，也不要向那个叫明日菜的朋友提起，说出去对他们俩也没什么好处。但这对情侣似乎做事不太过脑子，难道他们说漏嘴了？

"怎么了？"我开口试探。

明日菜越发焦躁，抱紧腿上的背包。"松永先生……啊，就是那个在 AKIMI 打工的人。"

他来联系明日菜，说想要见面。

"什么时候？"

"今早我到学校的时候，他发邮件过来，我还以为他找到昭见先生了。"

课间休息时，明日菜给他回了电话。

"他说周日想和我约会，看电影、去迪士尼乐园都可以。"

——去哪儿都行。想去环球影城也没问题。我请客。

"现在这个时候，那家伙想干吗？"

"以前他约过你吗？"

"没有。"她冷淡地否定道，"松永先生知道我没偷成东西，反而被昭见先生抓到了。我才不想和这种人交往。"

"他当时并不在场吧？"

"可能听昭见先生说过，毕竟他是这样才认识我妈妈的。"

"他为什么突然来约你呢？"

"不知道。"明日菜思考片刻，"因为 AKIMI 关门了，以后没机会再见面了，所以才直接约我吧。"

"也就是说，你也意识到了松永先生对你有好感？"

"算是吧。"

"所以你把邮箱地址告诉了他。"

"懒得拒绝而已。对我这种人感兴趣的男人都是胆小鬼，这我还是很清楚的。"

"我并不这么认为。"我耸耸肩，"你之所以总对别人冷言冷语，是因为对自己太残忍了。总是生自己的气，所以在对别人说话时也难以控制这种刻薄。"

我没觉得这句话攻击力有多强，明日菜却整个人都缩了起来。

"抱歉。但我想说，你是个好女孩，比你自己想象中要优秀得多。长相也不赖。我的一个熟人看到你，还以为你是美术大学的学生，应该是你这一身黑色的复古穿搭看起来很有品位吧。"

明日菜有气无力地笑了笑。"人家只说我像美大的学生，被你美化成这个样子。"

我也笑了。明日菜再次抱住背包，我再次看到一点红灯从薄薄的黑布中透出来。

啊……我知道了。

我虽然是个糊涂侦探，做编辑却很有经验。以前在公司编辑内部期刊时，我采访过许多人。座谈会上做会议记录，后期整理成文章的次数更是数不胜数。

这一点似曾相识的红灯，和开展编辑工作时某样必备工具的灯光很相似。

录音笔。这种录音工具尺寸小巧，可以轻易放入背包口袋。

"我去 AKIMI，是因为很喜欢欣赏那家店里的商品。昭见先生也……并不是让我讨厌的人。"明日菜有些怀念地喃喃道。并不是让我讨厌的人。人，对母亲交往对象的情感总是复杂的，在她整理心绪后得出这一结论，已经是相当积极的评价了。"但我对松永先生完全没感觉。他好像误会了吧，有时会跑来我打工的店里，让我很头疼。"

"去买汉堡吗？"

"嗯。有一次我负责收银，他重新排了好几次队，就为了和我说话。那次我很明确地告诉他，不要再这样做了。"

应该也是在明日菜的打工地点，松永确定了香里奈和直人在欺负明日菜，发现他们就是逼迫明日菜偷东西的"狐朋狗友"。

松永想要保护明日菜。实施计划的日子就在明天。卖掉皮尔兹莱的戒指能拿到一大笔钱，之后用钱打发掉香里奈和直人。自己手上有他们的把柄，明日菜再也不会被欺负，再也不会被强迫做自己不想做的事情。

然后，就和明日菜约会吧，开心地、奢侈地约会。迪士尼乐园也好，环球影城也好，哪里都好。

——我请客。

明明那笔钱都还没到手。

"杉村先生，怎么了？"

明日菜好奇地看向我。她有白皙的鹅蛋脸和随意打理的黑发，虽称不上是美人，但对于这个年纪的女孩子而言，是不是美人这种衡量标准实在没什么意义，最重要的是喜好与个性。

"伊知明日菜小姐，你可以告诉我，"我尽可能自然地发问，"你是从什么时候开始这样做的吗？悄悄把自己和他人的对话录下来。"

"因为对自己没自信。"明日菜坦白道，"我在想，自己嘴巴真有那么毒吗？大家都讨厌我，觉得我说话太难听，所以想确认自己是不是真的那么刻薄。"

平淡如水的日常对话，大家说过就忘了，明日菜却对此感到恐惧。她总是在意自己说了什么、对方作何反应、自己又给出了怎样的回复，无法控制自己不去介意。

"最开始有人说你言语刻薄是什么时候？"

"初中时还没人说。到了高中，才开始有人揪着这点不放。"

"对方和你关系好吗？"

"嗯，同班同学，叫万里加。说起来，应该是她的朋友最先开始说的。她的朋友和我们不在同一所学校，只是在一起玩。"

恐怕那个人就是香里奈。

"大家一起玩的时候，不知道为什么，只要我一开口，她就说'你嘴巴好毒''你这话说得也太居高临下了'之类的。"

明日菜自己心里或多或少也明白。

"我知道自己太要强。妈妈也批评过我，说我张口闭口就是'你是不是傻''真可笑'，很没礼貌。"

所以她想要多加注意。然而，越是在意就越紧张，越怕多说多错、越想简短回答，就越显得冷漠刻薄，形成了恶性循环。

"不久前我才想到可以通过录音来确认。虽然实在是傻……啊，我又说了。"

去年十二月初，她母亲在工作单位的年会上玩宾果游戏中了二等奖，奖品是一台感应式录音笔。

"年会负责人当时正在练习英语口语，选的奖品都是自己想要的。"明日菜说道，"这也太傻了，白痴。压根儿没搞清楚负责人应该做什么。妈妈抽中录音笔其实没什么用，送给别人或便宜卖掉就好。但她非说这是好不容易中的奖，就带回家了，之后一直放在抽屉里落灰。"

后来，明日菜发现了一个有效利用录音笔的方法。

"录音之后，你释怀了吗？"

明日菜露出至今为止最为羞愧的表情，仿佛恨不得找道地缝钻进去。

"我只听过一次。"那之后她再也没勇气听第二遍。"先别说讲话是不是刻薄，连声音都很难听。"

"录下来的声音比本来的声音更尖锐，听起来会像别人的声音。"

录音笔是感应式的，一旦感应到有声响就会自动录音，容量很大，能够保存几百个小时的数据。明日菜在家和上课时会关掉录音笔电源，打工时会与书包一起放在储物柜里。只有在每天为数不多的自由活动时间里，她才会打开录音笔。明日菜在意的是和朋友之间自然真实的对话，所以这个容量足够了。

这样的话，很久之前的录音可能还留着。

"伊知明日菜小姐，作为负责寻找昭见丰先生的侦探，如果我请求你，你能否让我听听其中的录音呢？"

"这东西会有用吗？"

"有可能。"

我的表情可能比自己想象的更加严肃。明日菜打开背包口袋，取出细长的金属外壳录音笔递给我。

"谢谢，我马上把文件复制出来。"

"没事啦，直接借给你。"她微笑道，"我已经不需要它了。早就知道带着没用，但就是停不下来。"

明日菜背起少了录音笔重量的背包离开了。我将耳机插入录音笔，开始听录音。

录音笔每次启动录音，都会生成一个文件，按照日期排序。大多数文件噪音很重，听不清内容。女生的喧笑、吵闹的音乐、笑声中夹杂的含混不清的对话，而播音员播报新闻的声音却莫名记录得格外清晰。

三月十一日之后，录音中出现了手机收到紧急地震提示时的警鸣，还能听到明日菜和身边人出于恐惧或厌烦的逞强之语——"肯定又是误报啦"。

我也不清楚究竟发现什么才算收获，但当它出现时，我自然知道这是我想要的。

三月十四日，有一份下午三点四十五分开始录音的文件。我翻开手边的笔记确认细节。

前一天的十三日，伊知千鹤子曾经前往AKIMI，回家之后哭了很久。明日菜很担心母亲，第二天，即十四日放学后，她也去了AKIMI。

当时，松永正在电视前观看关于核电站事故的报道，但录音中并没有出现新闻报道的声音，可能是松永在明日菜到店后关掉了电视，或是将其调成了静音模式。

AKIMI 还在营业。他和明日菜聊了几句，比如"最好逃到西日本去避难""昭见先生真让人担心"。

这之后，似乎来了另一位顾客。

那是一位女性顾客，声音听起来并不年轻，但也算不上年老。

——有店长消息了吗？

——还没有。

——真让人担心啊。

松永的语气礼貌中带着亲近，对方应当是熟客。

——这家店打算怎么办呢？

——不知道。店长在名古屋有个哥哥，这几天会来东京，具体时间还没定。

——这边可不太平。何必特意从安全的地方跑来呢？

——高井（还是中井）①太太您要去避难吗？

——我老公还得工作呢。我要不还是带着孩子去哪儿躲躲吧。

他们对话时，明日菜可能正拿着包站在店内某处离他们很近的地方。录音中偶有杂音，但整体质量很好。

——松永你也不容易啊。你在这里过夜吗？我记得店长是住在里面的吧？

——店长是住里面。我回家住。

——哎呀，是不是忘记丢垃圾啦？好臭啊。

这位女性顾客非常清晰地说出了这句话。我眼前甚至浮现出她皱起鼻子苦着脸的表情，就像我们闻到恶臭时的反应一样。

——像是有什么东西腐烂了。是不是厨余垃圾啊？还是说有死

---

① "高井"和"中井"在日文中发音相似。

老鼠呀?

录音中出现了很响的杂音,听不清松永的回答。

——你不觉得有股奇怪的味道吗?

她像是在对着明日菜说话。接着,明日菜可能回过头面向她。

无论如何,当初明日菜讲起前往 AKIMI 这段经历时,并未提及此事。这只是个小插曲,她也许忘记了。

嗅觉的个体差异非常大,有人敏感,有人迟钝。我姐姐的鼻子就非常灵敏,我却迟钝得不行。鼻子又是适应性很强的器官,就算室内有些微异味,如果没有从外面进来的人提醒,注意不到也很正常。

三月十四日下午四点左右,AKIMI 发生过这些对话。

同一天晚上七点多,松永租了一辆车。那天夜里,松永究竟搬运了什么?

今年的三月很冷,但无论是老鼠还是体形更大的生物,死亡后还是会腐烂。气温越低,腐烂的速度越慢,但或早或晚会散发出腐肉的味道。

我取下耳机,用一只手捂住双眼。

为了和松永见面,我谨慎地做好各项准备。我固然担心他逃走,但也绝不能因为心急招致任何危险。

我找蛎壳所长商量此事,他向我推荐了一家咖啡馆,非常适合这种有一定风险的会面。店长和所长是至交好友,蛎壳事务所曾经在这里办过好几次案。这家店位于新宿站西口附近一栋杂居楼的地下一层,店面不大,出入口很容易封死。

我通过香里奈,和松永约好下午两点见面。以防万一,我们包下了一点到三点的场地，蛎壳事务所会派出两名调查员佯装顾客坐在店门口，其中一位是南先生，而另一位，到了当天我才知道，居然是所长亲自出马。

"我还挺感兴趣的。"所长说。

在约定时间的三十分钟前，香里奈给松永打去一通电话确认。"戒指带来了吗？你不会想骗我们吧？"香里奈的声音甜得发嗲，装腔作势而又撼人心魄，"你先去店里，拍张照片发我。看不到照片，我可不过去。"

香里奈当然不是什么乖孩子，演技相当了得。松永很快发来照片。在附近停车场蛎壳事务所的公务车中，我和小情侣一起确认了照片。

"你们确定这是之前见过的戒指？"

"嗯。"

"好的，你们回去吧。"

我走上街拦了辆出租车，让他们俩上车，告诉司机去四谷站，并付了打车券。

"我们不用在场吗？"

"这是为了你们好。还是说你们想一起去？那样的话就要和我们一起去警察局。偷东西，还有从朋友那儿要钱的事，可全都得老实交代。"

香里奈再次摆出臭脸。

直人倒是很老实，抓住香里奈的胳膊，以就他而言相当坚决的语气说："走吧，就这样了事算我们走运了。"

"说得不错，还有今后说话做事都收敛些。"

香里奈赌气般无视了我。直人则回道："好的。"不是"哦"，而是"好的"。

下午两点差一刻时，我收到南先生发来的短信："目标已落座。"

比约好的时间稍早。我随后进了店。南先生坐在玻璃门边上的座位，蛎壳所长则坐在便门旁的吧台席，拐杖靠在脚边。他今天戴着银边眼镜，正看着笔记本电脑。

松永坐在里侧卡座。他今天穿着卡其色夹克和牛仔裤。在 AKIMI 见到他时，他的下巴还很光滑，如今却蓄起胡茬。似乎并非懒得刮，而是为了时髦留的。

他好像不记得我的长相。我走近他，在他对面坐下，他一脸诧异地眯起眼睛。我没说话，将自己的名片放在桌上。

"我们之前在 AKIMI 见过。"面对面观察，我发现松永那件薄外套的内袋鼓鼓的，戒指盒从中露出一角。"我其实是个侦探，接受昭见社长的委托，正在寻找昭见丰先生。"

松永霎时面如土色。

"你可以把内袋中那个皮尔兹莱的钻戒给我看看吗？"

松永纹丝不动，只有嘴角颤动着。他抬起视线，看向我身后，瞪大了双眼。昭见社长从吧台席里侧走出。我事先交代过，在弄清楚情况之前不要现身，但社长可能忍不住了。

昭见社长站在我身边，俯视松永。"请告诉我，我弟弟在哪里？"他的语气很有礼貌，听起来不像请求，更像是教诲。

颤抖好似涟漪，自松永的嘴角荡漾开来。他的下巴打着战，肩膀也开始抖动。"我是一时鬼迷心窍，对不起。"他低下头，"这个还给您。"戒指盒被夹克口袋挂住，一时掏不出，也许是因为松永的手抖得太厉害。

"和我们去警察局吧。不是还了戒指就可以一了百了的。你心里很清楚。"我说。

松永总算掏出了戒指盒，放在桌上。深蓝色盒身上烫有银箔，小巧奢华。

"我真的只是一时冲动，真的很抱歉。"

"我弟弟在哪里？"

"我不知道。"松永整个人都颤抖着，轻声说，"我什么都不知道。昭见先生去了东北进货……"

"三月十四日晚上，你为什么会租车？"

一个人脸上血色尽褪的瞬间，并不是我想看到的。

"是因为那天傍晚，有位熟客说店里有异味吗？"

一个人心理防线彻底崩溃的瞬间，更不是我想看到的。

那一刻，他就像一座沙雕，从某一角扑簌簌地坍塌，不复人形。

"你主动交代的话，罪过会减轻一些，无论你犯了什么罪。"

"去自首吧。"昭见社长说，他死死压抑住情感，看起来疲惫而绝望。

松永像昨晚的我那样一只手捂住双眼，呼吸紊乱，哭了出来。"对不起。"

无论针对什么罪过，道歉的话语永远只有这一句。

"我没想杀他。"他口中泄出一声呜咽。

昭见社长退到一旁，取出手机。

警车十分钟内就能赶到，我们一言不发地等着。松永只是流泪，店里的音乐和他单调的哭声纠缠在一起。那是一首治愈系钢琴曲，经常在各处听到。

那次之后，我开始讨厌这首曲子。

警察在调查时总是不愿分享信息，即便对方是被害人遗属也不例外。更不用提私家侦探，他们根本不放在眼里。于是，我的主要信息源就成了报纸和电视。

松永杀害昭见丰先生的时间是三月十日下午。那天 AKIMI 没有营业，店长在清点库存，松永前来帮忙。他们吵了起来，松永用手边的空葡萄酒瓶砸向店长的脑袋。

争执的焦点在于 AKIMI 这家店的命运。当时，昭见丰先生第一次明确告知松永，自己最晚在六月和伊知千鹤子结婚，之后会关掉 AKIMI，搬回名古屋老家。考虑到明日菜，他想在暑假搬家，从第二学期开始，让明日菜转入当地的高中。

松永恳求说，如果这样，希望店长能将 AKIMI 交给自己。松永自认为工作得努力，也有些相熟的客人。如果店长还要在名古屋开轻古董店，也可以把此处留作分店。

昭见丰先生笑着拒绝了。在他看来，这件事情根本没有讨论价值，松永不过是个员工而已。

自己的恳求被直接拒绝，还遭到店长嘲笑，这就是松永供述的动机。他被愤怒冲昏了头脑，完全不顾后果，也因此没考虑到如何处理尸体，只把尸体搬到了 AKIMI 里面的休息区。也是在那时，他发现了昭见丰先生放在上衣口袋里的皮尔兹莱戒指盒。为了能够在时机合适时交给伊知千鹤子，昭见丰先生总是随身携带这枚珍贵的戒指。

第二天，松永照常开门。有客人上门，他也只说昭见先生出去进货了。这个时候，他还没有明确说店长去了哪里。毕竟熟客们都知道，店长是个说走就走的旅人。单靠这个借口，他就能争取到几天时间。

下午两点四十六分发生了东日本大地震，情况随之一变。

肆意想象松永此时的心境，是对昭见丰先生不敬。不过关于昭见丰先生不在店的理由，松永的说辞从"出门进货去了"变为"碰巧去了东北，希望他平安无事"，这一点毋庸置疑。

那起造成两万多人死亡或失踪的惨剧，成了松永的保护伞。

我也猜测了一番松永对明日菜的心意。我想，作为负责任的侦探，这一点想象还是可以被允许的吧。

伊知千鹤子和昭见丰结婚后，明日菜的人生也会改变，至少她能够从经济困境中解脱出来。她今后生活所能达到的高度，远非孤独而贫穷的松永可比。

这对松永来说太痛苦了，因此他希望自己也多少能够有所改变。获得经营AKIMI的资格对他而言已是最大的奢望，而且这也并非纯粹的空想，自己和店长关系不错，昭见丰先生很有钱，经营AKIMI只是出于兴趣。只要求求他，说不定就会答应。

——会答应的吧，如果答应就好了。虽然我只是个打工的，可我也为店里努力付出了那么多。我的人生从未被幸运眷顾过，上天就不能帮我实现这个梦想吗？哪怕就一次也好。

可昭见丰先生笑着拒绝了。

松永一直不愿意交代抛尸地点。他难道以为，只要不交代就能够脱罪吗？还是说，他只是想拖延时间，不愿自己的罪过以遗体之形呈现在面前？

根据松永的供述，警察在逮捕他的一周后，找到了用蓝色塑料布和胶带缠得严严实实的尸体。抛尸地点位于他旧居城镇的郊外，一片废弃的人造林中。

电视台记者和主持人报道了对AKIMI附近居民和熟客的采访。

所有人都很惊讶，异口同声地表示，嫌疑人松永看起来不像是会做这种事的人。

其中一人这样说道："地震之后三四天吧，我在附近的建材市场碰到过松永。他买了蓝色塑料布。我问他怎么了，他说管道被震松了，在漏水，他正头疼呢。"

若是平时，买大幅塑料布需要一个更加合理的理由，而大地震再一次包庇了松永。

他时刻关注着核电站事故的新闻，还劝明日菜去西日本避难。这大概是真的担心她吧。回顾当初的报道，曾有专家指出，整个东日本地区都将变成不毛之地。

与此同时，他却埋掉昭见丰先生的遗体，独自留在 AKIMI，继续撒着谎，隐瞒真相。

他帮昭见社长跑腿，可能是因为心底存有一丝侥幸——希望昭见社长说："在找到我弟弟之前，这家店就先拜托你了。"

无论这个世界发生什么，每个人都过着只属于自己的人生，做着只属于自己的梦。为了尽可能做个好梦，只能竭力挣扎。

——我们去约会吧。我请客。

钱还没到手，他就向明日菜发出邀请。卖掉偷来的戒指，赶走胁迫明日菜的狐朋狗友，在解决掉这些"麻烦事"之前，他却想要先兑现一个美好的邀约。这是真正的胆小鬼。而这样一个懦弱的青年，却杀人抛尸，事后还能和被害人的家人、亲近之人若无其事（在旁人看来）地攀谈。

昭见丰先生在突如其来的死亡面前，是否看到了自己的分身？这如今已成为永远的谜。

不过我认为分身的确出现过。不是昭见丰先生的分身，而是松永的。狡猾而邪恶，对从未得到过的一切——爱情、财富、幸福万分饥渴的另一个他。那是一个脱胎于肉体、犯下罪过的不祥阴魂。因为是阴魂，所以无须忧虑或畏惧现实中的威胁，尽可以随心所欲、恣意妄为。

这并非是我一人的臆想。昭见丰先生的遗体被发现后，托尼来我的事务所喝咖啡，他仔细审视着自己所绘的松永肖像，嘟囔道："是我的错觉吗？明明画的是个活人，看起来却像具尸体。"

竹中家的一家之主至今依旧不许托尼去画核电站。

图书在版编目（ＣＩＰ）数据

希望庄／（日）宫部美雪著；宋刚译．－－海口：
南海出版公司，2023.11
　　ISBN 978-7-5735-0573-6

　Ⅰ．①希…　Ⅱ．①宫…　②宋…　Ⅲ．①长篇小说－日
本－现代　Ⅳ．①I313.45

中国国家版本馆CIP数据核字（2023）第138780号

著作权合同登记号　图字：30-2020-095
KIBOUSOU
by MIYABE Miyuki
Copyright © 2016 MIYABE Miyuki
All rights reserved.
Originally published in Japan by SHOGAKUKAN, Tokyo.
Chinese (in simplified character only) translation rights arranged with
RACCOON AGENCY INC. , Japan
through THE SAKAI AGENCY and BARDON-CHINESE MEDIA AGENCY.

希望庄

〔日〕宫部美雪　著

宋刚　译

出　　版　南海出版公司　　（0898)66568511
　　　　　　海口市海秀中路51号星华大厦五楼　　邮编570206
发　　行　新经典发行有限公司
　　　　　　电话(010)68423599　　邮箱 editor@readinglife.com
经　　销　新华书店

责任编辑　王　雪
特邀编辑　王雨萱　褚方叶
装帧设计　李照祥
内文制作　贾一帆

印　　刷　河北鹏润印刷有限公司
开　　本　880毫米×1230毫米　1/32
印　　张　11.5
字　　数　267千
版　　次　2023年11月第1版
印　　次　2023年11月第1次印刷
书　　号　ISBN 978-7-5735-0573-6
定　　价　68.00元